王
錚

董
鳳
衛

編

倪
匡
妙
語
連
珠

www.cosmosbooks.com.hk

書　　名	倪匡妙語連珠
編　　者	王　錚　董鳳衛
封面插畫	蔡景康
責任編輯	吳惠芬
美術編輯	楊曉林
出　　版	天地圖書有限公司
	香港黃竹坑道46號
	新興工業大廈11樓（總寫字樓）
	電話：2528 3671　傳真：2865 2609
	香港灣仔莊士敦道30號地庫（門市部）
	電話：2865 0708　傳真：2861 1541
印　　刷	亨泰印刷有限公司
	香港柴灣利眾街德景工業大廈10字樓
	電話：2896 3687　傳真：2558 1902
發　　行	聯合新零售（香港）有限公司
	香港新界荃灣德士古道220-248號荃灣工業中心16樓
	電話：2150 2100　傳真：2407 3062
出版日期	2021年6月 初版 · 香港
	2022年7月 第2版 · 香港

目錄

這一位編者的話　　　　/　　4

第一篇　人間世　　　　/　　7

第二篇　蝶戀花　　　　/　　73

第三篇　醉蓬萊　　　　/　　89

第四篇　此山中　　　　/　　99

第五篇　意難平　　　　/　　177

第六篇　妙聽聞　　　　/　　211

第七篇　十樣錦　　　　/　　239

第八篇　風波惡　　　　/　　261

第九篇　衛君說　　　　/　　285

第十篇　黑白講　　　　/　　317

第十一篇　不知處　　　/　　351

那一位編者的話　　　　/　　365

這一位編者的話

　　開始進行有計劃的倪學研究已有多年，曾編輯過倪匡先生的散文及早期絕版小說，也曾創作過倪匡作品中的各類人物小傳，更將自己與倪匡先生的交往經歷發表成書，但有一件最基礎的工作卻從未做過，那就是：將倪匡先生作品中的奇思妙語做一番有系統的整理。

　　名作家出版妙語集，古已有之，前有金庸古龍，後有蔡瀾亦舒，各位名家談天說地、談古論今、談風話月，字字珠璣，皆有大趣味。倪匡先生著作等身，焉能落於人後，自當也要好好地談上一番。

　　於是，編者將家中所藏倪匡作品盡數翻出，先從衛斯理系列開始，摘錄其中妙語金句，沒想到，這一找，竟花了大半年的時間，幾乎將所有衛斯理故事又重新閱讀了一遍，而僅是衛斯理故事，就已經找出近二十萬字的妙語，更別說其他如原振俠、木蘭花等系列，甚至散文雜文，那妙語更是層出不窮，數不勝數，實在令人嘆止！

　　僅憑一人之力難以成事，遂請來老友鳳衛（大鱷魚精）幫忙，他也是倪匡先生親口所封「宇宙三大衛斯理專家」之一，有他相助，何愁大事不成。

　　這本書先將從衛斯理故事中收集到的二十萬字妙語刪去意義重複的（也有近十五萬字），再加以分類，動足腦筋，分成十一

篇，每篇皆以三個字為篇名，如果讀者諸君從篇名中體會到編者的意圖，倒也是樂趣一種，而編者亦有覓到知音之感，皆大歡喜，何樂不為。

　　倪匡先生的妙語實在太多，大可以出版妙語一、妙語二、妙語三……只要大家喜歡，可以一直出下去，哈哈哈哈！

倪學七怪之上海二老其一

王錚（藍手套）

2020.09.05

第一篇

人間世

人生歷程一如探險，

前路全不可測，

甚麼樣的變化，都會發生！

人在船上，航行在大海之中，或許還不能體會出海是如何地偉大，但當你浮在海面上的時候，所看到的海，是完全不同的，你身子浸在海水之中，海浪輕微的起伏，將你的身子托上托下。那時候，你就會感到，人和海相比，實際上跟浮游生物和海相比，並沒有甚麼分別。海實在是太大了，就像是數字上的「無窮大」，「無窮大」減去一和減去一百萬仍然一樣是「無窮大」，其值不變，海可以吞噬無數生命，而連泡沫都不泛起一個來！

——衛斯理傳奇之《鑽石花》

與其有巨萬家產，到處受人白眼，遠不如敝衣敗履，到處受人招待的好。

——衛斯理傳奇之《鑽石花》

大城市就是這樣，幾乎每個人都沒有空，每個人的時間都不夠用。

——衛斯理傳奇之《地底奇人》

很多事，在一開始的時候，好像是絕無關係的，但是發展下去，很可能兩件事根本就只是一件事情！

——衛斯理傳奇之《地底奇人》

越是餓，越是想起各種各樣的食物來。最不堪的食物，在想像之中，都覺得美味之極。想要竭力不去想食物，卻又想起種種遇險歷難的事來，而且所想的，都是沙漠缺水、礦工被埋在地底等得不到食物這一類事情，越想越覺得飢餓。

——衛斯理傳奇之《衛斯理與白素》

真是難以想像，在表面上如此繁華、寧靜的都市中，暗底裏卻蘊藏着那麼多驚心動魄、各式各樣的鬥爭！

——衛斯理傳奇之《妖火》

有時候，相識數十年，未必能成知己，但有緣起來，才一相識便成了莫逆了。

——衛斯理傳奇之《妖火》

多嘴的人甚麼也得不到，反倒是沉默可以了解一切。

——衛斯理傳奇之《妖火》

羅馬不是一天造成的，任何事情，都有它的第一步，也是最困難的一步。

——衛斯理傳奇之《真菌之毀滅》

文明的進步，實在並沒有給人類帶來了甚麼好處。

——衛斯理傳奇之《真菌之毀滅》

在沙漠中，兩百里就是兩百里，和一百九十九里半都不同，你可以支撐了一百九十九里半，但是到最後半里時，你會以為自己仍在沙漠的中心，而喪失了繼續堅持下去的意志，而倒斃在沙漠的邊緣上。任何曾在大沙漠中旅行過、歷過險的人都可以證明這一點。

——衛斯理傳奇之《透明光》

我寧願相信握在自己手中的一分錢，而不相信銀行中的幾萬元。

——衛斯理傳奇之《真空密室之謎》

我真不明白，為甚麼人們總要冒着生命的危險，去追求其他，要知道只有生命才是最寶貴的東西！

——衛斯理傳奇之《真空密室之謎》

事情就是那麼奇怪，你可能對某一些事，充滿了疑惑，在黑暗中摸索着，好久好久，一點頭緒也沒有，但突然之間，卻心中一亮，甚麼都明白了。

——衛斯理傳奇之《蜂雲》

在一個盜匪組織之中，你若是處在劣勢中，那你絕不能得罪第一號人物，但卻不妨得罪第一號以外的人物，說不定首腦人物還會欣賞你的能幹！

——衛斯理傳奇之《奇玉》

有即是無，一切「有」的東西，到頭來，總要變成「無」的！

——衛斯理傳奇之《原子空間》

信仰有時候會有意想不到的力量！

——衛斯理傳奇之《天外金球》

在人類而言，一萬年是一個大數目，但是在整個永恆的宇宙

而言，一萬年和千萬分之一秒一樣短促！

——衛斯理傳奇之《紅月亮》

最不受注意的人，卻是最危險的人。

——衛斯理傳奇之《紅月亮》

有許多事，發展的細節難以預料，但是事情會有甚麼樣的結果，總是可以斷定的。

——衛斯理傳奇之《紅月亮》

不幸的遭遇，有時也可以轉變為幸事的。

——衛斯理傳奇之《蠱惑》

有的時候，人生的際遇是很難料的，一件全然不足為奇的事，發展下去，可以變成一件不可思議的怪事。

——衛斯理傳奇之《奇門》

一樣東西，到了有錢也買不到的時候，那麼它的價值自然更加驚人了！

——衛斯理傳奇之《奇門》

越是想不通的謎，便越是容易引起人的興趣。

——衛斯理傳奇之《奇門》

每一個人對自己的家鄉話，總有一份親切感的。

——衛斯理傳奇之《屍變》

天下最乏味的事，莫過於聽一個老婦人嘮叨。

——衛斯理傳奇之《屍變》

筆友靠想像力維持，而事實和想像，往往有很大的一段距離。

——衛斯理傳奇之《筆友》

不論甚麼事情，一和「神」有了關係，神的味道多了，就總不免有點神神秘秘的氣氛。

——衛斯理傳奇之《叢林之神》

人生的最大樂趣是希望。

——衛斯理傳奇之《叢林之神》

人人都有明天，對每一個人來說，明天是新的一天，有許許多多新的事在等待着，而事先他絕不知道，就算他明天要死了，只要他不知道，他今天仍是興高采烈的。

——衛斯理傳奇之《叢林之神》

每一個人都知道自己會死，但是卻不知道甚麼時候會死，未知數即使是一個極小的數字，也比已知數是一個極大的數字好得多，人所以活着，拚命追求成功，追求享受，追求一切，全是因為人雖然知道會死，但卻不知道甚麼時候會死！

——衛斯理傳奇之《叢林之神》

有很多事，得不到的人夢寐以求，但是得到了之後，卻絕不

會有想像中的那樣快樂，反倒會帶來痛苦！

——衛斯理傳奇之《叢林之神》

和時代脫節，是一件十分痛苦的事，不論是落後時代也好，超越時代也好，總之是極度痛苦的！

——衛斯理傳奇之《叢林之神》

因為如果人不會死，只是繼續老下去的話，那實在是一件十分可怕的事！

——衛斯理傳奇之《再來一次》

可以肯定，絕不是綁票，因為是綁票，必定繼失蹤而來的，就是恐嚇勒索，綁票的目的是錢，而絕不是製造一些神秘的失蹤。

——衛斯理傳奇之《再來一次》

現在的小學和中學教育，可以稱為白癡教育，從小學到中學，要化上十年到十二年的時間，用這些時間去教育一個白癡才差不多，普通人，實在是太浪費時間。

——衛斯理傳奇之《消失》

年輕的時候，參加過許多活動，再也沒有比露營更有趣的了，日後，顛沛流離，餐風宿野的次數多了，想起以前對露營的那種狂熱的興趣，總有一種苦澀之感。

——衛斯理傳奇之《影子》

世界上有很多怪到無法想像的怪事，絕不是任何科學家所

能解釋的。

——衛斯理傳奇之《影子》

那家古董店，是市中很著名的一家，規模很大，不但售賣中國古董，也賣外國古董，唯一的缺點，就是東西擺得太凌亂，據說，那也是一種心理學，去買古董的人，人人都以為自己有幸運可以廉價買進一件稀世奇珍，所以古董店商人才將貨品隨便亂放，好讓客人以為店主對貨品，並沒有詳細審視過，增加發現稀世奇珍的機會。

但事實上，每一份貨品，都經過專家的估價，只要是好東西，定價一定不會便宜。

——衛斯理傳奇之《仙境》

古董店而僱用時裝模特兒般美麗的售貨員，這實在是很可笑的事，或許這是店主人的另一種招徠術吧！

——衛斯理傳奇之《仙境》

我知道古董店的壞習慣，當你專門要來買一件東西的時候，這件東西的價格，就會突然高了起來。

——衛斯理傳奇之《仙境》

在世界上，同心合力去做一件事，但是等到事情成功之後，卻又你爭我奪的例子，實在太多了。

——衛斯理傳奇之《仙境》

春寒料峭，北風不斷發出呼嘯聲，細雨令得視野模糊，天黑

了，做甚麼最好呢？自然是幾個朋友圍着火爐天南地北地胡扯。

——衛斯理傳奇之《狐變》

凡是亂世，風水命相等等，就特別容易打動人心，不足為奇。

——衛斯理傳奇之《風水》

住這種簡陋的小旅館有一個好處，那就是不論你在甚麼時候出去，絕不會有人理你的。

——衛斯理傳奇之《風水》

影響你事業的，是你個人的心理，當你的心理受影響的時候，事業自然就不順利。由於你篤信風水，所以風水就影響你的心理！

——衛斯理傳奇之《風水》

風水，對於根本不相信的人來説，是全然無稽的，但是對於深信風水之説的人，像你，卻又大有道理，它能影響你的意志，決定你的一生。

——衛斯理傳奇之《風水》

自我的信心，寄託在一種信仰上，你以為風水有道理，信心就充足起來，你本來是一個十分有才能的人，一旦有了信心，自然無往不利，但是對於一個根本不信風水的人而言，信心不來自風水，來自別的方面，那麼，就根本無所謂風水了！

——衛斯理傳奇之《風水》

任何人的一生命運，總是在不斷發生變化的。

　　　　　　　　　　　　　　——衛斯理傳奇之《風水》

你相信它，它便存在，這本就是心理學上的名句！

　　　　　　　　　　　　　　——衛斯理傳奇之《風水》

對於不明白真相的人發怒，是最沒有意思的。

　　　　　　　　　　　　　　——衛斯理傳奇之《環》

　　我們不能明白的事實在太多了，而且，決不是每一件事都是可以研究得出道理來的。

　　　　　　　　　　　　——衛斯理傳奇之《雨花台石》

　　大海最神秘，表面上看來，平靜得似乎甚麼事也不會發生，但是事實上，在海上，在海底，簡直可以發生任何匪夷所思的事情！

　　　　　　　　　　　　　　——衛斯理傳奇之《魔磁》

　　「犯罪」這件事，從各方面分析起來，形成的原因極之複雜，而且，由於世界各地形勢的不同，「犯罪」的標準也大異，在某一個地區，是殺頭的大罪，在另一個地區看來，那可能是值得歌頌的英雄行為。

　　　　　　　　　　　　　　——衛斯理傳奇之《創造》

　　大城市中，居住在大廈內，就算住上三年五載，樓上樓下住

的是甚麼人，也不容易弄得清。

——衛斯理傳奇之《老貓》

人對於血淋淋的東西，有一股自然的厭惡。

——衛斯理傳奇之《老貓》

手電筒，那是何等簡單的東西，但是手電筒如果在一千年之前出現，那時候，集中全世界的智者來研究，他們能夠明白手電筒是為甚麼會發光的原理麼？

——衛斯理傳奇之《老貓》

不論是大小工潮，決無法煽動得起來的，所有的工潮，全是因為種種內在的原因而自己爆發的。正像你不能製造一場火山爆發，但是世界各地，卻不斷有火山爆發一樣！

——衛斯理傳奇之《老貓》

在一個不斷有着各種各樣新奇新聞的大城市之中，一樁新聞，能夠連續佔據報紙第一版頭條三天以上的，已然算是極其轟動的了。

——衛斯理傳奇之《貝殼》

在瀕於絕望的環境下，人的意志，會受到環境的影響。那種影響，會產生一種催眠的力量，使人產生一種念頭，那念頭便是：不如放棄掙扎，比勉強支持下去好得多！

這種念頭如果一經產生，那麼唯一的、可怕的結果便是死亡！

——衛斯理傳奇之《貝殼》

儘管自古至今，不住有人歌頌人生的可愛，但是，事實上，人生是痛苦的，痛苦到了絕大多數人，根本麻木到了不敢去接觸這個問題，不敢去想一想這個問題，只是那樣一天一天地活下去，直到生命結束。

　　也許白素所說的是對的，每一個人在臨死之前，都在後悔：死亡終於來臨了，為甚麼要在經歷了如許的痛苦之後，才讓死亡結束生命？

　　這是一種極其可怕的假設，這個假設，如果在每一個還活着的人的腦中成立，那會形成甚麼樣的結果，不堪設想。

——衛斯理傳奇之《貝殼》

　　一個人的一生，不論在外表上看來是多麼平淡，但是他總是經歷了驚風駭濤的一生，每一個人都有數不盡的希望，為這些希望，努力地掙扎着、忍受着，然而，有多少人是希望得到了實現的？人所得到的是希望的幻滅，是在忍受了掙扎的痛苦之後，再忍受希望幻滅的痛苦。而就算一個希望實現了，另一個希望，又會接着產生！

——衛斯理傳奇之《貝殼》

　　人生要完全沒有痛苦，就得完全沒有慾望。但是，那是不可能的事，因為人與生俱來的本能，就是求生的慾望！

——衛斯理傳奇之《貝殼》

　　你們最叫人不明白的一點，是根本不讓人——一個人，有自願選擇他自己喜歡的生活，而用許多名詞，例如社會、道德等等，

去強迫一個人做他不願做的事，過他不願過的日子！

——衛斯理傳奇之《貝殼》

　　世界上的事情，真是微妙不過，一點點的差異，可以使以後的事，發生完全不同的變化。

——衛斯理傳奇之《地圖》

　　因為世界上，有許多事，根本是沒有結果的。尤其以神秘的事情為然。

——衛斯理傳奇之《地圖》

　　很多人都喜歡凌亂，不喜歡太井井有條。

——衛斯理傳奇之《規律》

　　神經病院之中，似乎自然有着一股陰森之氣，這種陰森之氣，甚至遠較黑夜的墓地來得可怕。

——衛斯理傳奇之《沉船》

　　在未曾經歷一件事情之前，想像可以應付是一件事，而到了身歷其境之際，是不是真正能應付，又是另一件事！

——衛斯理傳奇之《沉船》

　　凡是古屋，總有鬼的傳説。

——衛斯理傳奇之《沉船》

世界上，太多不幸的事了！

——衛斯理傳奇之《沉船》

編造「電梯不斷上升」的謊話，有一個好處，就是人人都知道那是不可能的事，於是，各種各樣的專家就會來解釋，這是屬於心理上的錯覺，於是，再也不會有人去深究他在電梯中，究竟遇到甚麼事了！

——衛斯理傳奇之《大廈》

電梯太現代，將人關在一個籠子裏吊上樓去，人為甚麼自己不走呢？人有兩條腿，是要來走路的！

——衛斯理傳奇之《大廈》

走不完的樓梯，這的確只有在噩夢中才會發生的事，而在現實之中，如果有了這樣的事，當然很可怕。

——衛斯理傳奇之《大廈》

所有的騙局都有餌，而越是誘人的餌，騙局就越大。

——衛斯理傳奇之《新年》

有錢，當然比沒有錢要好得多，但是有了錢，並不等於有了一切，你明白麼？

——衛斯理傳奇之《新年》

世上的事情是很奇妙的，當你以為會有意外發生的時候，意

外不一定會來。

——衛斯理傳奇之《新年》

在這個社會中，人和人之間，沒有信任，沒有人會相信一個陌生人的話，沒有，那真可怕。

——衛斯理傳奇之《新年》

去掉了根本沒用的東西，才能使他們知道還有更多東西沒有用，包括他們認為最珍貴的肉體在內！

——衛斯理傳奇之《頭髮》

如果世界上每一個人，都確知他們原來是從某一個天體上來的，在那裏，人是永生的，生命是永恆的，那會引起甚麼樣的混亂！

——衛斯理傳奇之《頭髮》

死亡不可怕，可怕的是完全不可測的，超越人類知識範圍以外的怪事！

——衛斯理傳奇之《眼睛》

公元八九四年，這就叫歷史悠久？你別忘了，我來自中國，在我們的國家裏，要公元前兩千年的東西，才夠資格稱得上歷史悠久！

——衛斯理傳奇之《迷藏》

生命一直存在，過去在，現在在，將來也在，只不過方式不同！

——衛斯理傳奇之《迷藏》

我們讀了天書，知道將來要發生的事，不能夠改變，一切悲哀的事，都只好眼看着它發生，這豈不是最痛苦的事？

——衛斯理傳奇之《天書》

不論在事情的經歷過程中有着甚麼樣的變化，總是達至同一的結果，這，除了說是命運的既定安排之外，實在沒有甚麼別的可說！

——衛斯理傳奇之《天書》

預知將來，真是十分痛苦的事情！

——衛斯理傳奇之《天書》

世界上有很多事，根本是不知道比知道好得多！

——衛斯理傳奇之《天書》

預知將來，不論是小至個人命運，或是大至世界前途，都沒有甚麼好處。

——衛斯理傳奇之《天書》

人生最大的樂趣之一是有着不可測的將來，每一天，展示在人生前面，全不可測，如果全知道了，只怕沒有甚麼人可以活得下去，尤其是知道，而又無法改變，那更是乏味。

——衛斯理傳奇之《天書》

任何事，一涉及「規矩」，幾乎就是沒有甚麼道理可講的。

——衛斯理傳奇之《木炭》

世界上有很多事，無論從哪個角度來解釋都解釋不通，但確然有這樣的事存在着！

——衛斯理傳奇之《木炭》

世事就是這樣的奇怪，一個看來絕對無關重要的決定，會對下決定的這個人，或是和這個人完全無關的另一些人，產生重大的影響，像是冥冥中自有奇妙的安排，任何人都無法預測。

——衛斯理傳奇之《玩具》

所謂冷、熱，只不過是反映感覺的一個字。如果人類的祖先在創造語言之際，將冷和熱掉過來，還不是一樣！

——衛斯理傳奇之《玩具》

命運，是看不見、摸不着的一種存在。

——衛斯理傳奇之《玩具》

殮房存放死人，和死人有關的地方，總有一種陰森寒冷的感覺，或許這是由於人類到如今還未能勘破生、死之謎的緣故。

——衛斯理傳奇之《連鎖》

願望，人人都有，甚麼願望才重要，也只有每個人自己心中才知道。

——衛斯理傳奇之《願望猴神》

事情再進行得秘密，也必然會給人知道！

——衛斯理傳奇之《願望猴神》

別以為心理病不會有甚麼急症，一個人心理上若是受到了嚴重的創傷，就需要緊急診治，和身體受到嚴重創傷一樣。

——衛斯理傳奇之《尋夢》

在夢中受到了毆打，會感到被毆的痛楚，那毫無疑問，是十分嚴重的精神分裂症。

——衛斯理傳奇之《尋夢》

一柄鋒利的刀，可以做出很可怕的事情！

——衛斯理傳奇之《尋夢》

人世間的恩怨本來已經夠多，如果前生的恩怨，積累到今生，那太可怕了！

——衛斯理傳奇之《尋夢》

落後地區有這個好處，幾十年的時間，外面世界天翻地覆，日新月異，可是落後閉塞的地方，幾十年一樣。

——衛斯理傳奇之《尋夢》

前世的因果糾纏，今生來了結，那是冥冥中的一種安排，不是任何人力所能挽回。

——衛斯理傳奇之《尋夢》

　　這真是人生，我遇到了他，他遇到了我，我們彼此，在第一小時的交往之中，就可以互相明白地知道，我們在一起，無比快樂。人生除了追求快樂之外，還能追求甚麼？

——衛斯理傳奇之《尋夢》

　　感情冷淡，是極其可怕的惡性循環，只有越來越向壞方面滾下去，而不會有奇蹟式的向好方面轉頭的情形出現。

——衛斯理傳奇之《尋夢》

　　常言道：不是冤家不聚頭，「冤家」的意思，並不單指有冤仇而言，有過異常的關係，都可以總稱冤家。也就是說，這是一種因果糾纏，果是好是壞，要看「因」是如何而定。

——衛斯理傳奇之《尋夢》

　　將來的事，全然無法預測，將來的事，受各種各樣千變萬化的因素影響，全然是一個無法追求答案的未知數。

——衛斯理傳奇之《尋夢》

　　朋友，做甚麼都比午夜在街頭上喝醉酒好！

——衛斯理傳奇之《第二種人》

　　制度是這樣，到了一定年紀，就得退休，好讓年輕人有更多的機會，這是無可奈何的事。

——衛斯理傳奇之《第二種人》

對於自己不懂的事，科學的態度是別太快下結論。

——衛斯理傳奇之《第二種人》

真相？女士，你在尋求真相？這未免太苛求了吧！世界上的事情，有多少能給人知道真相？

——衛斯理傳奇之《第二種人》

所有的答案，都是浮面的。誰都知道二加二等於四，可是沒有一個人知道，二加二為甚麼要等於四。

——衛斯理傳奇之《第二種人》

並不是每一件事都一定會有答案。

——衛斯理傳奇之《第二種人》

天下不會有人花了本錢，來作沒有目的的事。

——衛斯理傳奇之《後備》

別相信醫生的話，八十萬種毒藥之中，至少有七十九萬九千種，醫生不知道它們的來龍去脈。

——衛斯理傳奇之《後備》

事業的成功，是世界上每一個人都追求的目標，可是成功的事業，卻像是一具沉重的枷鎖一樣，緊扣在成功人士的脖子上，想要擺脫，簡直是沒有可能，只有無休止地為它服務下去，到後來，究竟是為了甚麼，只怕所有成功人士，沒有一個可以

回答得出來。

　　　　　　　　　　　　　——衛斯理傳奇之《後備》

　　奇蹟，有時也會發生，但是科學家比較實在，寧願不等奇蹟的發生，而將等待的時間，去做一些實實在在、有把握的事。

　　　　　　　　　　　　　——衛斯理傳奇之《後備》

　　科學的精神，就在於接受事實。

　　　　　　　　　　　　　——衛斯理傳奇之《後備》

　　世上謀取巨利的手法，有多少是合乎道德標準的？

　　　　　　　　　　　　　——衛斯理傳奇之《後備》

　　決定是決定，等到要做的時候，又是另外一回事了。

　　　　　　　　　　　　　——衛斯理傳奇之《後備》

　　天翻地覆的變化，可能就是天翻地覆的災禍。

　　　　　　　　　　　　　——衛斯理傳奇之《後備》

　　他有着數不清的財富，但是卻只有有限的生命。這是人最大的悲哀：當死亡一步一步逼近，財富的作用就越來越弱。

　　　　　　　　　　　　　——衛斯理傳奇之《盜墓》

　　即使是神通廣大的神，也一定有些事做不到。

　　　　　　　　　　　　　——衛斯理傳奇之《盜墓》

在優勢文明和劣勢文明之間，事實上沒有甚麼鬥爭、投降、勝利、失敗。兩種文明一接觸，優勢文明必然消滅劣勢文明，劣勢文明在崩潰之中，由劣勢變為優勢。負隅頑抗，沒有用處。

——衛斯理傳奇之《盜墓》

一艘船沉在汪洋大海之中，和一枚針沉在海中沒有甚麼分別，海洋實在太遼闊，就像「無窮大」，加上任何數位，依然是「無窮大」。

——衛斯理傳奇之《搜靈》

寶石本身的美麗，實在是在次要的地位，真正的美麗，是它所代表的大量金錢。

——衛斯理傳奇之《搜靈》

誰肯承認自己沒有靈魂？但是，誰又拿得出自己的靈魂來給人看。

——衛斯理傳奇之《搜靈》

人自己都不能肯定自己是不是有靈魂。每一個人在思想上，認定自己有靈魂，就有；認為自己沒有，就沒有。

——衛斯理傳奇之《搜靈》

人的思想，神奇不可思議。天文學家已經發現，最遠的類星體，距離地球一百八十億光年，這雖然有點不可思議，但是總還有一個具體的、拿得出來的數字放在那裏。可是人的思想，全然

不可捉摸！

——衛斯理傳奇之《茫點》

　　各種生物有各種生物的不同思想方法，以為只有人類才有思
想，那十分可笑。

——衛斯理傳奇之《茫點》

　　人類科學上所有的發展，全從虛無的設想上來。

——衛斯理傳奇之《茫點》

　　其實，世界上沒有一個人，自己看得到自己。至少，沒有人
看得清自己。

——衛斯理傳奇之《茫點》

　　人腦十分脆弱，只要有極微的干擾，就無法分得清真實和虛
幻，可是偏偏真實和虛幻，完全決定於腦子的活動。

——衛斯理傳奇之《茫點》

　　真相和不是真相，眼不起作用，起作用的是腦。

——衛斯理傳奇之《茫點》

　　人類對於自己身體主要的構成部份，所知竟然如此之少，難
怪人生那麼痛苦。

——衛斯理傳奇之《茫點》

要假設起來，甚麼都是可能的。

——衛斯理傳奇之《神仙》

進化的結果，不一定是進步的方式，我看低等苔鮮直接從空氣中取得營養，就比人要吃下大量食物的方式進步得多。

——衛斯理傳奇之《神仙》

這是一個觀念上的問題，東西放在那裏，事實發生着，用甚麼名詞去解釋，事實始終不變。

——衛斯理傳奇之《神仙》

永遠無法實行的理論，就是廢話。

——衛斯理傳奇之《追龍》

死人要是搖得活，天下還會有死人嗎？

——衛斯理傳奇之《追龍》

人永遠無法了解星星的秘奧，試想，在幾百光年、幾千光年、幾萬光年的距離之外，去觀察星體，而想藉此了解星體的秘奧，這太奢求了！這和在一公里之外觀察一個美女而想去了解她，同樣不可能。

——衛斯理傳奇之《追龍》

任何星體的變化都可以影響到地球，只不過不知是甚麼影響，那是科學上的空白！

——衛斯理傳奇之《追龍》

　　大城市，是許多人聚居的一個地方，一定是這個地方有吸引他們住下來的理由，如果忽然之間，許多人都覺得不再想住在這個地方了，一起離開，那麼，這座大城市也等於毀滅了。

　　　　　　　　　　　　　　　　　——衛斯理傳奇之《追龍》

　　一個人的一生，總要去做一些事的。

　　　　　　　　　　　　　　　　　——衛斯理傳奇之《追龍》

　　你去殺一個人，也有可能被殺，機會同等。

　　　　　　　　　　　　　　　　　——衛斯理傳奇之《追龍》

　　大、小，只是一種概念，人體有大小形體的限制，可是人的思想活動，全然沒有界限，是無垠的。

　　　　　　　　　　　　　　　　　——衛斯理傳奇之《洞天》

　　成了仙佛，還要再去追求更高的生命形式，永無止境，實在不是一椿愉快的事！

　　　　　　　　　　　　　　　　　——衛斯理傳奇之《洞天》

　　名字有甚麼俗不俗的，像我，叫長根，就叫長根，不能因為做了博士，就看不起自己原來的名字。

　　　　　　　　　　　　　　　　　——衛斯理傳奇之《活俑》

　　酒是宇宙之間真正的地球文化。

　　　　　　　　　　　　　　　　　——衛斯理傳奇之《活俑》

世界上有一些事情，真很玄妙，看來是毫不相干的談話，會在突然之間，給人帶來一種靈感，那種感覺，有時清晰，有時模糊，但對於苦苦思索沒有結果的事，都會有一定的幫助。

——衛斯理傳奇之《活俑》

很多人發思古之幽情，總是說古代比現代好，其實，人類文明進展雖然慢，但總是在不斷進步之中。

——衛斯理傳奇之《活俑》

大地山河，亙古不變，可是曾在這裏生活過、出現過的人，卻早已更換了不知多少。

——衛斯理傳奇之《活俑》

行走江湖，立身處世，最要緊的是守信用，要是他曾答應過甚麼人，絕不說出他曾做過甚麼事，那就上刀山，落油鍋，也決計不能說出來。作為他的朋友，更不應該逼他說出來。

——衛斯理傳奇之《活俑》

事實上，任何人都可以有奇特遭遇。

——衛斯理傳奇之《犀照》

世上有太多人類知識範圍及不到的事，只要有可能，就要用一切方法來探索！

——衛斯理傳奇之《犀照》

一些很奇特的現象，有時會被當作是普通的現象，在這種情

形下，真相就永遠不能被發現了。

——衛斯理傳奇之《犀照》

很多情形之下，當時不知道害怕，事後想起來，才會震顫。

——衛斯理傳奇之《犀照》

在急難的情況下，最重要的就是鎮定。

——衛斯理傳奇之《犀照》

如今世界不算可愛，但總是一個大家所習慣的生活環境，何必一定要起大變化？

——衛斯理傳奇之《犀照》

世界上，宇宙間，奇妙的事雖然多到不可勝算，但是決不會比命運更奇妙。

——衛斯理傳奇之《命運》

一件事，不論多麼簡單，那都是表面現象。事實上，一件再簡單的事，都極複雜，和千千萬萬的因素有關，千千萬萬的因素，結合起來，才產生一件簡單之極的事情。

——衛斯理傳奇之《命運》

將來終歸會來，任何人，走完自己的生命歷程，都可以清清楚楚知道有甚麼事曾發生。

但是，所有人，古代的、現代的，焦急地要提早知道。

——衛斯理傳奇之《命運》

把東西藏起來容易，要找出來，就難得多了。

——衛斯理傳奇之《異寶》

我們一無所知的東西，就算把它弄成碎片，也一樣不明白的。

——衛斯理傳奇之《異寶》

生物的本能，要改變不容易，非常不容易，接近沒有可能。

——衛斯理傳奇之《異寶》

正因為精神上的痛苦可以感染，所以才有藝術，古今中外，人類不知創造了多少藝術作品，都在不同的程度上，給他人以強弱程度不同的感染。

——衛斯理傳奇之《極刑》

他人受到的感染再強烈，也不及身受者的千分之一或萬分之一，除非有一個人，他的遭遇和受刑者一致，可能完全體會到受刑者的痛苦！其實，單是遭遇一樣，也不能完全感受到，必須這個人的思想，是和受苦者一樣才行！

——衛斯理傳奇之《極刑》

人類亙古以來的痛苦，英雄的悲劇，雖然各有各不同的環境和歷史背景，但是本質一致。

——衛斯理傳奇之《極刑》

他們曾受過各種各樣的酷刑，而他們絕不是罪有應得，相反

地，受刑人沒有罪，施刑人才有罪。

可是，一直是這樣在顛倒着，自古至今，一直在這樣顛倒着！

　　　　　　　　　　　　　　──衛斯理傳奇之《極刑》

黃堂呵呵笑了起來：「有甚麼事，能引起你衛斯理的興趣的，我要是不參加一下，會後悔一輩子。」

　　　　　　　　　　　　　　──衛斯理傳奇之《極刑》

世上很多事，其實全是遊戲，所以有「遊戲人生」的說法。

遊戲人生，並不一定是快樂的事，正如有許多遊戲，實在十分之乏味，叫人一點勁都提不起來一樣，如果人生從頭到尾，參加的是一連串乏味的遊戲，那麼，這個遊戲人生，自然也乏味之極了。

　　　　　　　　　　　　　　──衛斯理傳奇之《遊戲》

在地球上來說，規模最大的遊戲，自然是全人類都參加的那一種，這種大規模的遊戲，如果一旦開戰，在結束之後，是不是有勝方和負方呢？那是沒有人知道的事，大家只好推測，而普通的預測結果是：到時，根本沒有勝方和負方，因為所有的遊戲參加者，都不存在了，還有甚麼勝負？

　　　　　　　　　　　　　　──衛斯理傳奇之《遊戲》

不論你願意也好，不願意也好，各種各樣的遊戲，像許多大小不同的漩渦一樣，總會把你捲扯進去。

　　　　　　　　　　　　　　──衛斯理傳奇之《遊戲》

幾個將軍「在執行職務時喪生」和普通百姓的關係，絕比不上嚴冬時分，暖氣供應是不是足夠來得重要。

——衛斯理傳奇之《遊戲》

不論做甚麼事，都需要有豐富的想像力，甚至情報工作也不例外。

——衛斯理傳奇之《遊戲》

任何人工產生的力量，若是和大自然產生的力量相比較，都是微不足道的。

——衛斯理傳奇之《遊戲》

鑰匙，是一種十分普通的東西。現代人幾乎每天都要與之接觸，使用它去打開各種各樣的鎖。

鑰匙不能單獨存在，一定要和一把或幾把特定配合的鎖在一起，才有作用。沒有鎖的鑰匙，是世上最沒有用的東西，但是有鎖的鑰匙，其價值，可以從零到無窮大。

打開了一把鎖，甚麼也沒有，價值就等於零。

打開了一把鎖，裏面有着一切，價值就是無窮大。

——衛斯理傳奇之《生死鎖》

思想是完全沒有速度、時間的限制，任何人，只要一動念，想到了任何地方，就是到了任何地方，想到了一千公里之外，和想到了十萬公里之外，甚至於想到幾十萬光年之外，也都是一動念之間的事。

——衛斯理傳奇之《生死鎖》

　　世界上許多許多事，開始，都無法預知確切結果，問題是必須對自己能做到這件事有信心。

——衛斯理傳奇之《生死鎖》

　　一個時代，有一個時代的價值觀，在原始人的時代，能使獵物增加，食糧不缺的一切，在原始人的生命中，就有着至高無上的價值。

——衛斯理傳奇之《黃金故事》

　　快樂對人類來說，實在太吝嗇了，就是那麼短暫的一剎間。

——衛斯理傳奇之《黃金故事》

　　死亡若是突如其來，在人還未能覺得恐懼之前就來到，那實在一點也不算甚麼，因為這是生命的規律，任何生命，都必然會死亡。但如果死亡是緩慢地前來，清楚地前來，那麼，對一個將死的人來說，心頭所產生的恐懼，其痛苦的程度，遠較死亡為甚！

——衛斯理傳奇之《黃金故事》

　　每一個廢墟，都有着它自己的故事，每一個故事都不同，就像是每一個人的生命歷程都不相同一樣。

——衛斯理傳奇之《廢墟》

　　背後別說人壞話，他如果不說，一定有他不說的原因，他要隱忍這樣一個秘密，一定十分痛苦，要相信朋友，體諒朋友苦衷。

——衛斯理傳奇之《廢墟》

在沒有更好的解釋之際，再離奇古怪的解釋，就是唯一的解釋。

——衛斯理傳奇之《廢墟》

人不能做錯事，做了，有事沒事就會被人掛在口上。

——衛斯理傳奇之《廢墟》

在上代看來，嚴重到了可以斷頭，可以亡命，可以滅族，悲壯激烈，無以復加，彷彿天崩地裂的大事，在後代看來，可能只是哈哈一笑，只覺得莫名其妙。

——衛斯理傳奇之《廢墟》

轟轟烈烈又怎麼樣？非同小可又怎麼樣？大英雄大豪傑又怎麼樣？到頭來，還不都是棺木中的一具屍體？

——衛斯理傳奇之《廢墟》

揮霍金錢，是最容易學會的一件事，只要你對之有興趣的話。

揮霍金錢，也是最難學會的一件事，如果你對之沒有興趣的話。

——衛斯理傳奇之《廢墟》

兒童、少年、青年，各有他們以為十分緊張，彷彿世界末日就要到來的緊張事，但這一類事，在成年人看來，卻不值一哂。

——衛斯理傳奇之《密碼》

世上一切的事，表面上看來，可能一點關係也沒有，但實際

上，總可以找出一點關係來的。

——衛斯理傳奇之《密碼》

世事往往如此，就是在自己認為最靠得住的一點上，實際上卻是最靠不住的——也正由於你認為最可靠，所以結果變成了最不可靠。

——衛斯理傳奇之《密碼》

十拿九穩的事，和一拿三穩的事差不多，都不完全可靠，事情有九成九希望，和沒有希望一樣，都可以在○點一或○點○一上出差錯，變得甚麼也不成功。

——衛斯理傳奇之《密碼》

或許，這就是生命的奧秘，高級生物，不論生活在哪一個星體上，都無法了解自己生命的真正奧秘。

——衛斯理傳奇之《血統》

人類的交通工具不但落後，旅行的手續，更是繁複無比，在和外星人有過接觸之後，更感到地球人不但落後，而且愚蠢之極——大家都在地球上來來去去，可是把甚麼出境入境的手續弄得費時失事，麻煩之至。

——衛斯理傳奇之《血統》

血統的束縛，實在沒有生理上和心理上之分，都是一樣的，那是所有生物的一種生命形式，不要說無法突破，連改變都在所不能，要是能改變的話，那麼，這種生物便不再是這種生物了！

39

而這種生物，如果不再是這種生物，變成了另一種生物，一樣有另一種生物的血統框子，將之圍在其中，從一個框子跳進了另一個框子，這樣的改變和突破，又有甚麼意義可言？

——衛斯理傳奇之《血統》

　　主要的，不在於我有甚麼血統——就算我是百分之一百天龍星人，只要我一出世就在地球生活，我也必然是地球人，不是天龍星人！血統十分無形，有時能引發起一陣激情，但當你想到你根本無法單憑血統生活，你就不會再重視它……。

——衛斯理傳奇之《血統》

　　任何組織內都有叛徒！

——衛斯理傳奇之《謎蹤》

　　生活經驗豐富了，可以體驗到太多安排的事實——有時，不一定是精心的安排，只不過是一個極偶然的的安排，就可以改變了一個人或許多人畢生的命運，真是可怕之極。

——衛斯理傳奇之《謎蹤》

　　想通過任何方法去控制人，都不會百分之百成功。

——衛斯理傳奇之《謎蹤》

　　有時，毫無意義的行為，很能令人感動。

——衛斯理傳奇之《謎蹤》

就算是虛假的快樂，也比真實的痛苦好。

——衛斯理傳奇之《謎蹤》

人生的際遇，有許多事的發生，都偶然之極。而偶然發生的事，可以對一個人的一生，形成巨大的影響，甚至於改變一生。

——衛斯理傳奇之《瘟神》

在父母的立場而言，都覺得自己在盡力照顧子女，可是再也想不到，將成年的子女，視父母遠遊，為特大喜訊。

——衛斯理傳奇之《瘟神》

害怕，而仍然不退避，這才是真正的勇氣，若是根本不怕，也談不到甚麼勇氣了！

——衛斯理傳奇之《瘟神》

被背叛是極痛苦的事。

可是如果想一想，背叛者總有他的理由，也就有機會像甘鐵生一樣，痛苦會消失無蹤。

真會嗎？

騙你的，因為我試過了，沒有用。

有一點，倒很容易明白：不要對人太好，或不需對人太好，或不必對人太好，因為你永遠不知道別人心中怎麼想！

——衛斯理傳奇之《背叛》

人的命運，真是天下最奇怪的事，幾乎不可能發生的一個機緣，可以改變一個人的一生，而一個人的一生，又可以影響許多

人的一生，許多人的一生糾纏聯結起來，就是整個人類的命運。
而一切，絕對可以只開始於偶然的偶然。

——衛斯理傳奇之《背叛》

朋友和朋友之間，自然可以有各自的秘密，任何人沒有權去
要求一個朋友把所有的秘密完全告訴他的。

——衛斯理傳奇之《鬼混》

任何事，總是破壞比成功容易多了！

——衛斯理傳奇之《鬼混》

「好有好報，惡有惡報！若有未報，時辰未到！」

以上四句話，是有關報應的傳統說法，許多壞事做盡的人，
都未遭報應，於是，有人懷疑是不是真有報應這回事，也就有大
具哲理的「時辰未到」的說法。報應是一定要來的，做過壞事的
人，自己心中也十分明白必有報應，只是不知道報應在甚麼時候
發生而已。

在這樣的情形下，報應來得遲，似乎比報應來得快更可怕，
因為日復一日，年復一年，提心吊膽，在等着報應的來到，幹過
傷天害理壞事的人，心中那份惴惴不安和恐懼，自然是報應正式
降臨之前的額外懲罰。

——衛斯理傳奇之《報應》

報應，可以說是一種來自宇宙、天神的管理力量，要是冥冥之
中，沒有了報應，等於社會中沒有了法律，那會是甚麼樣的混亂！

——衛斯理傳奇之《報應》

要是後悔了，做點好事，就可以消除過去的惡行，那還叫甚
麼報應呢？

——衛斯理傳奇之《報應》

故事由白老大和哈山打賭開始，兩個老人家之間的這場打
賭，誰也沒輸，誰也沒贏——世上所有的打賭，其實結果皆是如
此。

——衛斯理傳奇之《錯手》

世事若是全在意料之中，人生也就沒有甚麼味道。

——衛斯理傳奇之《錯手》

許多許多神秘事件，終於可以探出真相來，正是由於一念而
來的好奇開始的。

——衛斯理傳奇之《錯手》

真正的真相大白是不存在的，只要一件事，有兩個人以上參
與的，就永遠沒有真正的真相大白的機會。這是由於人與人的溝
通，不是直接溝通，而是間接溝通之故。沒有一個人可以知道另
一個人的真正思想，所以，也就沒有真正的真相大白這回事。

——衛斯理傳奇之《真相》

根據中國民間的傳統，同情總是放在造反的一方，不會放在
官府的一方，那是中國幾千年來的封建統治所形成的一種民族叛
逆心理。

——衛斯理傳奇之《真相》

很簡單的事，如果理論化起來，就會變得十分複雜，看得或聽得人頭昏腦脹，以為自己的智力有問題，說穿了，卻人人皆明。

——衛斯理傳奇之《毒誓》

不論在古代還是現在，當一個人罰誓的時候，所說的話，可靠程度是多少呢？

答案是：從零到一百——有可能所說的全是謊言，也有可能全是真話。

絕無可能在一個人罰誓時的誠懇態度，和所許下的血淋淋的諾言上，判斷這個人的話的真實程度。

——衛斯理傳奇之《毒誓》

誓言，尤其是毒誓，如果不是真的想那樣的話，最好不要亂開口——世界上的事，都有萬一，罰了一千個誓，九百九十九個沒有應驗，一個應驗了，也就夠瞧的了，誰叫你罰的是毒誓。

——衛斯理傳奇之《毒誓》

任何誓言的最後結果如何，誰都不能預測，因為誰都不知道以後會發生甚麼事。

不論以後會發生甚麼事，會發生的都會發生，不會發生的都不會發生。

——衛斯理傳奇之《毒誓》

在沙漠之中，人求生的能力，和駱駝相比，相差太遠了。

——衛斯理傳奇之《毒誓》

在沙漠中，不論發生甚麼變故，和駱駝在一起，是不會錯的。
——衛斯理傳奇之《毒誓》

一個人，如果努力在掩飾恐懼，那就是他感到了真正的恐懼。
——衛斯理傳奇之《毒誓》

他聽到的是正常的風吹過沙漠的聲音，「沙沙」地作響，沙粒在滾動之際，所發出的聲響，十分輕柔，誰也料不到那種輕柔的聲音，歷年來不知吞噬了多少生命。
——衛斯理傳奇之《毒誓》

在很多情形之下，經驗實在也沒有多大的用處。
——衛斯理傳奇之《毒誓》

一千多年前的事，和一分鐘之前的事一樣：都是過去了的事。
——衛斯理傳奇之《毒誓》

現代的商業行為雖然在表面上看來，十分文明，但是商業行為的目的，是為了獲利，利之所在，二十世紀的文明人，和三世紀的古代人，作風原則，維持不變，還是甚麼樣的手段都會使得出來的。
——衛斯理傳奇之《怪物》

有時，為了目的，軟言相求，比堅持原則要有用得多。
——衛斯理傳奇之《怪物》

她們既然絕不輕易讓別人知道她們有這種小巧的利器在身，我自然也是裝着沒有看到的好——或許她們另有內情，要是怕我看到了問起，這就不免尷尬了。自然，這種人情世故，也是到了一定的年齡之後才懂得的，在年輕時，哪裏會顧得那麼多。

——衛斯理傳奇之《怪物》

可知腦子，是生命的主宰！

——衛斯理傳奇之《繼續探險》

可是在心理學上來說，謊言說上一千遍，就會變事實，自己對自己撒謊，重複一千遍，也會把自己騙信了的。

——衛斯理傳奇之《繼續探險》

人生歷程一如探險，前路全不可測，甚麼樣的變化，都會發生！

——衛斯理傳奇之《繼續探險》

任何一個靈長類生物的人，他的一生，也可以說，就是一個設置圈套和進入圈套的歷程，沒有人可以避免。這樣說，是不是可以列出一個公式：「圈套＝人生」？

——衛斯理傳奇之《圈套》

人生既然如此難以逆料，最好的對付態度，就只有聽其自然。

——衛斯理傳奇之《圈套》

魚被魚餌引誘得上鈎，和人類被一些餌引進圈套，情形完

全一樣。

——衛斯理傳奇之《圈套》

　　所謂「沒來由的焦躁」的說法，不能成立。情緒上的焦躁，必有來由，只不過由於未知來由為何。

——衛斯理傳奇之《圈套》

　　人的一生之中，所有的行為，真正是自己樂意去進行的，又有多少？為甚麼一定會有那麼多自己不願做的事，卻偏偏要做？是誰定下的規矩？為甚麼像是天條一樣，人人遵守，竟沒有人反抗，甚至沒有人質疑，為甚麼！

——衛斯理傳奇之《圈套》

　　生兒愚且魯，兩代上下都幸福。

——衛斯理傳奇之《圈套》

　　同時，我也想到，在最沒有辦法之中，還是有一種辦法可用，那就是最原始的笨辦法，或稱死辦法，這種辦法由於太笨，所以往往被人忽略（尤其是聰明人）。
　　笨辦法因事件不同而有變化，但是不論在多麼複雜多變的事件之中，必然有一個笨法子存在。

——衛斯理傳奇之《圈套》

　　河水滔滔，不知流了多少百萬年，任何人的生命與之相比，都微不足道。

——衛斯理傳奇之《烈火女》

任何事，發生在與己無關的他人身上，都是小事，大到航機失事，死亡六百人，對非洲西部一個村落中的村民來說，是小事，還不如這條村死了一頭老狗來得轟動。

所以，小事的當事人和他的親人，認為是一件大事，與之無關的人，根本不會放在心上，就算這事可以刊登在報上，看到的人，嘆息一陣子，也就完了。

任何事件，都可作如是想。

　　　　　　　　　　　　　——衛斯理傳奇之《從陰間來》

大城市中，永遠有說不完的話題，把人殺死了煮熟來吃這種駭人聽聞的事，也至多只能成為三天的話題。

　　　　　　　　　　　　　——衛斯理傳奇之《從陰間來》

那天晚上是少見的寒冬之夜，細雨霏霏，北風呼號。在這個南方的城市，自然不會真正冷到哪裏去，但是在北方長大，潛意識之中，都有童年少年如何在嚴寒中度過的記憶。這種記憶，形成了心理上的條件反射，到了冬天，就會想起那種滴水成冰的日子——這是何以北方人在南方比南方人怕冷的原因。

　　　　　　　　　　　　　——衛斯理傳奇之《從陰間來》

有許多事情，錯過了這個機會之後，機會就再也不來了。

　　　　　　　　　　　　　——衛斯理傳奇之《從陰間來》

探聽他人的秘密，是不良行為！

　　　　　　　　　　　　　——衛斯理傳奇之《少年衛斯理》

玉不琢，不成器。如果玉有感覺，在被雕琢之時，也怕絕不愉快，又或者，玉本身根本不想成器，那不是冤枉得很嗎？

玉是沒有感覺的，所以可以不理，但人是有感覺的，其實很應該多問問人的感覺如何。

忽然來的感慨，還是由那個倏和忽替渾沌開竅，卻把渾沌開死了而來的。

——衛斯理傳奇之《少年衛斯理》

那種避世的精神，無法形成人類的進步——或許有人說，人類沒有進步會更好，那也不必爭論。

——衛斯理傳奇之《少年衛斯理》

事情明明已發生了，總有一些自命站穩科學立場的人嚷說「不可能」，嘴臉淺薄得令人生厭。

——衛斯理傳奇之《到陰間去》

擺明了有一件秘密不肯說，也是坦蕩蕩的行為。

——衛斯理傳奇之《到陰間去》

不論甚麼事，有因必有果，有業必有報，明白這個道理，坦然受之，也就是了，何必常年戚戚在懷？

——衛斯理傳奇之《到陰間去》

真正的秘密，只有一個人知。而真正的秘密有時會洩露，唯一的原因，是由於秘密的擁有者，自己出賣了自己，自己首先把秘密說給了另外一個人聽。

「告訴你一個秘密，只是說給你一個人聽的，千萬不能傳開去。」

這樣的話一出口，秘密從此公開——連你自己都守不住秘密，怎麼還能希望別人代你守秘密呢？

所以，如果不想秘密公開，就必須維持真正秘密的原則：只有一個人知道。

——衛斯理傳奇之《大秘密》

把秘密藏在心底，會形成很痛苦的一種感覺，會渴望有他人分享自己的秘密。真有這種情形出現，秘密的防線已經崩潰了。

——衛斯理傳奇之《大秘密》

不愉快的往事，若是一再想起，是很痛苦的事。

——衛斯理傳奇之《大秘密》

富有並不是罪惡，而且，再富有，還是有些事做不到的！

——衛斯理傳奇之《陰差陽錯》

現狀可以打破，傳統可以更改，規範可以重設！

——衛斯理傳奇之《陰差陽錯》

雖然同性戀關係，在中國古已有之，歷史上都有明文記載，並不是西風東漸之後從西方傳過來的，而且也一直十分公開，反而一直到了近百年，才被社會普遍歧視，被當作是見不得人的事。這種社會風氣是為何形成的，很是莫名其妙。

——衛斯理傳奇之《陰差陽錯》

根據一些現象所作出的判斷，有時離事實很接近，但也有些可以完全不是那麼一回事。

「眼見為準」，並不可靠——有太多的事，是眼見了，也作不得準的。

——衛斯理傳奇之《禍根》

大多數有志氣的下一代，都會拒絕上一代的安排，而謀求自己的發展。

——衛斯理傳奇之《禍根》

貪慾是一切惡行之源，是一切禍害之根。一旦貪慾高於一切時，除了達到目的之外，其他的一切都可以不顧了。

——衛斯理傳奇之《禍根》

在身體遭受到巨大痛苦的同時，思想上又確知了自己的死亡，那真是加十倍的痛苦。我努力睜大眼，雖然甚麼也看不見，可是我還是努力睜大眼——或許，古人所謂「死不瞑目」，就是這個意思。

——衛斯理傳奇之《禍根》

小事在很多情形下會擴展成為大事。

——衛斯理傳奇之《陰魂不散》

凡事，得和失總是相應的！

——衛斯理傳奇之《陰魂不散》

凡陰謀皆有目的。

——衛斯理傳奇之《還陽》

照記者的意思，世事成功，不應該靠運氣，應靠努力或勤懇，甚至「有志者事竟成」，甚麼「只要功夫深，鐵杵磨成針」之類的鬼話，幾千年來，害人匪淺。

（把這一類所謂「勵志」的話形容為「鬼話」，一點也不過分，誰要是相信真的可以把鐵杵磨成針，誰就倒了大頭霉了。）

諸葛孔明是世所公認的智者，他曾很感慨地說：「謀事在人，成事在天。」

這八個字很簡單明瞭地說明了努力和運氣之間的關係。一件事要取得成功，努力是一大因素，運氣是另一大因素，兩者缺一不可。

——衛斯理傳奇之《運氣》

天下事，大多數可以解決，真要無法解決，那就急也沒有用處！

——衛斯理傳奇之《運氣》

許多奇事，開始時，都是一點意思都沒有的！

——衛斯理傳奇之《運氣》

人生，開心的時候和勿開心時候，大都由自己的心境來決定。你開心，就開心；你勿開心，就會勿開心——聽來像廢話，卻大有道理。別老是勿覺得勿開心，就開心了。

——衛斯理傳奇之《開心》

　　「輩份」這玩意，是中國大家族中十分奇妙的現象，輩份高的，自然是長輩，但是輩份的高低，和年齡的關係是不規則的，並不是一定輩份高的年紀就大。

——衛斯理傳奇之《轉世暗號》

　　七叔的話，類似「佛偈」，含有似是而非的哲理，誰都會説，容易得很。聽的人也大都不求甚解，最多興一時之感嘆；或略有所悟，絕少真有人真去深究——如果真要研究何以把假作真時假就會真，那是一輩子也弄不明白的事。

——衛斯理傳奇之《轉世暗號》

　　其實，星球也是一種生命，有誕生，就必然有滅亡，任何星體，都不能例外。＇

——衛斯理傳奇之《將來》

　　任何事情，都有改變，但任何事物的改變，都有一個自然規律，循這個規律來變化。突然的外來力量的改變，別説沒有選擇不改變的自由，就算有，也不是本來的自然規律。

——衛斯理傳奇之《改變》

　　中午，雨勢頗大，我愛聽雨點灑在樹葉上的聲音——在大都市中，這種情形，甚至可列為奢求。

——衛斯理傳奇之《暗號之二》

　　人生在世，各有任務，大任在身，有時，是推也推不掉的。

——衛斯理傳奇之《暗號之二》

一個人有理由要去做一件事，絕不等於這件事就是他做的！

——衛斯理傳奇之《暗號之二》

絕大多數的災禍，都源自愚蠢和瘋狂，但也有極少數例外的是無心之失。

——衛斯理傳奇之《闖禍》

真正的無心之失，也可以闖大禍的。

——衛斯理傳奇之《闖禍》

地球上每天都有許多生物絕種，但他們或渺小，或醜陋，或平凡，所以不為人注意——由此可知，不論甚麼，外表是很重要的。

——衛斯理傳奇之《闖禍》

劫數充塞於天地之間，天地之間億萬物億萬事，在在在數，無一能免，雖都在數，但總是小事。即使一旦地球數盡，重成高溫氣團，也是小事，不過宇宙間少一粒微塵而已。明乎此，可免心長戚戚，坦然任劫數縱橫，由得它去。

——衛斯理傳奇之《在數難逃》

許多事都是那樣，到了絕路，要是過不去，那就從此煙消雲散，完蛋大吉。要是能闖得過去，那就一發不可收拾，不知道會到達甚麼地步了。

——衛斯理傳奇之《在數難逃》

所以，「歷史改寫」這個說法是不存在的——歷史一定是那樣，你們再改寫了，歷史在偷笑：何改之有，本來如此！

——衛斯理傳奇之《在數難逃》

為朋友犧牲自己，不是說不可以，但必須有個原則。

那原則就是，朋友的痛苦，在死之上，你才值得去替他死。若是你犧牲了生命，他得的只是一般好處，那就不合原則。

——衛斯理傳奇之《解脫》

一個人生性若是好奇，即使做了鬼，也不會改變。

——衛斯理傳奇之《解脫》

名、利、情、義、權、勢，沒有的時候，拼命去追，告訴他，追到了要用生命作代價，還不是一樣沒有用。

——衛斯理傳奇之《解脫》

凡是新生，都經過大痛苦而後誕生，人如此，連蟲也如此，繭化成蟲，掙扎出來之時何等痛苦。釋迦牟尼不是經過大痛苦，如何會悟出佛理來？

——衛斯理傳奇之《解脫》

人的生命，似乎是一個沒有終極的苦痛的漩渦，連死亡都不能擺脫，再生轉世，雖然是生命的延續，但同樣也是苦痛的延續。

——衛斯理傳奇之《解脫》

知得越多、越深，就越感到人生無常，沒有意義，知得少的，

快快樂樂地在享受生命，人間的情形，一直就是如此。在靈界，情形也一樣。對生命的意義，根本不作探索，渾渾噩噩的愚者，不是比整日思索的智者快樂得多嗎？

——衛斯理傳奇之《解脫》

知得太多還不要緊，想得太多才最是麻煩。

——衛斯理傳奇之《解脫》

李先生和莊先生，早就指出過，「棄智」乃是生命中的重要過程，可以「明天下」——那個時代的人，對生命了解之深刻，猶在現代人之上，現代人對生命的奧秘，越來越不深究了。

——衛斯理傳奇之《解脫》

醉生、夢死，不去深究，便也是解脫的第一步了。

——衛斯理傳奇之《解脫》

「五蘊皆空」是真正的空，「不生不滅」，擺明了不要再生，「不增不減」說得再清楚不過，甚麼都不要了，又何求來生，何求成佛？只有到這一地步，才能「除一切苦厄」。

這樣簡單明瞭的訓示，可是世人在誦讀心經之餘，有多少能夠真正了解？世俗都只着眼於「此生」的一切苦厄，以為「此生」一結束，苦厄也隨之而解脫，卻不知道，真正的解脫來自「不生」，只有徹底的空，才是徹底的解脫。

但是，這種精義，對連此生的苦厄都不肯放棄的世俗人來說，未免太奢求了。

——衛斯理傳奇之《解脫》

所謂「正果」，就是甚麼都不要，任何生命的形式都不要，沒有生命，才是真正目的。

——衛斯理傳奇之《解脫》

世俗人在「錯誤的路上兜圈子」，只要不知那麼多，不想那麼多，一樣自得其樂，享受人生。

——衛斯理傳奇之《解脫》

生命的意思，就是有開始有結束的一個過程，所以，不存在永恆這回事，若有永恆，那就不能稱之為生命！

——衛斯理傳奇之《遺傳》

閒中歲月，匆匆一日又一日，人生無非如此。翻江倒海也好，閒散也好，時間總是那麼過去，對人人都絕對平等，也算是閒中偶得。

——衛斯理傳奇之《爆炸》

許多神秘莫測、不可思議的事，都是由於人們一個勁兒向複雜方面去想才造成的，其實事情本身，很是簡單。

——衛斯理傳奇之《爆炸》

所謂「女性優先」，其實是大大地歧視女性的行為。

——衛斯理傳奇之《爆炸》

人類所有的進步，都是源自豐富的想像力而來的！

——衛斯理傳奇之《爆炸》

雖然，發掘寶藏是極其吸引人的行為——寶藏主人千方百計，巧取豪奪，不知花了多少年月，積累起來的財富，一下子呈現在面前，這裏何等的賞心樂事。

　　但是，發掘寶藏這種行為，在某種程度而言，也和做夢差不多，太多的例子是，經過了千辛萬苦，結果是一無所獲。

　　　　　　　　　　　　　　——衛斯理傳奇之《水晶宮》

　　甚麼樣的基礎，產生甚麼樣的妄想。一個人若是根本沒有基礎，或是基礎薄弱，那就必然沒有想像力或想像力薄弱。想像，即使是妄想也好，都不是憑空產生的。

　　　　　　　　　　　　　　——衛斯理傳奇之《水晶宮》

　　每一個人都有前世，若是人人都要算前世的帳的話，這世上的混亂，至少增加一百倍以上。

　　　　　　　　　　　　　　——衛斯理傳奇之《前世》

　　越是看來不可能的事，越是事實。
　　怪乎哉？不怪也。

　　　　　　　　　　　　　　——衛斯理傳奇之《新武器》

　　在大時代的動亂中，人和事能否備在歷史記載之中，往往也靠機緣，難說得很。

　　　　　　　　　　　　　　——衛斯理傳奇之《新武器》

　　因為在我們有生以來，所接受的思想方法訓練都是按常理，

有邏輯的，根本無法作非常理的推測。

——衛斯理傳奇之《新武器》

死人的頭部，除了對死者的親人之外，對任何人來說，那應該是沒有意義的事，對一個正常的人來說，就算有人雙手捧上死人頭一個，敬請哂納，也必然敬謝不敏，不會接受的。

——衛斯理傳奇之《病毒》

人類的知識，本來就是自玄學開始的，但到了近代，才忽然被實用科學所替代。原因是由於玄學太深奧，太難理解，需要異樣的才能，才可以有所成就。而實用科學，即使是一個庸才，十多年按部就班的訓練下來，也就可以稱為「科學家」了，連猴子都可以通過訓練成為專才，實在不算甚麼！

——衛斯理傳奇之《病毒》

何必去追問人家對你的不滿？聽不見就算了，耳根清靜為要。

——衛斯理傳奇之《算帳》

人的每一個行為，都有太多太多的促成因素。

——衛斯理傳奇之《算帳》

人到了接近死亡的時刻，就算是以前再不想死，再怕死，到那時候，腦中也會產生一種變化，這種變化使人的思想改變，想法會改變的！

——衛斯理傳奇之《算帳》

人到了面臨死亡之際，是不是會不再怕死，安然接受死亡呢？

看來，就算是想像，這個想像，也大是有理，可以接受——很多人在臨死之前的一剎那，都特別平靜，那就是思想上已有準備接受，這無可避免的結局的表現了！

——衛斯理傳奇之《算帳》

人總是要死的，那是人這種生命形式的鐵律，除非能根本改變人的生命形式，否則無法避免這一規律——歷史上，許多人，尤其是帝王，都一心想改變生命形式，以求達到避開這個規律之目的，但是成功的例子，少之又少。

——衛斯理傳奇之《算帳》

一個人只剩下了身體，沒有了思想，自然也沒有了任何感覺，又何來痛苦？

——衛斯理傳奇之《算帳》

只有在觀念上確實認識了人生的短促，才會真正知道，為許多爭權奪利的事而浪費了有限的生命，是多麼的可笑，自然就沒有人再去做這種傻事。那麼，地球上的生活，不是可愛得多了嗎？

——衛斯理傳奇之《算帳》

人人都有一個原形，只是有些迫不得已，原形現露了，有些一生不露而已。

——衛斯理傳奇之《原形》

　　説空話是人類的行為之一，甚至被歸入「文學」類。有的空話，聽來看去，偉大之至，可是聽下來看下來，還是空話，人類亦樂此不疲，真是奇怪。

　　　　　　　　　　　　　　——衛斯理傳奇之《原形》

　　一些所謂「哪有這種事」、「不可能」、「太荒謬了」，以至看來有權威的「不科學」等等的説法，只不過是持這種説法的人，知識領域太過狹窄而已，豈有他哉。

　　　　　　　　　　　　　　——衛斯理傳奇之《原形》

　　一個不能解釋全面情況的假設，不是好的假設！

　　　　　　　　　　　　　　——衛斯理傳奇之《活路》

　　不論是甚麼思想，包括妄想在內，如何產生，人類一無所知。

　　　　　　　　　　　　　　——衛斯理傳奇之《活路》

　　三千大千世界，原可以小若微塵，只看你心中如何想。

　　　　　　　　　　　　　　——衛斯理傳奇之《活路》

　　你不信，是你的事，根本不必讓我知道。

　　　　　　　　　　　　　　——衛斯理傳奇之《雙程》

　　人類的語言文字，只能表達人類生活之中正常發生的事。至於像那巨人這樣的「雙程生命」，絕非人類的正常生活，所以也就無法用語言或文字來作精確的表達。

　　　　　　　　　　　　　　——衛斯理傳奇之《雙程》

你們沒聽說過一句名言麼？「越亂越好」！亂，表示有很多頭緒在，只不過我們未曾理出來，那比全然沒有頭緒，一絲不紊，好得多了！

——衛斯理傳奇之《雙程》

某些事件雖然機率極小，只要不等於零，它就絕對有可能發生。

——衛斯理傳奇之《雙程》

雖然有哲人說：希望是最大的騙子，可是世界上有太多願意被騙的人，所以即使是一線希望，也足以令人無限興奮。

——衛斯理傳奇之《買命》

金錢，尤其是巨額的金錢，在某種情形下，其重要程度甚至會高於生命，這種現象雖然畸形，可是的確是人類行為之一。

——衛斯理傳奇之《買命》

任何事都有一個開始，不作白日夢，就連開始也沒有——小朋友，你不可不知，世界上很多事情，就由作白日夢開始！

——衛斯理傳奇之《買命》

只要一個願買，一個願賣，這就是正常的交易行為。凡是兩廂情願的事情，就不能用道德或不道德來衡量——相反地，用任何道德標準去衡量雙方同意進行的行為，加以干涉、非議，才是不道德，因為妨礙和干涉了他人的自由意願。

——衛斯理傳奇之《買命》

現代社會討生活越來越艱難，一生豐衣足食，不必為生計擔心，那簡直是人生的美滿境界，是許多人拚命努力也未必可以爭取到的目標。

——衛斯理傳奇之《買命》

每個人的自由選擇權，不應該在任何藉口之下受到干涉。

——衛斯理傳奇之《買命》

你認為對的，他認為錯；他認為對的，你認為錯，應該照誰的標準行事呢？

矛盾在人類又是群居生活的動物，所以相互之間，要沒有紛爭，那是決無可能之事！

——衛斯理傳奇之《買命》

世界上不知道有多少人在出賣靈魂，可是不論你去問甚麼人，就算問上一百萬個，也不會有一個人肯承認。

——衛斯理傳奇之《買命》

當失敗來到時，不管你承認或不承認，都要接受。

——衛斯理傳奇之《買命》

尋根究底，往往找到的只是煩惱，很少會找到快樂。

——衛斯理傳奇之《賣命》

所謂「生命無價」那只是對活得像人的人而言，至於活得不

像人的人來説，生命不但有價，而且還相當便宜！

——衛斯理傳奇之《賣命》

世界上雖然所有人都活着，可是卻活得大不相同，有的活得稱心如意，有的就像身處地獄。稱心如意的，自然不捨得失去生命，而身處地獄的，也就自然而然不那樣看重生命。

所謂「眾生平等」，顯然只是那位印度王子的理想。

而所謂「人的尊嚴」，在地獄般的貧困生活之中，還能有多少保留，也只有身處地獄的人才真正知道，不在那種處境中的其他人，都無法真正了解。

——衛斯理傳奇之《賣命》

地球極小，可是文明和野蠻之間的距離卻極大。

——衛斯理傳奇之《考驗》

這世界上生活不好的人，肯定多於活了一世還想活第二世的人。

——衛斯理傳奇之《考驗》

越是獻媚，越是遭人看不起，這是一定的規律。

——衛斯理傳奇之《考驗》

對於不是東西的人，最好就當他不是東西——根本不必放在心上。

——衛斯理傳奇之《考驗》

要相信傳説，多少要有一些想像力，想像力越豐富，相信傳説的程度也就越高。

——衛斯理傳奇之《傳説》

不論是甚麼傳説，都是每流傳一次，內容就豐富一分的。

——衛斯理傳奇之《傳説》

願望如果通過自己努力，一步一步完成，等到達成願望之後，會有極度的滿足感。這種感覺十分美妙，能使人心神俱暢，屬於生命意義的重要組成部份，不可輕易放棄。

——衛斯理傳奇之《傳説》

國與國之間，雖然掛在口頭上常以「友邦」相稱，可是國際上利害衝突不知道有多少。

所以國家機密，最是重要。

——衛斯理傳奇之《傳説》

很多痛苦的人生，都是由達不到的願望而來。

達不到的願望越多，痛苦的程度越深。

所以知足就一定常樂。

人生的痛苦和快樂，實在是由人自己來決定的！

——衛斯理傳奇之《豪賭》

人的生命期限很短，應該盡量把時間用在可以有實際結果的行動上。

——衛斯理傳奇之《真實幻境》

對付無賴的唯一方法，就是絕對不能客氣，不能留任何餘地。

　　　　　　　　　　　　　　　——衛斯理傳奇之《真實幻境》

在任何情形下，有感覺，就是真實；沒有感覺，也就不是真實。

　　　　　　　　　　　　　　　——衛斯理傳奇之《真實幻境》

兩種互相完全不了解的力量，一旦發生接觸，自然而然會產生敵意，這種自然產生的敵意十分可怕，唯一的結果就是把原來可以好好溝通的機會錯過，而變成了要分個你死我活的敵人。

　　　　　　　　　　　　　　　——衛斯理傳奇之《真實幻境》

人在夢境中的時候，其一切行為都只在夢中進行，不會牽涉到他的現實生活。

　　　　　　　　　　　　　　　——衛斯理傳奇之《真實幻境》

能夠在夢境之中做一個旁觀者，談何容易啊！當所有的人都起勁的在夢境中做夢的時候，至少要有極端清醒的思想，才能超出物外，做旁觀者，看世人在夢中浮沉！

　　　　　　　　　　　　　　　——衛斯理傳奇之《真實幻境》

人類的語言其實十分貧乏，只能對發生過的事情、現象作出形容，對於想像中，或者是人類生活中未曾發生過的事情或現象，根本不知道該如何說才好！

　　　　　　　　　　　　　　　——衛斯理傳奇之《成精變人》

今生積聚的財富，可以帶到來世，這是多麼的理想！能夠這樣，為了錢拚命不擇手段才值得。不然人生有限，兩腿一伸之後就甚麼也沒有了，辛辛苦苦，所為何來？

——衛斯理傳奇之《未來身份》

其實人生永遠是快樂比財富重要，不過矛盾的是財富在許多許多情形之下，可以給人生帶來快樂。

——衛斯理傳奇之《未來身份》

人家怎樣說你，不外乎兩種情形：一種說的是事實，另一種說的不是事實。

如果人家說的是事實，那就無法不讓人家說，沒有生氣的道理。

如果人家說的不是事實，那就根本不關我的事，隨人家愛怎麼說就怎麼說，更不必生氣。

抱着這種態度，可以少生很多閒氣，生活自然愉快得多。

——衛斯理傳奇之《移魂怪物》

這「先入為主」的心理狀況，實在可怕——能夠誤導人的想法，把假的當成真的，在經過他人指出的情形下，還不肯接受！

——衛斯理傳奇之《移魂怪物》

死結不論簡單複雜，都解不開，要不然就不是死結了。

——衛斯理傳奇之《人面組合》

世上有很多強人所難的事情，要少年人說出他所作綺夢的內容來，毫無疑問是其中之一。

——衛斯理傳奇之《人面組合》

　　凡是走在時代前面的人，都是悲劇人物。

——衛斯理傳奇之《人面組合》

　　世界上多少事情都是重複了又重複，若是說「以史為鑑」就可以避免事情重複發生，人類歷史上也不會不斷有戰爭了！所有的戰爭發生的原因幾乎都類同，都愚蠢之極，可是還不是一直在重複發生！

——衛斯理傳奇之《本性難移》

　　人心中如果有巨大的秘密，就絕對不會真正快樂，心理負擔會越來越重，終於會崩潰。

——衛斯理傳奇之《本性難移》

　　秘密大多數有時間性，原來是極度的隱秘，在到了某一時間，就會變成根本不是秘密。

——衛斯理傳奇之《另類複製》

　　盜墓這種行為雖然見不得光，可是卻十分艱難，必須從小進行多方面嚴格的訓練，而且還要有天份，才可以成功。

——衛斯理傳奇之《解開密碼》

朋友之間儘管熟悉，可以開玩笑，可是不能無禮。

——衛斯理傳奇之《異種人生》

很多事情以為必然如此，可是事實偏偏未必如此，若是一己的想法當作必然，就會犯錯。

——衛斯理傳奇之《偷天換日》

生命很短促，時間非常寶貴，做自己能夠做的事情，善用時間，十分重要。

——衛斯理傳奇之《閉關開關》

每個人都有保持一定秘密的權利和自由，不必向人交代。

——衛斯理傳奇之《閉關開關》

父母關心兒女，兒女往往認為多此一舉。

——衛斯理傳奇之《閉關開關》

只要不是絕望，就有希望！

——衛斯理傳奇之《行動救星》

人類知道海水是一個大寶藏已經很久了，可是到現在為止，根本不懂得如何去發掘它！

——衛斯理傳奇之《行動救星》

同樣的線索往往可以得出不同的結論。

——衛斯理傳奇之《乾坤挪移》

如果人類文明進展過程之中，所有的知識都不會隨着有知識的人死亡而消失，那麼文明進展的速度，一定比現在要快得多！

　　　　　　　　　　　　　　——衛斯理傳奇之《乾坤挪移》

　　不可告人的事情，九成九不會是好事——好事哪裏會見不得光！

　　　　　　　　　　　　　　——衛斯理傳奇之《乾坤挪移》

　　將來的戰爭，必然是電腦和電腦之間的戰爭。

　　只要破壞了對方的電腦系統，就像是破壞了一個人的神經系統一樣，可以令對方一切都癱瘓。

　　一切都癱瘓了，當然就戰敗了。

　　不知道算不算是諷刺——這樣的戰爭方式，確然很「文明」，比在戰場上人對人互相砍殺要進步多了！

　　　　　　　　　　　　　　——衛斯理傳奇之《乾坤挪移》

　　小犯罪是犯罪，大犯罪也是犯罪！

　　　　　　　　　　　　　　——衛斯理傳奇之《乾坤挪移》

　　有時候天下事情，真是有誤打誤撞而撞中了的。

　　　　　　　　　　　　　　——衛斯理傳奇之《乾坤挪移》

　　「知識」和「思想」確然是兩回事，同樣的知識在不同思想的人運用之下，可以產生完全不同的結果。

　　　　　　　　　　　　　　——衛斯理傳奇之《乾坤挪移》

快樂，難道不是至高無上的無價之寶嗎？

——衛斯理傳奇之《財神寶庫》

人生在世，追尋快樂，非常難得，追尋煩惱，一定成功，可是誰需要這樣的成功？

——衛斯理傳奇之《財神寶庫》

我知道人想得通或者想不通，就在一念之間的想法，可以使人頓悟，從此得道，也可以使人沉迷不醒，永不超生。

——衛斯理傳奇之《財神寶庫》

人對了，即使酒微菜薄，一樣可以盡歡而散。人要是不對，就算山珍海味，一應俱全，這餐飯吃下去，也就恰如廣東話所說「從背脊骨落」，要多彆扭就有多彆扭。

——衛斯理傳奇之《一個地方》

以人的生命形式存在是一種生命，以小蟲的生命形式存在，也是一種生命，生命和生命之間，只有形式的不同，不應該有高下之分。

——衛斯理傳奇之《一個地方》

雖然在我們所處的人間，必然有正常的男性和正常的女性兩者之間身體的接觸，生命依靠這種行為來延續，可是如果詳細、清楚地描述這種行為，就會被視為「不道德」，或者被視為「淫邪」，這是人類許多虛偽行為中最莫名其妙的一種虛偽，而這種

虛偽和很多虛偽一樣，都由被視為「理所當然」的觀念所形成。

——衛斯理傳奇之《一個地方》

　　很奇怪，只要有一個電郵位址在，就算你從來都沒有將這個位址告訴過任何人，可是要不了多久，自然會有郵件在郵箱出現。

　　真不知道發郵件的人是如何得知電郵地址的——電郵地址千千萬萬，變化無窮，實在沒有可能憑偶然的機率猜中，可是擁有電郵位址的人，幾乎人人都收過莫名其妙的郵件。

——衛斯理傳奇之《死去活來》

　　網路上的通訊，虛幻多於真實，即使是長期通訊的雙方，對對方的了解也是虛多於實——不知道對方真正的姓名、不知道對方真正的身份，甚至於不知道對方的性別……不知道多於知，網路上假話多真話少……人和人之間的溝通，建立在這樣虛幻的基楚上，實在很可怕！

——衛斯理傳奇之《死去活來》

　　要以單獨一個生命體來對抗整個星球生命體的生活方式，沒有非凡的勇氣，連想都不敢想，別說付諸實行了。

——衛斯理傳奇之《只限老友》

第二篇

蝶戀花

所謂戀愛，
本來就是男女雙方為了
達到性交之目的而諸多的作態。

我真的惹上麻煩了！一個少女如此地愛上了我，這種麻煩，遠比結上一打和「死神」那樣的強敵，還來得可怕！因為這簡直是無法擺脱的！

——衛斯理傳奇之《鑽石花》

我在開始的一個月，幾乎每天都徘徊在黎明玫的墳前，低聲地叫着她的名字，回憶着她和我在一起時的每一件細小的事，而每每在不知不覺中，淚水便滴在她的墓碑之上。

——衛斯理傳奇之《鑽石花》

她站在我的面前，我本來，甚至準備提起她來，狠狠地打她一頓屁股的，可是，你能夠打一個十歲少女屁股，又怎能打一個成熟了的大姑娘的屁股呢？

——衛斯理傳奇之《地底奇人》

如果不是一個人的心中，對另一個人，有着極度的關懷的話，他的眼中，是無論如何，不會出現這種異樣的光彩的。

——衛斯理傳奇之《地底奇人》

火山和女人一樣，是最難捉摸的，一分鐘之前，平靜無事，一分鐘之後，便能毀滅一切！

——衛斯理傳奇之《衛斯理與白素》

女人就是那麼奇怪，十五歲到十八歲，硬要說自己二十歲了，但到了三十歲，卻反倒要說自己是十九歲了。

——衛斯理傳奇之《妖火》

男女之間，「恨」和「愛」，本來只是一線之隔的啊！

——衛斯理傳奇之《真菌之毀滅》

女人在遇到非常變故的時候，遠較男性為鎮定——這是一個著名的心理學家説的，現在，我相信那心理學家的話了。真正的女性，是遠比男性鎮定的，至於那些動不動就喜歡發出怪叫的女人，並不是不夠鎮定，只不過想表現她們的嬌小和柔弱而已，事實上，怪叫的女人，比牛還壯！

——衛斯理傳奇之《透明光》

白素卻有點忍不住了，不論她多麼堅強，她總是女人，而家庭對於一個女人來説，是遠比生命還重要的。

——衛斯理傳奇之《不死藥》

一個有家室的人，沒有權利去任性胡來。

——衛斯理傳奇之《換頭記》

有哪一個年輕人可以抵抗半裸的苗女的誘惑呢？

——衛斯理傳奇之《蠱惑》

當一個女人開始就用直覺來判斷一件事的時候，有經驗的丈夫都知道，最好的辦法是切莫和她爭論，不然將自討沒趣。

——衛斯理傳奇之《合成》

如果有誰嘗試過去勸一位十六七歲的女孩子，叫她不要做傻

事，那就可以知道，那一定是不可能的事情。

——衛斯理傳奇之《筆友》

　　愛情是心靈深處感情的交流，是人類最深切、最透徹的感情，那應該是觸及靈魂深處的，而不應該是表面的。而一個人，就算我一天看上二十小時，我所看到的仍然是他的表面，而看不到他的內心。

——衛斯理傳奇之《筆友》

　　女人有時，就是不可理喻的，當女人不可理喻的時候，與之講話，實在是沒有用的，也必須用不近情理的話來對付她。

——衛斯理傳奇之《叢林之神》

　　一個有教養的女人，決不會在兩個男人交談之際插言的。

——衛斯理傳奇之《叢林之神》

　　高尚的男人和不高尚的男人，對女人都懷有同樣的目的，對女人來說，高尚男人和不高尚男人，有甚麼分別？

——衛斯理傳奇之《古聲》

　　除了一個少女之外，甚麼樣的女人，還能發出那樣純真的笑容？

——衛斯理傳奇之《虛像》

　　女人對於和感情有關的事，一定比男人敏感。

——衛斯理傳奇之《老貓》

　　一個人在結婚之後，原來的生活方式，多少要有一點改變的了。

　　　　　　　　　　　　　　——衛斯理傳奇之《貝殼》

　　女人要抓住丈夫的心，是另外有一套辦法的，等到要用到私家偵探的時候，事情早已完了。

　　　　　　　　　　　　　　——衛斯理傳奇之《貝殼》

　　萬良生幾乎有了世界上的一切，但是那有甚麼用呢？只要有一個這樣的妻子，就算擁有世界上的一切，那也等於零。
　　我絕不是着眼於何艷容女士的體型，事實上，有許多和她一樣體型的女人，十分可愛。但是，萬太太的那種霸道，想佔有一切，將一切全部當着可以供她在腳底下踐踏的那種神態，真叫人沒法子忍受。

　　　　　　　　　　　　　　——衛斯理傳奇之《貝殼》

　　妻子總是以為自己的丈夫是世上最了不起的男人（也惟有這樣的妻子，才是好妻子），白素也不例外。

　　　　　　　　　　　　　　——衛斯理傳奇之《規律》

　　白素真是一個了不起的女人，或許這時她的心中，焦急得難以形容，但是至少在表面上看來，她極度鎮定，而世上實在很少女人，能夠在丈夫去一個可能回不來的神秘地方之際，仍然這樣鎮定。

　　　　　　　　　　　　　　——衛斯理傳奇之《大廈》

做夫妻年數久了，雙方都能知道對方的心意，掩飾也絕無用處。

——衛斯理傳奇之《迷藏》

一個美麗的小姐，夠膽量自己來處理一具屍體，她決不是膽識過人，而一定是心理上有着某種的變態。

——衛斯理傳奇之《天書》

瞞着妻子和情人幽會的男人，心理全一樣，第一，他不會使用自己的車子，第二，幽會的地點，一定是很靜僻的地區！

——衛斯理傳奇之《連鎖》

通常女人在這樣的情形下，一定會嚷叫，至少也要掙扎，以圖抗拒的。因為一個弱質女子，如果被一個高大的男人硬帶着走，不知那個男人的意圖究竟如何，是一件相當危險的事。

——衛斯理傳奇之《連鎖》

而世上如果有甚麼「大麻煩」，是白素無法單獨解決的話，那一定是真的不折不扣的大麻煩了。

——衛斯理傳奇之《尋夢》

女人有時會莫名其妙，但是白素卻從來也不會！

——衛斯理傳奇之《尋夢》

在幾十年前中國北方，一般來說，有一種女人，被社會道德觀念和家庭婦女認作是「要不得的女人」（現在社會中也有這樣

的女人），她們就喜歡作那樣的打扮：衣服的領扣不扣，露出頸來，而且在頸上，用瓦匙或是小錢，刮出幾道紅印，以增嬌媚。

——衛斯理傳奇之《尋夢》

　　根據中國鄉村的一種古老觀念，有一種女人，不能在貞節牌坊下面經過，如果這樣做的話，被記念的那個貞節的女子，會對她不利。

——衛斯理傳奇之《尋夢》

　　夫妻是夫妻，愛情是愛情，愛情和婚姻，完全是兩回事。

——衛斯理傳奇之《尋夢》

　　有的男女，可以長期相處，但是有的，卻不能長期相處。

——衛斯理傳奇之《尋夢》

　　不論你多麼愛一個男人，在他面前，多少還是保留一點最後秘密的好。

——衛斯理傳奇之《尋夢》

　　男女之間，如果一點感情也不存在，只剩下恨的時候，我看還是離婚的好。

——衛斯理傳奇之《尋夢》

　　一個失去了丈夫愛情的女人的申訴，沒有趣味之至。那並不是我沒有同情心，而是這是一件無可奈何的事，講些空泛的話，

和聽她的傾訴，同樣沒有意義。

——衛斯理傳奇之《尋夢》

女人的固執，有時莫名其妙。

但有時，莫名其妙的事，會引起意料不到的事態發展，白素的決定，就是如此。

——衛斯理傳奇之《第二種人》

一個再美麗的女人，不問情由就生氣，就不可愛。

——衛斯理傳奇之《後備》

糟蹋美酒的女人，罪不可恕。

——衛斯理傳奇之《後備》

女人總是這樣子，尤其是那個時代的農村婦女，遇到了慘痛的變故，除了埋怨命運之外，沒有別的途徑可以發洩她們的悲痛。

——衛斯理傳奇之《活俑》

人和人之間的感情，本來就是沒有道理可說。

——衛斯理傳奇之《極刑》

道具越是簡單，遊戲反而越是複雜。戰爭遊戲的道具極其複雜，但戰爭遊戲反而倒是很簡單的。男女之間的愛情遊戲，動用到的只是各自的身體和思想，可是複雜程度，已到了無可描述的程度。

——衛斯理傳奇之《遊戲》

自古以來，以男性為中心的社會，三樣東西，是不可或缺的，就像要植物生長茂盛，必須土壤之中有氮、磷、鉀三種元素一樣，男性要的是：權力、黃金和女人。

——衛斯理傳奇之《黃金故事》

愛情是盲目的，全然沒有道理可講的。

——衛斯理傳奇之《黃金故事》

愛情正是人類行為中極其重要的一環。在真正相愛的男女之間，人性醜惡一面，是不存在的。

——衛斯理傳奇之《黃金故事》

良辰美景兩個小鬼頭，多半對溫寶裕這個美少年很有好感，出自少年人心情的嬉戲，就是有感情的根苗。

——衛斯理傳奇之《廢墟》

少年男女在打打罵罵聲中，另有難以形容的甜蜜和樂趣！

——衛斯理傳奇之《密碼》

兩個情意相投的人，靠在一起看好小說，是人生至樂之一。

——衛斯理傳奇之《背叛》

心理學家早就證明，同性戀者，對感情的執着、看重、濃烈，在戀情的過程之中，所得的痛苦或歡愉的感受，遠超過正常的男女之戀。

——衛斯理傳奇之《背叛》

同性戀是不可否認的人類感情之一，可以說那不正常，不普
遍，但它的確存在，就不能逃避，也不必鄙視，每一種感情，發
生、存在，總有它發生的原因和存在的價值。那種感情，也是一
種精神感應，和男女間的愛情一樣。

——衛斯理傳奇之《背叛》

她站直了身子，走了出去，不一會，又進來，有一隻白嫩之
極的手，按在她的肩上，那隻手的手腕上，戴着一隻和手的肌膚
同樣白潤的玉鐲子，一時之間，分不清人是玉，還是玉是人。

若是電影，鏡頭先對着那隻手，接着，鏡頭向上移，看到
的是淡青色的衣袖，寬寬的有着粉紅的繡邊，繡工極精細，再向
上移，是斜削的肩，這一型的肩，曾在相當長的一段時間之中，
被譽為美的象徵，稱之為「美人肩」。再向上，是頸子和一抹酥
胸——多半是由於要出浴了，所以衣領鬆開着，這才能看到一抹
酥胸，腴白得驚人。

再向上移，這樣的體態，自然不會叫人失望，必然有一張宜
嗔宜喜、嬌笑無比的臉龐。

——衛斯理傳奇之《報應》

古代美女，十個之中，只怕有九個半有各種各樣的心事（現
代美女，何嘗不然？）。

——衛斯理傳奇之《報應》

古代的禮教關係雖然嚴，可是愛情還是一直被人歌頌，紅拂
夜奔、文君琴挑，就千古傳誦。

——衛斯理傳奇之《報應》

　　她知道，雖然他對她輕憐蜜愛，可是也絕不是言聽計從，而且，誰都知道，長安的大豪裴思慶，愛一個女人是一回事，叫他聽一個女人的話，又是另一回事。在大豪傑大俠士的心目之中，女人似乎是另一種人，女人可以柔順貼伏，可以嬌嫩動人，但是絕不能在男人面前出主意裝手勢，干涉男人的事務。

　　　　　　　　　　　　　　——衛斯理傳奇之《毒誓》

　　青年人的愛情，也有可以持續一生的。

　　　　　　　　　　　　　　——衛斯理傳奇之《拼命》

　　當你喜歡一個人的時候，連他的一切缺點，都是好的。

　　　　　　　　　　　　　　——衛斯理傳奇之《拼命》

　　女人一發起情來，那比山洪暴發更加可怕，真是九牛挽不轉。

　　　　　　　　　　　　　　——衛斯理傳奇之《繼續探險》

　　來到這片草地，我就仰躺了下來，她坐在我的身邊，這是古今中外男女在草地上固定不變的姿勢——不相信的話，可以去任何草地上作仔細觀察。

　　　　　　　　　　　　　　——衛斯理傳奇之《少年衛斯理》

　　男女兩性之間的關係，有一個「緣」字在。一旦男和女之間，加進了一個「緣」字，就必然會有事情發生。

　　　　　　　　　　　　　　——衛斯理傳奇之《少年衛斯理》

並不是說白素膽子小，不勇敢，而是女性對某種現象，有一種特殊的敏感，這種敏感，可以形成神經系統不可控制的戰慄。

一個很勇敢的女性，可以在一隻小小的昆蟲前嚇得發抖，發出尖叫聲，就是這個道理。

——衛斯理傳奇之《到陰間去》

白老大當年和陳大小姐分開，他絕非不傷心——一直到現在，相信他也一樣傷心。可是像白老大這種漢子，自有他那個時代的一種男子漢大丈夫的標準觀念，男女之情，當然重要，但是卻及不上男兒的豪情勝慨，絕不作興向女性作妥協——這種想法，其實很可笑，但卻是那一類江湖豪俠奉為金科玉律的觀念。

——衛斯理傳奇之《陰魂不散》

為了一個美麗的女人而定下了那麼可怕的陰謀，不算誇張。「衝冠一怒為紅顏」，甚至寫下了異族統治中國超過二百年的歷史。

可怕得很——當然不是說美女可怕，請勿誤會。

——衛斯理傳奇之《陰魂不散》

現代女子有艷名是福，古代女子有艷名是禍。

——衛斯理傳奇之《改變》

她只是狡獪地一笑。出乎意料之外，在一笑之際，竟然有兩朵紅霞，飛上了她的雙頰。

剎那之間，她俏臉白裏透紅，嬌艷欲滴，看得人賞心悅目之至——不管是不是好色之徒，人總有對美的欣賞能力，而那時的

倪匡妙語連珠

黃蟬，真是美艷不可方物，令人無法不讚嘆這種難得一見的美色。

——衛斯理傳奇之《暗號之二》

七叔的那番沉痛的話，真的叫人很難理解。聽起來，像是他為了找那女子和女嬰的來歷，去解開那堆數字之謎，一步又一步，陷入了一個他絕不想置身其中的環境之中，難以自拔。

而這一大堆人生經歷，又使他痛苦莫名，使人覺得一生之中，大半光陰，在那樣的情形下度過，簡直是虛耗了生命，枉過了一生！

對於一個上了年紀的人來說，這樣的感覺，傷痛程度之高，無以復加，可以說是生命之中最哀傷的事情了。

——衛斯理傳奇之《在數難逃》

白素當時，也想不到日後會有如此戲劇化的一幕，事後，我看得出她好幾次想取笑我，那種似笑非笑的神情，勝過千言萬語，但是她始終沒說甚麼，為的是怕我尷尬——這是一個好妻子的典型行為。

——衛斯理傳奇之《遺傳》

在這男女關係幾乎瞬息萬變的時代，別說是戀人，就算是夫婦，有一個時期不通音訊，再見時，還是避免提起以前的關係較好，以免尷尬。

——衛斯理傳奇之《水晶宮》

所謂戀愛，本來就是男女雙方為了達到性交之目的而諸多

的作態。

——衛斯理傳奇之《前世》

　　美麗的女人愚蠢起來，無藥可救，最無藥可救之處，在於她以為她的美貌，在任何情形之下，都可以幫她逢凶化吉。

——衛斯理傳奇之《前世》

　　男女之間的相遇相識，以至三言兩語，甚至是一個照面之間，由起初的互相吸引，以至立即可以知道自己和對方會情投意合，本來就是一件奇怪之極的事，完全沒有道理可言。

　　自古以來，人類對這種奇怪的現象，在弄不清摸不准，無法可施之餘，便把它歸諸一個「緣」字。

　　然則「緣」是甚麼，也沒有人說得明白，但人人又都知緣是甚麼。

　　緣之奧妙，也就在於此。尤其在男女之間若有緣，在再不可能的情形之下，也會糾纏在一起；若無緣，再刻意撮合，也是白搭。就像春雨三遍，滿地野草茁發，但若想憑人力製造一根野草出來，卻又萬萬不能。

——衛斯理傳奇之《新武器》

　　田活對公主有特殊的情感，這一點，從他的談話之中，明顯地表現出來——他在提及公主的時候，很少用「公主」，而總是用「她」來替代。可能他心中是這樣想的：人人都叫「公主」，我偏偏叫「她」，那就顯得特別不同了，單戀者就往往有這種心態。

——衛斯理傳奇之《病毒》

失戀要有甚麼獨特的理由？任何人都會失戀。

——衛斯理傳奇之《原形》

金秀四嫂一直把他當小孩子，真是他心頭一大恨事。從心理學上來看，男性有這樣的想法，多數是為了暗戀不遂才產生的。

——衛斯理傳奇之《洪荒》

我不準備形容我看到的美女的臉容，因為我知道我沒有這個能力——世界上也不會有任何人有這種能力，所謂「非筆墨言語所能形容」，是真有這回事的。

——衛斯理傳奇之《偷天換日》

而感情，尤其是愛情，很奇怪，必須完美，有一點裂痕，和完全破碎之間距離很近，所以絕對不能以為有一些裂痕不打緊，而輕易使裂痕出現，那是極度危險的事情！

——衛斯理傳奇之《閉關開關》

第三篇

醉蓬萊

宇宙的奧秘，
深湛到了不但人永遠
無法了解，而且無法想像。

無邊無際的太空之中，像地球這樣的星體，以億數計，自然別個星球上，也會有着高級生物。地球人拚命在作太空探索，其他星球上的「人類」，當然也一樣，有人從別的星球來，這件事，想通了之後，實在是不值得奇怪的！

——衛斯理傳奇之《回歸悲劇》

　　在太陽系的行星上，除非沒有高級生物，如果有的話，其演變過程，其外形一定是和地球上的高級生物大同小異，因為大陽的輻射能操縱着生命，沒有太陽，便沒有生命，同一個太陽，便出現同一的生命！

——衛斯理傳奇之《回歸悲劇》

　　宇宙的奧秘，深湛到了不但人永遠無法了解，而且無法想像。

——衛斯理傳奇之《奇門》

　　夜十分之靜，我們一齊抬頭向漆黑的天空望去，天上繁星點點，孕蘊着無窮的奧秘，我們——生活在其中一個小星球上的生物——想徹底明白宇宙的奧秘，不是太不自量力了麼？

——衛斯理傳奇之《奇門》

　　在地球之外，存在着力量，那是我一直深信不疑的一件事。在已知的宇宙中，地球只不過是一粒微塵，而宇宙整個為人所知的部份，可能只是整個宇宙的千分之一，萬分之一，億分之一！

　　在宇宙中，地球真是微不足道到了極點。生活在地球上的生

物，如果認定自己是宇宙中唯一的高級生物，那可笑到極點！

——衛斯理傳奇之《盡頭》

來自其他星球的高級生物，可以有任何我們意想不到的外形，我們只是根據地球上的生物的形態，來推斷其他的星球生物形態是怎樣的、是如何生活的，這是一個極大的錯誤。

——衛斯理傳奇之《雨花台石》

天文科學家常説，如果甚麼星球上有水，有空氣，那就會有生物，這自然是一種錯誤的論斷，有水、有空氣，溫度適中，只不過能發生像地球生物的生物，而在其他完全不同的條件之下，就有可能有完全在人類想像能力之外的生物！

——衛斯理傳奇之《雨花台石》

在整個宇宙中，地球只不過是一顆塵埃，在宇宙中，有比地球更小的塵埃，也有比地球大幾千幾萬倍的塵埃，在這許多億億萬萬、無盡無數的地方，人類的知識與之相比，實在太渺小了！

——衛斯理傳奇之《老貓》

在地球以外的地方，有高級生物，他們會來到地球，這實在一點也不稀奇，不用多少年，這種事情，就會像是一個人由南方到了北方一樣平常和不引人注意。

——衛斯理傳奇之《老貓》

我曾投進人身，不客氣地説，地球人太落後了，在我們看來，和貓沒有甚麼分別，我們沒有理由，放棄自己的地方到地球來，

就像地球人沒有理由放棄現在的生活，回到穴居時代一樣。

——衛斯理傳奇之《老貓》

　　我可以斷定，張老頭和那老貓，他們的天性，還算是很和平
的，這一點，從張老頭來到了地球，並沒有作出甚麼破壞行動可
以得到證明，或許他們那個星體上的高級生物生性十分和平。

　　但是在整個宇宙中有生物的星體一定有很多，其他星體上的
生物，是不是也會以同樣的方式來到地球？如果他們來了，而他
們的天性又不是那麼和平的話，那又會怎樣呢？

　　這是一個無法繼續想下去的問題。

——衛斯理傳奇之《老貓》

　　外星人原來樣子如何，各憑想像，他們製造了人的外形，
使自己進入其中，看來和地球人一樣——這種外星人到地球的設
想，在衛斯理故事中很多。

——衛斯理傳奇之《貝殼》

　　外星人雖然遠征來到地球，但是並不威風八面，反倒是倒
霉、可憐的多，從《藍血人》開始起，一直就是那樣，遭遇幾乎
沒有十分順利的，那是想表達一種觀念：人，或一個星球上的高
級生物，始終是屬於這個星球的。人可以在一個星體上徙遷，但
是星際遷移，那只怕是大悲劇的開始了。

——衛斯理傳奇之《地圖》

　　在很久以前，地球上還沒有人類的時候，有人到過地球。很
久以前有人來過，現在也一定會有人來，因為地球之外，其他所

有的星球之中，有的星球是可能有人的！

——衛斯理傳奇之《地圖》

宇宙是對稱的，有正反，或陰陽兩面，每一個星球，都有和它本身完全相同的「影子」，就像是人在鏡子前一樣。

——衛斯理傳奇之《天書》

「不是地球上的人」這句話，是我慣常所說的！

自然我不是否定在地球上有「不是地球上的人」，事實上，我還極肯定這一點。

——衛斯理傳奇之《木炭》

你們所知的全是宇宙的過去，不是宇宙的現在，你們無法知道宇宙的現在，因為你們還未曾突破光速的規限！

——衛斯理傳奇之《願望猴神》

到目前為止，堅信地球以外另有高級生物的人雖然越來越多，但還僅止於相信，在心理上，都將之當作時間和距離極其遙遠的事，絕沒有突然之間拉近到就在眼前的心理準備。

雖然世界各地，不斷有着不明飛行物體出現的報告，也不斷有個別和外星人接觸的報道，但是，所有人心理上，也仍然將之當作是遙遠將來的事。

在時、空上都是遙遠將來的事，一下子移到了眼前，所造成的心理震撼之大，實在可想而知。

——衛斯理傳奇之《盜墓》

外星人到地球，一直只是人類幻想，忽然成了事實，在地球上生活的每一個人，都會感到極度的震驚，由這種震驚而引起的混亂，會達到何種程度，無法估計，所以，必須嚴守秘密。

——衛斯理傳奇之《盜墓》

外星人來了，所有的人抬頭望向天空，就會發現地球其實是不設防的，我們地球人沒有絲毫能力來抵禦外星人的侵入。

——衛斯理傳奇之《盜墓》

往將來看，外星人的高級生物，一定會不斷來到地球，現在，地球上的首領，認為外星人來，一定抱着侵略的目的，所以採取了嚴厲的閉關自守政策。

這種做法，會造成誤會，外星人未必有侵略的意圖，但是在誤會之下，就可能造成悲劇，而如果本來根本沒有衝突，忽然因誤會而起了戰爭，地球人實在不堪一擊。

——衛斯理傳奇之《盜墓》

恐懼星球之間的侵略，最沒有道理，每個星球的環境都大不相同，在這裏，我們連生存都極困難，你們怕外星人侵略，就像森林中的動物，害怕海中的水母會去侵佔森林一樣無稽。

——衛斯理傳奇之《盜墓》

不知道甚麼星體來的高級生物，已經能通過宇宙飛船來到地球。這種事實，對於地球人的自信心和自尊心，實實在在是一種致命的打擊。

——衛斯理傳奇之《盜墓》

　　我對生物知道多少？生物常識，我有，對地球上的生物，我或者可以誇口說：知道很多，但是地球以外的生物呢？

　　外星生物的生命形態是怎樣的？形狀是怎樣的？我半點也答不上來。

——衛斯理傳奇之《搜靈》

　　你不能想像，宇宙間生命的形態，用許多種不同方式存在。
——衛斯理傳奇之《搜靈》

　　在除了地球之外，宇宙的億億萬萬星球之中，必然有星球有生物，而且，生物的形態，一定有的遠比地球生物來得高級，何必再去研究有沒有生物的可能？
——衛斯理傳奇之《茫點》

　　星體的運行，不單與地球為鄰的太陽系行星，甚至遙遠到不可思議的星座，它們的運行、位置，都對地球上的一切現象有密切關係。作為宇宙中億萬星體的一個，地球不能擺脫宇宙中其他星體對它的影響！
——衛斯理傳奇之《追龍》

　　很多人都會問：為甚麼外星人的科學水準，一定在地球人之上？這實在是一個誤解，除地球之外，別的星體上，若是有高級生物的話，自然有科學水準極高的，也有低於地球人的。問題是在於，地球人所能接觸到的外星人，科學水準一定在地球人之上。

　　因為地球人至今只到過月球，未到過別的星球，而外星人若是到了地球，科學水準自然非高出地球人不可。

所以，並不是所有的外星人科學水準都比地球人高，而是地球人還沒有機會可以遇到科學水準低的外星人。

——衛斯理傳奇之《異寶》

　　時代在進步，人的眼界在拓寬，若干年前，張家村和李家村的結合，已經是十分嚴重的事，漸漸地楚國和趙國的結合，才會使人吃驚，再接下來，不同文化不同種族的結合，也逐漸為人接受，時至今日，應該可以討論星際混血兒的心態了。

——衛斯理傳奇之《血統》

　　每一個星體上的高級生物，必然有他自己獨特的生命形式。

——衛斯理傳奇之《血統》

　　不論是哪個星體上的人，都是生物。生物，總有生物缺點。

——衛斯理傳奇之《血統》

　　外星人來到地球上，憑藉着他們超自然的力量，顯示了奇蹟，在落後的地球人心目之中，就成了神。

　　而且，我相信，有一個時期，有許多不同的外星人，在這個時期，來到了地球。

　　那時，地球人的智力，還只在啟蒙時期，對於具有超能力的外星人，根本沒有理解的能力，所以只有衷心地崇拜，宗教也由此形成。

——衛斯理傳奇之《轉世暗號》

　　整個宇宙之大，已經大到不可思議，幾十光年的距離，還是

在宇宙的範圍之內。可是任何一個異度空間，就超了宇宙的範圍，屬於另一種存在了。

——衛斯理傳奇之《傳說》

造了人出來的外星人，後來被地球人稱為上帝。上帝只不過是一個代名詞，習慣上稱為上帝，就是上帝。如果習慣上稱為創世大神或者另外甚麼，也就是創世大神或者另外甚麼了。

——衛斯理傳奇之《成精變人》

地球人連在思想上都無法想像上帝的能力，究竟到達甚麼地步，在語言文字表達上，當然更無法確切地表達上帝的能力，只好籠統地稱之為「萬能」。

——衛斯理傳奇之《成精變人》

可是外星人和靈魂有一個共通點——聽起來很怪異，但卻是事實。兩者之間相同的是：無法主動與之聯絡！

只能在偶然的機會中才能夠和外星人相遇。或者是對方有意思和人聯繫，才能發生溝通，主動權完全不在人類。

——衛斯理傳奇之《未來身份》

我知道浩渺宇宙之中，必然有許多星球上存在高級生物，也知道外星人不但過去早就到過地球，而且陸續有來，有許多長期在地球上，以各種目的進行活動，而將來也會有更多的外星人來到地球。

外星人在地球上的活動，由於超越了地球人的知識範圍，不能為地球人科學所解釋，所以形成了各種各樣的「怪事」。

人類從古到今，記錄了許多許多無法解釋的怪事，幾千年來都莫名其妙，就是這個緣故。

　　而這許多許多怪事，其實十之八九都和外星人有關。

──衛斯理傳奇之《天打雷劈》

第四篇

此山中

地球屬於全體生物，
每一種生物，
都應該獲得生存的空間！

無論世界上任何一個國家，其人民的性格，都不會完全相同。

——衛斯理傳奇之《鑽石花》

要一個英雄蓋世的父親，相信他的兒子，是一個非常卑鄙的人，那是一件十分困難，近乎不可能的事。

——衛斯理傳奇之《地底奇人》

他從小就不受人注意，人家注意的，只是他的大哥。人人都有想被人注意的天性，他就以反常的行動，來引起人們的注意，於是，他就成了敗家子，就成了不肖的子弟。

——衛斯理傳奇之《衛斯理與白素》

老年人和小孩子一樣，有時不免會有些奇怪的、難以解釋的行為。

——衛斯理傳奇之《妖火》

上了年紀的人，都有他們的通病，那就是敘述起一件事來，次序顛倒，要你用許多心思，才能聽得明白。

——衛斯理傳奇之《妖火》

一位億萬富翁兒子的失蹤，那可能意味着一件重大的罪惡。

——衛斯理傳奇之《妖火》

人們常常譏笑蠶兒作繭自縛，但蠶兒作繭之後，還能破繭而出，使生命得到延續，而人類在探索科學的真諦之後，卻發展成

為徹底地將自己毀滅。

誰說人是萬物之靈呢？

——衛斯理傳奇之《妖火》

太過聰明的人，有時反倒會做點笨事。

——衛斯理傳奇之《真菌之毀滅》

久繁一定也是一個酒鬼，焉有酒鬼任人喝酒，而不去搶過來之理？

——衛斯理傳奇之《真菌之毀滅》

人類拼命追求文明，卻又不遏制野心，那麼，一切悲慘的後果，實在是人類自己所造成的。

——衛斯理傳奇之《真菌之毀滅》

人類自稱科學發達，但到如今為止，連生命的秘奧，都未能探索出一個究竟來。

——衛斯理傳奇之《真菌之毀滅》

人在思想的過程中，會放出一種電波，所謂「心靈感應」，實際上就是一方接收了另一方的腦電波之故。

——衛斯理傳奇之《藍血人》

人類在地球上生活，便形成一種可怕的概念，以為地球就是一切，一切的發展，全以地球為中心。卻不知道整個地球在宇宙

之中，只不過是一粒塵埃啊！

——衛斯理傳奇之《藍血人》

人以地球為中心，已有許多許多代了，陡然之間，知道了在別的星球上的人看來，我們地球上的人實在比畜牲聰明不了多少之際，那種感覺，實在不是文字所能夠形容得出來的。

——衛斯理傳奇之《藍血人》

有的人，拚命想使自己成為世界第一的人物，又有的人，想要霸佔全世界。哈哈，就算是達到了目的，那又怎樣，也只不過是霸佔住了整個宇宙的一粒塵埃而已。

——衛斯理傳奇之《藍血人》

他是一個典型的樂天派，相信天塌下來，也有長人頂着的那種人。這種類型的人，如果會自殺，全世界所有的人，早就死光了。

——衛斯理傳奇之《藍血人》

魚離不開水，樹懶離不了樹，地球人離不了地球，土星人也離不開土星。生物的生活，有着遺傳的對環境的局限，無法突破。

——衛斯理傳奇之《回歸悲劇》

生命不因個人的死亡而斷去，相反地，它不但延續着，而且不斷地演變，在進步！

——衛斯理傳奇之《回歸悲劇》

這時候，我才知道人類的智能，實在還是十分低下的，對於突如其來的事情，人類沒有立即應付的能力，而只是驚惶，驚惶！

——衛斯理傳奇之《回歸悲劇》

人生數十年，遲早會化白骨的，即使在未化為白骨之前，也只不過是薄薄的一層肌肉，在裹着白骨活動而已，既然如此，又何必勾心鬥角，你爭我奪，又何必有那麼多的七情六慾？

——衛斯理傳奇之《透明光》

一般來說，一個人發怒，或是由於對方蠻不講理，或是由於自己的弱點被對方一語道中。

——衛斯理傳奇之《透明光》

人類的一個大缺點，便是詞彙的不足，我不是害怕，我相信你也不是，而是那種莫名其妙，不知所以，像是身在夢境之中，絕無依靠，傳統的機智、勇敢、膽量全都失去了作用。

——衛斯理傳奇之《透明光》

他是一個城市人，一個專家，一個高級知識分子。平時連小半里路，也要藉力於各種舒適方便的交通工具。如今，到了他要為自己的生命而掙扎的時候，他脆弱得像一塊玻璃！

——衛斯理傳奇之《透明光》

只是在地球上，不可思議的事情便已經那麼多，而在整個宇宙之中，地球又是如此之渺小，作為在地球上活動着的人類，卻

以為自己能夠征服宇宙，這實在是太可笑了。

——衛斯理傳奇之《透明光》

這是人類的悲劇，科學越是發達，物質文明越是昌盛，人類便越是孱弱。

人類一面在追求物質發明，以為這是享受，但是卻是在毀滅自己。

——衛斯理傳奇之《透明光》

人一生只能死一次，已死的人，不能再活過來向活人敘述死的境界，所以世上沒有人知道死的境界是怎樣的。

——衛斯理傳奇之《真空密室之謎》

這似乎是十分可笑的事，一個現代人，居然會害怕起古代的咒語來了！但是在如今的情景下，卻不能不令人感到古代咒語加於人精神上的那種強大的壓力。

——衛斯理傳奇之《真空密室之謎》

因為兩個人在沙漠中，若是相互之間，不是坦誠相見，不是絕無隔膜的話，那實是太可怕了。沙漠是會令人喪失理智的，在那樣的情形下，相互相信，相互依靠，是最重要的事情！

——衛斯理傳奇之《真空密室之謎》

人在沙漠中，主要倒不是生理上需要水，而是心理上需要水！

——衛斯理傳奇之《真空密室之謎》

做了隱身人原來那樣不好受，以此類推，甚麼「原子飛天俠」、「超人」，也一定不會舒服的，最舒服的還是做一個普通人，和所有人一樣的普通人。

——衛斯理傳奇之《真空密室之謎》

再怪誕不經的事我都相信，因為我深信人類的知識貧乏，十分普通的事，人類便認為無可解釋了。

——衛斯理傳奇之《地心洪爐》

人是地球上的生物，他可以有勇氣去面對地球上最兇猛的人物，但是當你面對着一個來自其他星球的怪物時，便會產生一種神秘而奇異的感覺，使到你變成膽怯，不寒而慄。

——衛斯理傳奇之《地心洪爐》

人的天性是秉承着一切動物天性而來的，而一切動物，即使是最合群的，也有着排他心。

——衛斯理傳奇之《地心洪爐》

永恆的白天，給我心理上的安慰，因為一切看來只不過像是一天中的事——這使人較有信心。

——衛斯理傳奇之《地心洪爐》

人類就算登陸了火星，而仍然不能設法防止一場風暴的話，那等於是一個西服煌然的人，腹中因飢餓而在咕咕叫着一樣。

——衛斯理傳奇之《地心洪爐》

如果你熟悉狗的話，你就可以知道，當狗的眼睛之中，流露出恐懼的神情來的時候，人是可以迅速地感到的。

　　而且，人和狗的交情，究竟已有幾萬年了，人是最容易被狗的那種驚惶的神情所感染的。

——衛斯理傳奇之《地心洪爐》

　　我知道，當一個人多說「我們」的時候，他往往是一個偉大的人。而開口閉口，只是一個「我」字的話，那麼就成問題了。

——衛斯理傳奇之《地心洪爐》

　　我曾不止一次地在九死一生的機會下，毅然求生。要知道當你沒有行動，只是分析的時候，你覺得生存的機會微乎其微，但當你開始掙扎、開始鬥爭、開始行動的時候，你生存的機會就會增加了。

——衛斯理傳奇之《蜂雲》

　　對於一個商人來說，信譽不似前，這是比瘟疫還要可怕的事。因為人只喜歡借錢給有錢的人。而如果他拒售奇玉的消息一傳出，那麼有關他事業不穩的消息，即使是真實的，也不會有人相信了！一個拒絕接受一千萬英鎊的人，他的身價必然在一千萬英鎊之上——這是一般人的信念。

——衛斯理傳奇之《奇玉》

　　人，不論科學怎麼進步，人怎麼進化，除非真到了永恆星人那樣，總不免是在大大小小程度不同的悲劇之中翻滾，但如果真和永恆星人一樣的，那算是甚麼生活，那樣的生活，又有

甚麼樂趣？

真是矛盾之極！

——衛斯理傳奇之《原子空間》

你別忘了他是人，人不論有了甚麼先進的器具，但他還是人，人是會慌亂的，在慌亂之中，任何器具都幫不了他的！

——衛斯理傳奇之《原子空間》

任何人在作幻想的時候，他自己一定是一個勇往直前、無所不能的英雄，而絕不會是一個思前顧後、唯恐不成的人。

——衛斯理傳奇之《天外金球》

當一個人看到了敵人而感到心怯的時候，就絕對不可能再和敵人周旋下去。

——衛斯理傳奇之《天外金球》

聽說你是一個當機立斷的人，如果你肯答應的話，現在你就答應了，如果你不肯答應，那麼，給你一年時間去考慮，也是枉然的。

——衛斯理傳奇之《支離人》

不要說另一個人不能徹底地了解一個人，就是一個人自己，要了解自己，那也絕不是容易的事情！

——衛斯理傳奇之《支離人》

我感到世界上最難的事情，莫過於要從一個人的口中套出他

心中的秘密，只要這個人不肯説，你是拿他一點辦法也沒有的。

——衛斯理傳奇之《不死藥》

　　和一般人想像的完全相反，一個永不會死的人，絕不是幸福的，他的內心十分苦悶、空洞和寂寞，一想到自己永不會死，甚至便會不寒而慄。

——衛斯理傳奇之《不死藥》

　　人穿衣服，衣服之下的身體，通常不為人所見，所以，許多醜惡，也能藉衣服來掩飾，這種情形，引申到了文學語言上，就另有寓意，也就有了「衣冠禽獸」這樣的成語，意思是，衣服是外表，外表堂皇華麗，內在的污穢就被遮掩，不容易看出來。

　　然而，不容易看出來，不等於不可能看出來，掩飾得再巧妙，總有暴露的時候。

　　對於一切看來人模人樣的東西，小心一點，總是沒錯的。

——衛斯理傳奇之《紅月亮》

　　我在設法窺視別人，但是我的行動，卻一點也不漏地早已落入別人的眼中，天下還有比發現了這一點更狼狽一些的事麼？

——衛斯理傳奇之《紅月亮》

　　我們發現地球人最喜歡掩飾自己的弱點，嘲笑地球人的弱點，往往可以造成大慘劇。

——衛斯理傳奇之《紅月亮》

　　天體之中，有生物的極多，但沒有一個天體上的生物，比地

球人更低能的了。

——衛斯理傳奇之《紅月亮》

當然，要你們明白，十分困難，因為有一些名詞以及必要的解釋等等，地球人還都沒有這種語言可以表達，這就像現代的地球人，要向古羅馬時期的地球人解釋電視的原理一樣，絕難解釋得明白！

——衛斯理傳奇之《紅月亮》

地球數千年的文明，可以說是智慧和愚蠢、正義和邪惡鬥爭的紀錄，這種交戰，在地球的每一個角落之間進行着，甚至在每一個人的內心之中進行着。當交戰正在進行之中，我如果斷定邪惡必然勝利，這不是太武斷了？

——衛斯理傳奇之《紅月亮》

醫生的責任是救人，是盡一切可能將一個垂危的人從死亡的邊緣挽救過來，至於那個人是甚麼人，這不在醫生的考慮範圍之內。

——衛斯理傳奇之《換頭記》

一個只曾在苗區中生活的年輕人，不將一個北歐人當作是吃人的怪物，那已很不容易了。

——衛斯理傳奇之《蠱惑》

年輕人行事，是不考慮結果的。

——衛斯理傳奇之《蠱惑》

講起話來喜歡支支吾吾的人，全是這種脾氣，你越是催他，他講得越是慢，索性不催他，他倒反而一五一十講出來了。

　　　　　　　　　　　　　　　　　——衛斯理傳奇之《屍變》

一個深謀遠慮的兇手，會懂得何時是最好的下手時間！

　　　　　　　　　　　　　　　　　——衛斯理傳奇之《合成》

人喜歡公開自己心中的話，但同時又希望沒有人知道自己是甚麼人。

　　　　　　　　　　　　　　　　　——衛斯理傳奇之《筆友》

在明知世界末日就快來到的時候，人都有一種難以自我控制的情緒，一切平日隱藏在教育、禮貌面具下的本性，也就會自然而然地流露出來。

　　　　　　　　　　　　　　　　　——衛斯理傳奇之《筆友》

生命是甚麼？生命並不是一種存在的物質，生命飄渺到無可捉摸。一個活人和一個死人，在物質上，沒有絲毫不同，但是一個活，一個死，卻又大不相同，我們以為電腦沒有生命，又怎樣證明它？

　　　　　　　　　　　　　　　　　——衛斯理傳奇之《筆友》

世界上任何地方都有排他性，人有思想，所以排他性更是根深蒂固，我們不妨看看，直到現在，人類號稱已進入「文明世紀」好多年了，但是多多少少白人，在心中仍然否定黑人的「人」的

地位！

——衛斯理傳奇之《再來一次》

每一個人都有每一個人的自由，他有他個人的秘密，只要他不犯法，不損害別人，我們自然也沒有道理一定要揭穿他！

——衛斯理傳奇之《再來一次》

老人是不會急躁的，因為他已走到了生命的盡頭，再急躁也沒有用了。

——衛斯理傳奇之《再來一次》

對一個明知沒有希望的病人而言，快一些死，實在比活着抵受痛苦仁慈得多。

——衛斯理傳奇之《再來一次》

只要他們有人的腦子，人的思想，你決計無法不承認他們是人！

——衛斯理傳奇之《再來一次》

人對於新事物總是難以想像的，但是久而久之，就會習慣了。

——衛斯理傳奇之《再來一次》

如果我是樣子與人截然不同的生物，那麼看到人的怪模樣之後，說不定也會引起一陣噁心的。

——衛斯理傳奇之《再來一次》

好奇就是你們這種笨蛋的致命傷，與你無關的事，你好甚麼奇？像你這樣的人，是典型的小人，世界上很多紛擾，就是因為你這種多管閒事的小人而引起的！

——衛斯理傳奇之《再來一次》

走在時代之前的人，是最痛苦的，他會被認為是瘋子，是妖怪，甚至有被人活活燒死的例子！

——衛斯理傳奇之《再來一次》

這樣的少年人，因為種種原因，流落街頭，以犯罪為樂。許多「專家」，都喜歡稱之為「社會問題」，但是我一直以為那還是個人問題。

在同一環境成長，有的是人才，有的成為渣滓，將之歸咎於社會，那不公平，社會為甚麼會害你而不害他？自然是你自己先不爭氣的緣故。

所以，覺得那樣的少年，在他還未變成大罪犯之前，便讓他知道不守法會受到懲罰，才能使他改過。

——衛斯理傳奇之《盡頭》

我只是想到了那一下低低的嘆息：「天下最倒霉的事，就是做一個有教養的好孩子！」

那是真正心靈深處的嘆息，有教養的好孩子，有父母兄長老師以及像我那樣的叔叔伯伯，甚至還有阿婆阿公阿姨嬸母舅父舅母姑姑姑父，等等等等的人管着，不許這個，不許那個，天下還有比這更倒霉的事麼？

——衛斯理傳奇之《盡頭》

　　人總是人，人有文化，文化的淵源、歷史，非常悠久。人和別的動物不同，人的感情，受文化的薰陶，即使從來未受過任何教育，他日常接觸的一切，也全是人類文化的結晶，他也應該受到人類文化的一定影響。

——衛斯理傳奇之《盡頭》

　　破壞決不是人的天性，人的天性是建設，但為甚麼，他們會有那樣違反常性的行動？而且，這種違反常性的行動，又幾乎在世界每一個角落發生，在每一種人的身上發生，從小流氓到大學生！

——衛斯理傳奇之《盡頭》

　　一切受人指使的人，最怕指使他們的人忽然不要他們了，那是不易至理。

——衛斯理傳奇之《盡頭》

　　人在極度的驚恐中，很容易胡言亂語。

——衛斯理傳奇之《湖水》

　　一個人在有所選擇之際，他一剎那的決定，足以影響他今後的一生。

——衛斯理傳奇之《消失》

　　你要知道，有錢人做起事來，有時是怪得不可思議的。

——衛斯理傳奇之《影子》

十幾歲的小伙子，正是精力最旺盛的時候，根本不知道甚麼叫疲倦。

——衛斯理傳奇之《影子》

要決定一個人是甚麼人，不是看他的身體，要緊的是他腦中的記憶。

——衛斯理傳奇之《多了一個》

沒有甚麼人在結束生命時會快快樂樂的。

——衛斯理傳奇之《仙境》

一個超時代的人，生存在這個時代中，對他本身而言，當然不是福，但是對於這個時代而言，又何嘗是福？

——衛斯理傳奇之《狐變》

他心中明知那是上當的事，還要去做，被人揭穿之後，希望自然幻滅，所以才感到了極度的痛心！

——衛斯理傳奇之《虛像》

對一個將死的人來說，多活一天的意義實在太大，在一天之中，我可以產生無數新的希望，希望能夠改善我的處境。

——衛斯理傳奇之《虛像》

在相片中看來，可羅娜是那麼溫柔、美麗、純真的一個少女，但是，那只不過是一個虛像，真正的可羅娜，兇殘、橫暴、劫掠，無所不為。虛像和真實之間的距離，實在是太驚人了。

　　而事實上，不單是可羅娜，幾乎我們每一個人都是那樣的，不是麼？

——衛斯理傳奇之《虛像》

　　我知道像陳小雷那樣年齡的孩子，會有許多古裏古怪的念頭，我也經過這個年齡，那正是人生最富幻想力的年紀。

——衛斯理傳奇之《訪客》

　　死人雖然給人以極恐怖的感覺，但是死人比起活人來，卻差得遠了。真正要叫人提心吊膽，説不定甚麼時候，一面笑着，一面就給你一刀子的，決不會是死人，而是活人。

——衛斯理傳奇之《訪客》

　　一個人擁有太多，實在不是一件幸福的事，你給一個孩子一隻蘋果，他會微笑，給他兩個，他會高興得叫起來，但是如果給他三個，他可能因為只有兩隻手，拿不了三個蘋果，而急得哭起來。

——衛斯理傳奇之《風水》

　　凡是中國人，都不能逃脱風水的影響，都相信因果輪廻。

——衛斯理傳奇之《風水》

　　人，實在是一種很可悲的生物。

——衛斯理傳奇之《環》

　　一個有着三個博士學位的人，出家當了和尚，那一定是有着

一段很傷心的事了。

——衛斯理傳奇之《雨花台石》

我們根本不容易接受和平共存的觀念，不是你想打倒我，就是我想打倒你。

——衛斯理傳奇之《雨花台石》

他是一個典型，有權在手，不弄弄權不過癮，哪怕他知道沒有用，封鎖幾小時新聞，也是好的。這實在是一種小人物的反應。

——衛斯理傳奇之《創造》

人不能改造人，更不能創造出甚麼奇蹟來，人人都以自己為藍本，而在本質上，每一個人都大致相同。

——衛斯理傳奇之《創造》

他們全是知名的學者，但是知名的學者，未必具有推理的頭腦，他們七嘴八舌地說着，可能一點道理也沒有。

——衛斯理傳奇之《創造》

不論是甚麼人，當他想到要改造他人思想的時候，總是以他自己的思想活動作為典範，要人人都變得和他一樣，單就這一點而論，其意念已經極其可鄙，遠比搶他人財物，傷害他人身體為甚！

——衛斯理傳奇之《創造》

其實，我們每一個人都是那樣，不知自何而來，忽然來了，

有了生命，但是沒有一個人能例外，每一個人，都要離開相伴幾
十年的軀殼而去，也不知道到甚麼地方去了！

——衛斯理傳奇之《老貓》

一個人，若是沒有了自己，那麼，在他身上的一切名和利，
都是虛空的，再大的名，再多的利，加起來，也不如自己。

——衛斯理傳奇之《貝殼》

同樣是生命，一個豪富，不如一枚海螺快樂，你相信嗎？
我真的相信。

——衛斯理傳奇之《貝殼》

聰明人在看着一個人的時候，總喜歡揣測對方的心意。

——衛斯理傳奇之《貝殼》

每一個人，有一個想不通的問題橫亙在心頭的時候，是特別
容易感到疲倦的。

——衛斯理傳奇之《貝殼》

我們是中國人，如果有一個日本人迎面走來的話，我們很容
易就分得出，那是一個日本人，可是叫一個歐洲人去區別日本人
和中國人，就很困難，在他們看來，中國人和日本人是一樣的，
正像在我們看來，法國人和荷蘭人，沒有甚麼分別一樣。

——衛斯理傳奇之《貝殼》

人自一出生，就一直在掙扎，為了要生存，幾乎是每一分鐘

不停地在掙扎着，但是不論人的求生意志是如何強烈，也不論人的掙扎是如何努力，人總是要死的，是不是？

——衛斯理傳奇之《貝殼》

生命是抽象的，一個活人和一個死人，在物質成份上，沒有絲毫不同。

——衛斯理傳奇之《貝殼》

動物是無所謂高等和低等的，朋友，生命是平等的，你是人，是生命，貝類生物也是生命。而且，我們觀察的結果，證明貝類的生活，遠比人的生命自在、輕鬆。

——衛斯理傳奇之《貝殼》

真正有錢的人，實在是很可悲的，他們因為甚麼都有了，再也沒有甚麼新的事情可以引起他們感官和精神上的新刺激，那樣，生活着還有甚麼趣味？

——衛斯理傳奇之《地圖》

一個人，如果堅信他不久之後，就會意外死亡的話，那實在是最可怕的事情了，就算意外死亡不降臨，他也會變瘋！

——衛斯理傳奇之《地圖》

知識程度越高的人，越會去想自己活着，究竟有甚麼意思，昆蟲是不會想的，牠一生有一定的規律，牠也就是這樣過了，愚人不會去想，也這樣過了！

可是，有知識的人會想：和昆蟲在本質上並無不同的生活，

究竟有甚麼意思呢？

——衛斯理傳奇之《規律》

　　我們是大城市中的人，每天的活動範圍，可能來來去去，都不出十里範圍，就算有機會到外地去旅行，也只不過將線條拉得長點而已。但是，人是有思想的，人的思想活動範圍，卻全無限制，可以上天下地，可以遠到幾億光年外的外太空，這一點，或許是支持人類生存的根。又或許，人類已習慣了和昆蟲一般的生活，只有真正具有智慧的人，才感到悲哀和沒有意思。

——衛斯理傳奇之《規律》

　　現代人的生活，表面上看來，多姿多彩，變化無窮。但是實際上，卻貧乏枯燥，千篇一律。這種生活，形成了心靈上的極度不滿足，人和昆蟲的生活之間，可以劃上等號，於是，悲劇就表面化了。

——衛斯理傳奇之《規律》

　　一個人聽到了那麼直接的指責，而仍能保持如此的鎮定的話，那一定是由於他的內心之中，並無歉疚之故。

——衛斯理傳奇之《沉船》

　　神經再堅強的人，對忍受刺激，也有一定的限度，超過了這個限度，一樣受不了，而且後果更糟糕！

——衛斯理傳奇之《沉船》

　　一個人在過度的驚恐刺激之下，在最短時期內昏過去，是一

個好現象，那能使人的神經，有鬆散的機會。如果不是藉昏迷來調劑神經，那麼，便會有可怕的後果──發瘋。

——衛斯理傳奇之《沉船》

將任何人逼得太急了，逼得他除了反抗之外，甚麼法子也沒有的時候，他就只好反抗了！

——衛斯理傳奇之《大廈》

一個流浪漢，每天至少有三次以上被警察呵責趕走的經驗，久而久之，就養成了一種習慣，一看到了警察，就會快點走開。

——衛斯理傳奇之《新年》

人倒並不是做了一件好事，一定想得到應有的褒揚，但是也決沒有人，在做了一件好事之後，會高興受到懷疑的態度所對待。

——衛斯理傳奇之《新年》

一個人自言自語的結果，可能會道出一個人心底的秘密來，這比我去問他，再引起他心中的恐懼要好得多了。

——衛斯理傳奇之《新年》

一個人一生的時間是有限的，為甚麼錢越多越好？有那麼多錢，並不一定有那麼多的時間來享受！

——衛斯理傳奇之《新年》

沒有人會嫌錢多，就算一個人，已經有了一生都用不完的錢，再多一元，也是好的。他有了一千萬，再多一元，就變成

一千萬零一元了，有甚麼不好？

——衛斯理傳奇之《新年》

人的肉體是不重要的，重要的是精神，精神不滅，生命永存！

——衛斯理傳奇之《頭髮》

任何人心中有了秘密，總會有一股向人講述這個秘密的慾望。

——衛斯理傳奇之《頭髮》

一個人是不是在說謊，不論他掩飾得如何巧妙，裝成如何慷慨激昂的樣子，有經驗的人聽來，一下子就可以聽出來。這個人，就是在說謊。

——衛斯理傳奇之《頭髮》

人在陌生的地方，有着太多自己不知道的事，一定會產生一種莫名的恐懼，而這種恐懼，通常也會演變為敵意。

——衛斯理傳奇之《頭髮》

任何人，如果不是心中有極大的難題，決不會發出這樣沉痛的呻吟聲！

——衛斯理傳奇之《眼睛》

從古到今，每一個人，對他現階段的生命，都十分留戀、寶愛，那是因為人類不能肯定生命的實質，以為現階段的生命一旦消

失，就此完了！卻不知道生命在時間之中，會以多種形式出現！

——衛斯理傳奇之《迷藏》

由於人根本不可能知道許多個另一階段生命的情形，所以必須重視現階段的生命。手裏抓着的一文錢，比虛無縹緲的整座金山好得多！

——衛斯理傳奇之《迷藏》

一個人寫下了甚麼，他就一定了解他所寫下來的內容，內容才是主要的。為甚麼要寫，是次要的。

——衛斯理傳奇之《天書》

人的雙眼，是十分異特的器官，當人的心情高興或悲傷之際，是可以在一雙靜止的眼睛之中，反映出來的。

——衛斯理傳奇之《天書》

地球上生活的人，無法了解宇宙，就像是一滴污水中的阿米巴，無法了解地球一樣！

——衛斯理傳奇之《天書》

阿米巴不了解地球，是快樂的阿米巴，當他了解了地球之後，他就是痛苦的阿米巴了！

——衛斯理傳奇之《天書》

古往今來，哪一個人不想預知將來？（這一點也很奇怪，將來應該不可測，但是人類一直頑固地相信有方法可以推測將來，

就像是人類隱約知道將來其實是早已發生過的事！）

——衛斯理傳奇之《天書》

你知道了一件將會發生的事，這件事，令你震驚、駭然，甚至害怕。你明知這件事會發生，絕對沒有任何力量可以改變。從知道的那一刹間起，你已經開始擔心，你心中極度彷徨，不知該如何才好，這件事成為陰影，一直盤踞在你的心中。

——衛斯理傳奇之《天書》

一般來説，精明的人，是不怎麼肯爽快答應人家任何事的。

——衛斯理傳奇之《木炭》

任何人，在經歷過巨大的劇變之後，多少可以悟點道理，何況是生死大關！

——衛斯理傳奇之《木炭》

任何人，發現了自己的祖居，有一個建造得如此秘密的地窖，而且又肯定上代是曾在亂世之中，做過一番事業，我想，沒有甚麼人可以克制自己的好奇心，不進去看個究竟！

——衛斯理傳奇之《木炭》

人喜歡財富，在沒有比較的情形之下，會孜孜不倦，不擇手段追求財富，以求軀體在數十年之間盡量舒服。但如果一旦明白了軀體的短短一生，實在並不足戀，有永恆的靈魂存在，那就再也不會着眼於財富的追尋了。

——衛斯理傳奇之《木炭》

人對於自己生命的秘奧，還一無所知，還是少費點精神去研究地球以外的生命吧！

——衛斯理傳奇之《木炭》

能夠明白的人太少了，正因為如此，所以大家才沉迷，在短暫的光陰之中，做很多到頭來一場空的事，而且為了這些事，用盡許多手段，費盡了許多心機，真是可憐！

——衛斯理傳奇之《木炭》

玩具的關係，在人和人之間也存在着，一些人是一些人的玩具，怎麼也擺脫不了被玩的命運——倒不是富豪玩弄美女那麼簡單，有很多不同形式的表現，而且，在絕大多數情形下，作為玩具的，並不大有改變自己地位的想法。

——衛斯理傳奇之《玩具》

小孩子外貌惹人喜歡，很佔便宜，往往做了錯事，也能得到額外的原諒。這是一種很不公平的現象，雖然是小事，但總是一種不公平。

——衛斯理傳奇之《玩具》

玩具可以以各種形式出現，甚至於人也可以作為玩具。不少美麗的女人，在有錢人的心目中，她們就是玩具。

——衛斯理傳奇之《玩具》

世上再也沒有比不可測的敵人更可怕，正面的敵人可以應

付，而隱蔽的敵人則根本無從防禦！

——衛斯理傳奇之《玩具》

　　從來人就用美好的形象來製造玩具！

——衛斯理傳奇之《玩具》

　　從甚麼時候開始，人甘心情願做玩具的？從甚麼時候開始，人為了精美的食物、新鮮的空氣、美麗的配偶，就可以甘心情願讓自己當玩具的？

——衛斯理傳奇之《玩具》

　　你們這一代人所追求的生活，和作為玩具的生活一樣！你們追求舒適的住宅、精美的食物、美麗動人的配偶，這一切，是你們這一代人的理想！

——衛斯理傳奇之《玩具》

　　自由是逐漸消失的，隨着所謂文明的發展而消失。

——衛斯理傳奇之《玩具》

　　你們這一代的人，根本沒有個人，沒有自由。千絲萬縷的社會關係，種種式式的社會道德，求生的本能和慾望，精神和物質的雙重負擔，猶如一重又一重的桎梏，加在你們每一個人的頭上，而你們還努力使桎梏變得更多！你們早已是奴隸和玩具，每一個人都是另一些人的玩具，為另一些人活着，不是為自己活着，沒有一個人有自由，沒有一個人可以自由自在做自己喜歡做的事而

不顧及種種的牽制，自由，早就消失了！

——衛斯理傳奇之《玩具》

人，終於發展到了變成玩具，並不是突變的，而是逐步形成，而且，幾乎可以肯定，那是必然的結果，任何力量，都不能改變！

——衛斯理傳奇之《玩具》

命運在玩弄着人，人好像也很甘心被它玩弄，一旦有人不甘心被命運玩弄了，他會有甚麼結果？其實，正確的説法，應該是根本沒有人可以擺脱命運的玩弄！

人，根本就是玩具！

——衛斯理傳奇之《玩具》

世上自然有快樂的人，但也只是在某一個時間中快樂，在某一件事上快樂，不可能永遠快樂，快樂只是一生中的一刹那，不可能是一生的全部。

想想也有道理，要是人的一生中，滿是快樂，那豈非等於一點快樂都沒有？

——衛斯理傳奇之《連鎖》

奈何的臉上，有着一種極度的迷惘。這種人，給人的第一個印象，一定不佳。但是這種混跡江湖的小人物，為了生活，固然必須使用許多卑劣的手段，也往往有他們良善的、好的一面。

——衛斯理傳奇之《連鎖》

一個人如果連自己是怎樣的一個人都不知道，豈不是很可

悲，活着有甚麼意義？

更進一步來説，一個人，如果連自己是怎樣的一個人都沒有勇氣去知道，或是想也不敢去想，這豈不是更加可悲？

——衛斯理傳奇之《願望猴神》

一個和你一模一樣的人，可是性格恰好相反，這個人是你的複製品，然而你對他卻一點也不了解，不知道他會在甚麼時候出現，而他總是和你相反，他是你性格另一面的表面化，你和他在外表上雖然一模一樣，但是在思想上卻是死對頭！這樣的一個死對頭，給你的威脅，可想而知！

——衛斯理傳奇之《願望猴神》

人最大的敵人，就是自己！

——衛斯理傳奇之《願望猴神》

如果一個人，怕人家追究他的來歷，最好的辦法，就是説自己在孤兒院長大。

——衛斯理傳奇之《第二種人》

人的心理差不多，對於一件看來全然沒有希望的事，大多數人，會放棄。自殺，是放棄的一種方式，不出聲替自己辯護，也是方式之一。

——衛斯理傳奇之《第二種人》

植物是生物，有生命，活生生，凡是有生命的東西，就一定

會動，在動態之中，不斷進化，不斷生長，這就是生命。

——衛斯理傳奇之《第二種人》

死亡是人的最終途徑，也是最公平的安排，任何人都不能避免，與有錢、沒有錢，沒有直接關係。

——衛斯理傳奇之《後備》

我要軀體，我的身體給我一切享受，你能用靈魂去咀嚼鮮嫩的牛肉嗎？能用靈魂去擁抱心愛的女人嗎？能用靈魂去體會上好絲質貼在身體上的那種舒服感嗎？

——衛斯理傳奇之《後備》

臨死的人，都會相信有甚麼古怪的方法，可以延長自己的生命，古往今來，沒有多少人肯接受死亡必然來臨的事實。

——衛斯理傳奇之《後備》

一個人最寶貴的是他的生命，就算是最吝嗇的守財奴，到了最後關頭，也會願意用他的全部金錢，來換取他的生命。

——衛斯理傳奇之《後備》

幾百年，對人類來說，並沒有甚麼不同，人類的觀念，一樣是那樣愚昧落後。

——衛斯理傳奇之《後備》

人口不斷膨脹的結果，大屠殺會自然產生，各種各樣的天災人禍，會大規模地消滅人口，這是一種神奇的自然平衡力量。但

是這種平衡的過程，是不公平的。

——衛斯理傳奇之《後備》

　　大規模的戰爭是減少人口的一個過程，在戰爭中，人不論賢愚，都同時遭殃，一個炸彈下來，多少優秀的人和愚昧的人一起死亡，人類的進步，因之拖慢了不知道多少。

——衛斯理傳奇之《後備》

　　凡是成功的人，一定是優秀的人，凡是優秀的人，也必定成功。

——衛斯理傳奇之《後備》

　　人類的生活方式，本來就在不斷突破。

——衛斯理傳奇之《後備》

　　白癡也是人，有生存的權利，不能隨便被殺害。

——衛斯理傳奇之《後備》

　　超級大人物的日子其實並不好過，他們要付出比普通人更繁重的腦力和體力勞動，雖然他們有最好的醫生在照料他們的健康，但是有許多疾病，患病率十分高，尤其是以心臟病為然。

——衛斯理傳奇之《後備》

　　人和人之間的了解，太困難了。

——衛斯理傳奇之《盜墓》

猛獸，像美洲黑豹，都有着極其敏銳的嗅覺，牠們不會對任何機械製件感到害怕，能令得牠們害怕的，只有比牠們更威猛兇惡的生物，或是牠們從來也沒有經驗過的生物。

——衛斯理傳奇之《盜墓》

人類在地球上生活了許多年，經過了許多動亂，才建立了雖然不理想但卻是大多數人可以接受的秩序，地球人在這種秩序下生活，心理上需要一定的支持力量。一旦這種支持力量消失，混亂就開始。

——衛斯理傳奇之《盜墓》

要改善生存環境，不在於物質的豐富與否。地球人的慾望無止境，物質再豐富，精神空虛，問題一樣不能解決。

——衛斯理傳奇之《盜墓》

金特和人握手的那種方式，是我最討厭的一種，他不是和你握手，而是伸出他的手來給你握，他的手一點氣力也沒有。

通常，只有紅透半邊天的女明星，才有這樣和人握手的習慣。可是這位金特先生，當時打量了他一下，個子不高，不會超過一百六十公分，半禿頭，一點風采都沒有，看來有點像猶太人，但也不能肯定，一副糟老頭子的模樣，至少有五十開外，居然也用這種方式和人握手，真有點豈有此理。

——衛斯理傳奇之《搜靈》

多嘴的人，天下最可惡。

——衛斯理傳奇之《搜靈》

不愛講話，是我的習慣，因為我認為人與人之間，重要的是思想交流。

語言交流可以作偽，思想交流不能。

——衛斯理傳奇之《搜靈》

人，實在很笨，是智力甚低的一種生物，甚至連是真是幻，這樣簡單的事，都難以作出判斷，人腦活動所產生的思想，作為一種高級生物，實在相當可憐。

或許，真或幻，並不是那麼重要。人生許多煩惱，正是為了要弄清楚真、幻而產生的。

——衛斯理傳奇之《茫點》

人類的腦部，太容易受外來信號的干擾了！

——衛斯理傳奇之《茫點》

人類溝通，傳遞資訊的方法，並不直接由思想感應到，而是一種間接溝通方法。

間接溝通的最大弱點是：可以作偽，一個人明明將對方恨之切骨，但是他的表達方式，卻可以是彬彬有禮，或者對之熱情萬分。人類互相溝通的方法，是間接的，所以一個人絕對無法知道另一個人真正的意念。

——衛斯理傳奇之《茫點》

一個人要裝病，十分困難，例如急性腸炎，就無法假裝，因為生理上的症狀，假裝不出，但是心理上的症狀、行為上的症狀，就十分容易假裝，所以裝成自己是一個精神病患者，很容易，再

精密的檢查，也難以發現真相。

——衛斯理傳奇之《茫點》

人腦，實在太複雜，也太容易被控制，太不容易了解，或許，這就是人的生命的形式？

——衛斯理傳奇之《茫點》

一個人自己慣用一種伎倆去對付別人，他也就以為人家也用相同的辦法。

——衛斯理傳奇之《神仙》

人最容易上當的時候，就是他自以為騙過了別人之際。

——衛斯理傳奇之《神仙》

人與人之間，才能相去之遠，簡直不成比例，為甚麼有的人，像富蘭克林，像羅蒙諾索夫，他們可以懂得那麼多，腦中能積聚那麼多的知識？把愛迪生的腦子，和一個普通人的腦子來比較，只怕沒有甚麼不同，可是愛迪生多麼不同，這是人體潛能無窮無盡的最佳例證！

——衛斯理傳奇之《神仙》

人類有各種各樣追求的目標，不斷追求，全是因為那些目標沒有達到，真的達到了，未必有甚麼快樂。

——衛斯理傳奇之《神仙》

人就是神仙，神仙也就是人。

——衛斯理傳奇之《神仙》

有時，我想到，神仙既然是人，我們每一個人，都可以視自己為神仙，性格容易滿足、快樂的人，做人也快樂；反之，做神仙，只怕一樣痛苦。

——衛斯理傳奇之《神仙》

人到了沒有辦法的時候，總會做一點沒有意義的事情。

——衛斯理傳奇之《追龍》

人類對現今的科學發現，充滿了沾沾自喜的情緒，以為近一百年來的科學進步，已使人類掌握了許多天地間的秘奧！

——衛斯理傳奇之《追龍》

因為每一個人的腦組織活動不一樣，眼睛組織儘管相同，但是腦組織活動不一樣，十個人看一樣同樣的東西，得出的形象是十個不同的形象。

而且，各自得出的不同形象，都只有自己可以知道，旁人無法知道，因為人類的語言文字，無法絕對精確地把看到的形象形容出來，所以，一個人看到的形象，只有他自己可以知道，旁人最多只能知道一個大概，不可能完全知道。

——衛斯理傳奇之《洞天》

人，身體次要，思想才主要！

——衛斯理傳奇之《洞天》

馬醉木判斷一個人的好壞，有兩個十分奇怪的原則。

　　第一，他認為能養牧出好馬來的人，一定不是壞人。因為好馬不會喜歡壞人，馬和人之間，有一種特殊的互相溝通的本領，一個壞人，就算到手了一匹好馬，也一定養不長，馬會自動離開他。

　　卓長根的父親養牧出了一百匹這樣叫人一看就喜歡不盡的好馬，怎麼會是壞人？

　　另一個就是：一個人如果喜歡喝酒，這個人也就不會是壞人。喜歡喝酒的人，總會有喝醉的時候，一到酒醉，沒有甚麼不能對人說的，人與人之間的關係，也會拉得更近。

　　　　　　　　　　　　　　　　——衛斯理傳奇之《活俑》

　　馬是牧馬人的生命和榮耀，儘管卓長根的父親如果不要那批馬了，馬氏牧場可以因之增加一大筆財富，但是那種責問，還是必要的，因為一個自己不要生命的人，還可以諒解，一個放棄榮耀的人，不可原諒，沒有人會看得起。

　　　　　　　　　　　　　　　　——衛斯理傳奇之《活俑》

　　除了地球人之外，似乎還沒有甚麼別的星球人能知道酒的好處。

　　　　　　　　　　　　　　　　——衛斯理傳奇之《活俑》

　　這似乎是一些人的通病，自己以為有了點錢，全世界就該知道他們是甚麼人。

　　　　　　　　　　　　　　　　——衛斯理傳奇之《犀照》

人的思想，據說，隨着年齡的增長而逐步變得成熟，但是我卻一直認為，人的思想在「不成熟」的時候，有更多古怪的想法。這種古怪的想法，甚至出現在兒童的言行之中，很多成年人不會贊同或喜歡，責之為不切實際，但這種古怪的想法，在很多時候，卻是促進人類思想行為進步的原動力。

——衛斯理傳奇之《犀照》

少年人有很多奇妙的想法，而又沒有一個系統的概念，所以無法化為語言或文字，使別人理解他們究竟在想甚麼。

——衛斯理傳奇之《犀照》

人生活在地球上，地球是宇宙中微不足道的一粒塵，可是人的思想，卻早已在探索宇宙究竟有多大、宇宙之外是甚麼？誰說人的思想受環境的約束限制？

——衛斯理傳奇之《犀照》

人的思想無限，就像宇宙無限一樣。

——衛斯理傳奇之《犀照》

人是萬物之靈，自然是生命，海洋之中，重達二十噸的龐然大物藍鯨是生命，細小的蜉蝣生物，也是生命，在高倍數的電子顯微鏡之下，一滴水之中，可以有億萬個生命。

——衛斯理傳奇之《犀照》

少年人都有着豐富的想像力，其實是人類與生俱來的本能，可是一進入社會之後，現實生活的壓力，會使得人幻想的本能，

受到遏制，這實在不是好現象。

——衛斯理傳奇之《犀照》

人類的新想法、新觀念，全從豐富的學問、知識的基礎上發展起來的。

——衛斯理傳奇之《犀照》

成年人和少年人不同，少年人可以一直想，但成年人除了想之外，還要做。

——衛斯理傳奇之《犀照》

人的腦部，肯定可以直接接受外來的信號，信號強烈時，甚至可以使人的行為整個改變，可是卻始終無法找出甚麼類型的信號，才能肯定地被人腦接受，像是完全沒有規律可循。

——衛斯理傳奇之《犀照》

人類的語言，實在十分貧乏，只能形容一些日常生活中見過的東西，對於不知道是甚麼東西的東西，無法形容。

——衛斯理傳奇之《犀照》

人對於自己不知道的事，總喜歡用自己有限的知識來作解釋，只有具大智慧的人，才能有突破。

——衛斯理傳奇之《犀照》

再沒有比地球人更落後的了，那麼小的一個星球，要去到星

球的一端，就得花那麼多時間，巨型噴射機，算是甚麼交通工具。

——衛斯理傳奇之《犀照》

頑童再神通廣大，想跳出母親的手心，還是十分困難。

——衛斯理傳奇之《犀照》

每一個人的心目中，都只認為自己的事最重要，人是一種極度自我中心的生物。

——衛斯理傳奇之《命運》

他那種又急又驚又生氣的情形，實實在在，只有一個人心中最大的秘密被人突然叫出來，才會這樣！

——衛斯理傳奇之《極刑》

人應該正視自己的失敗，不要學潑皮一樣撒賴。

——衛斯理傳奇之《電王》

輸了棋的人，有幾個是有承認自己棋力不濟呢？不然，也不會有「我要和棋，對方不肯」的笑話了。

——衛斯理傳奇之《電王》

人是無法盡善盡美，總有點事是做不到的。

——衛斯理傳奇之《電王》

即使是地球人和地球人之間，也沒有平等可言的。

——衛斯理傳奇之《遊戲》

人要讀書，一個讀過書的乞丐，比一個沒有讀過書的乞丐好；一個讀過書的職業殺手，自然也比沒有讀過書的職業殺手好。

——衛斯理傳奇之《生死鎖》

人類的知識累積過程，相當奇妙，知識累積到了一定程度，就會產生屬於自己的新知識、新想法。

——衛斯理傳奇之《生死鎖》

人總是人，有人的七情六慾，喜怒哀樂，哪能不動心？

——衛斯理傳奇之《生死鎖》

人要是沒有慾求，就不會有進步。

——衛斯理傳奇之《生死鎖》

由於有身體的存在，人的生命，多了不必要的痛苦，刀割在肉上，就會覺得痛，這種由身體帶來的痛苦，是完全不必要的。

——衛斯理傳奇之《生死鎖》

生命是甚麼呢？生命那麼脆弱，一根細小的毒針，刺上一下，就可以令這個生命消失，而不論這個生命偉大或渺小。

在殺手的武器之下，生命根本沒有偉大和渺小之分，一顆子彈命中了太陽穴，不論這個人是一國之君還是一個守門人，結果完全一樣。

——衛斯理傳奇之《生死鎖》

一個人可以完成的事，兩個人就要失敗，人越是多，就越是

失敗。

——衛斯理傳奇之《黃金故事》

　　人生本來就如一台戲，人人都是演員，當一個人自己演自己的時候，自然是最出色的演員。

——衛斯理傳奇之《黃金故事》

　　問別人「你在想甚麼」，這大抵可算是天地之間，宇宙之中，最最愚蠢的一個問題了。

　　這是一個永遠得不到正確答案的問題，因為人無法真正判斷另一個人在想些甚麼。問這個問題所能得到的答案，也就永遠無法判斷它是真實的或是虛假的。

——衛斯理傳奇之《黃金故事》

　　人是有弱點的，在極度的迷失之中，除了默默承受之外，少會有別的反應。但逐漸地，當環境熟悉了，在極度的慌亂過去之後，慢慢定下神來，總有一些人會開始想想，覺得這樣下去，一輩子也不能有出頭的日子，於是自然而然，就會有人逃亡。

——衛斯理傳奇之《黃金故事》

　　雖然，由於人類在不斷進步，武俠社會的那一套，早已在現實生活中消失了，但是人類行為無論怎麼變，根本的原則，總是萬變不離其宗的，其中的一個原則是：當你表現了自己的力量，而且這個力量是對方心目中的主要力量時，你就會贏得對方的尊敬。

——衛斯理傳奇之《廢墟》

在一群會武術的人面前展示武學造詣，效果就和在一群渴慕錢財的人面前展示你擁有的財富一樣，也和在一群風骨非凡的人面前，表現你的骨氣一樣。

——衛斯理傳奇之《廢墟》

任何人提及自己的祖先之際，總不免會有點自豪感的。

——衛斯理傳奇之《廢墟》

世界有各種各樣的生物，只有人在威脅別的生物的生活，未聞別的生物威脅人。

——衛斯理傳奇之《密碼》

和中國有關的問題，並不是每一個中國人都知道的，而且也不必要每一個中國人都知道中國的一切。

——衛斯理傳奇之《密碼》

但是自人類發明了財寶以來，人類的生命便與之結合在一起，成為生命的遺傳因子的一個內容，幾乎每一個人，都遵照這種遺傳因子中密碼所規定的對付財富的規律在展開他的行為。

——衛斯理傳奇之《密碼》

地球人天生有十分狹窄的仇視心理，會把外來的人當作敵人，「有朋自遠方來，不亦樂乎」，只怕不是真心話。

——衛斯理傳奇之《血統》

地球人歷史上，有許多偉人都是當時不容於大多數人，如以

拯救人類為己任的耶穌基督，如科學先驅哥白尼，數不勝數。

——衛斯理傳奇之《血統》

才見到陌生現象，總難免害怕，這是人對陌生現象有排斥的天性。但人畢竟有智慧，可以判斷陌生現象是不是會造成危害。若是連這種判斷能力也喪失，只是一味排斥，那才可悲之至。

——衛斯理傳奇之《血統》

我和老狐狸都是聰明人，聰明人絕不想知道別人太多的秘密。

——衛斯理傳奇之《謎蹤》

一個人，如果能夠成為一個成功的扒手，應該可以說，他就能成為任何行業中的成功者。

——衛斯理傳奇之《瘟神》

人不能永遠做頑童下去，總要有對自己行為負責的時候，就算為此吃點苦頭，也是應該的。

——衛斯理傳奇之《瘟神》

許多日子來，我曾和不少外星人打交道，地球人一直怕地球遭到外星的侵襲，被外星人毀滅。

如今看來，真要毀滅全人類的，還是人類自己。

——衛斯理傳奇之《瘟神》

人類，自稱是萬物之靈，可是行為的愚昧程度，比起別的生

物來，只有過之而無不及。

——衛斯理傳奇之《瘟神》

這個人睡在一個大抽屜中，雖然行為怪異，但如果那是他的習慣，也就有他的自由。

——衛斯理傳奇之《招魂》

帶兵，並不好帶，並不是所有的軍隊都有良好的紀律，有的老兵，十年八年兵當下來，在戰場上經歷得多，把生死得失全看得淡了，長官的命令，要是不合意，照樣當耳邊風。

——衛斯理傳奇之《背叛》

所有的地球生物之中，只有人才會用眼淚來表示情緒。

——衛斯理傳奇之《背叛》

雖然說好人壞人，不會在額上刻着字，但是奸詐小人或正人君子，在外形上，多少有點不同，「心中正則眸子正」，可以通過細微的觀察，約略估計一個人的內心世界。

——衛斯理傳奇之《背叛》

一個人若是對另一個人太好，在一些特殊情形之下，反而會使另一個人有太大的精神壓力，會在潛意識中，起着自己都不知道的反抗，當這種強大的反抗意識，從潛意識轉向明意識時，就會發生十分可怕的事。

——衛斯理傳奇之《背叛》

　　每一個人都是一個隨時會爆炸的、惡毒之極的炸彈，不但別人不知道它何時會爆炸，連他自己都不知道。

——衛斯理傳奇之《背叛》

　　每一個人自己認為重要之極的生命，夾在億萬個生命之中，也微小得不知算是甚麼！

——衛斯理傳奇之《背叛》

　　每個人的想法不同，竟然可以導致看法上如此巨大的差異，甚麼是對，甚麼是錯，甚麼是好，甚麼是壞，哪有一統的標準？

——衛斯理傳奇之《背叛》

　　人人心中都有潛在的背叛意識，看甚麼時候發作！

　　明白嗎？不明白也不要緊，因為會明白，總會明白的，要是一直不明白，就讓它不明白好了！

——衛斯理傳奇之《背叛》

　　溫太太又憤怒地叫了一句：「我家小寶，從來不說謊話。」

　　這種話，幾乎是一般母親對兒子的真正看法，可是世上哪有從來不說謊的人？

——衛斯理傳奇之《鬼混》

　　少年人的心情變化，真是難測，這兩個人之間，背景、生活、行為，全然不同，看來，他們從互相吸引，到真正成為好朋友，不知有多麼艱難的路要走，不知有多少困難——有的困難，甚至可能根本無法克服，可是看他們如今的情形，根本不當一回事。

這或許也正是少年人的可愛處，「少年不識愁滋味」，天塌下來，也只當被子蓋。

——衛斯理傳奇之《鬼混》

兒子都感激享受母親的愛，可是絕不喜歡母親憑自己意志對他的束縛！

——衛斯理傳奇之《鬼混》

一個頑固之極的人在聽了一番勸說之後，頓然悔悟，痛改前非，那只是小說和電影中的情節，實際生活之中，極難發生。

——衛斯理傳奇之《鬼混》

胡說沉默寡言，和這樣的人說話有一個好處，就是不會浪費時間說廢話。

——衛斯理傳奇之《報應》

我一定神，向前看去，不但看到了有一點光亮在搖搖晃晃地移動，而且也聽到了腳步聲，腳步聲十分怪，每一步，都發出「踢他」兩個音節的聲響，那是有人把鞋子不好好穿着，而只是趿拉着，又故意放慢了腳步走路的聲音。通常，用這種方法來走路的人，都不會是甚麼文人雅士、正人君子，大都是市井流氓一類的人物。

——衛斯理傳奇之《報應》

金大富的祝告，其實也沒有甚麼特別之處，一般世人，不論

向甚麼神明祈禱祝告，大抵類此，都是要求神明庇佑，然後許下諾言，一等到神明的護佑實現了，也就實行自己的諾言。

千百年來，似乎從來也沒有人明白到這是可笑的行為：神明既然有能力施展神跡，如何在乎人間凡人的平凡酬謝？

只要略想一想，就可以知道這樣的許願祝告必然難以打動任何一路神明的心，可是偏有那麼多人祝告！

——衛斯理傳奇之《報應》

地球人本來是動物之一，有很多動物行為，善和惡的標準就不一樣——猛虎撲食羚羊，把羚羊血淋淋地撕開來吞了去，有甚麼罪惡呢，是善還是惡呢？那是動物的天性！

——衛斯理傳奇之《報應》

凡是一個生命，對另一個生命進行侵犯、干擾、傷害，就是惡！

——衛斯理傳奇之《報應》

任何人若是知道自己無形無體，看不見摸不着，不知是一種甚麼樣的東西，都絕不會心情愉快的！

——衛斯理傳奇之《報應》

或許人到年紀大了，會有返老還童的現象。

——衛斯理傳奇之《錯手》

一般的印象是：年紀老的人，總喜歡嘮嘮叨叨的，說些廢話，

但其實並不盡然，很有些老人乾淨利落，三下五去二，絕不囉唆的。

——衛斯理傳奇之《錯手》

這年頭，不知道有多少人，為了極少的利益，甚麼樣的壞事都去幹，還在洋洋自得哩！

——衛斯理傳奇之《錯手》

老朋友之間，最好甚麼也不要賭，甚麼也不要爭。不然，必定有輸的一方或失的一方，令得友情大打折扣，出現了這種情形，自然就勿好白相——不好玩了。

——衛斯理傳奇之《錯手》

人類一直有追求真相的執着，但是天性又無法追求得到——忽然發現這種情形十分悲哀，類如夸父追日。

——衛斯理傳奇之《真相》

一個從小就是孤兒的人，心理上必然十分渴望得到父母的愛，兒童時代如此，少年時期和青年時也一樣，甚至到了老年，這種心態，仍然不會改變，而且更加濃烈。

——衛斯理傳奇之《真相》

要是沒有冒險精神，人類何來進步？

——衛斯理傳奇之《真相》

年紀大了，要做的事，也只好隨機緣，做得哪件是哪件，要

是全想做，哪有這麼長的命！

——衛斯理傳奇之《真相》

人若是絕對以自我為中心，思想方法和行為，就會十分可怕。

——衛斯理傳奇之《毒誓》

對一個垂死的人來說，已沒有甚麼欲求，自然也就不必再顧忌甚麼。

——衛斯理傳奇之《毒誓》

溫寶裕為人十分樂觀，甚麼事總向好的方面去想，這樣的人生態度有好有不好。好的是不把困難當作一回事，勇往直前，自然成功的機會也大。壞的是沒有把困難的成份作正確的估計，在困難面前，也就比較容易敗下陣來。

——衛斯理傳奇之《拚命》

宇宙之間，任何生物，都努力爭取生存的機會。當生存的機會遭到威脅時，會拚盡自己的力量，以求繼續生存。可是地球人卻違反了這個原則，明知非死不可，反正是死了，怎麼沒有人起來拚命？

——衛斯理傳奇之《拚命》

人和電腦之間，已不存在戰爭——戰爭已經結束，電腦戰勝，人失敗了！

——衛斯理傳奇之《怪物》

人類製造出來的東西，可以毀滅全人類的，豈止電腦而已！

——衛斯理傳奇之《怪物》

群眾是提不醒，喚不醒，推不醒的！

——衛斯理傳奇之《怪物》

人的行為，由他的性格來決定。在「伸頭是一刀，縮頭也是一刀」的情形之下，有人會伸出頭去捱那一刀，也有人會縮頭縮腦，可是一樣也免不了捱一刀！

——衛斯理傳奇之《怪物》

越是平日溫柔的人，好勝心強起來，也格外令人吃驚。

——衛斯理傳奇之《探險》

自誇是人的通病。

——衛斯理傳奇之《探險》

當時，跌進江中時，腦子裏還是一片清明，知道自己這一次，性命難保，過往的一些經歷，都一閃而過，想到的只是：若要為自己立一個墓碑，竟不知刻甚麼字才好——人到臨死，想的竟然是這樣的無聊事，不是曾幾乎死過的人，真是不知道的。

——衛斯理傳奇之《探險》

江湖豪傑，動手歸動手，但是心中還是互相尊重對方的，容易言歸於好。

——衛斯理傳奇之《探險》

像大麻子那樣的袍哥大爺，過的是刀頭上舔血的生活，可以
說是朝不保夕，這一類莽莽蒼蒼的江湖漢子，別看他們粗魯，行
為不文明之至，可是對於異性的那份情意，只怕比文明人更加浪
漫，更加動人。

他們自己有自己的一套發洩感情的方法，自然不會有甚麼花
前月下，但是必然更原始，更認真，也更叫人蕩氣迴腸。

——衛斯理傳奇之《繼續探險》

自古以來，人類犧牲在宗教儀式上的生命，不知多少，只好
假設這些生命的靈魂，都平安喜樂，比別的生命更好。

——衛斯理傳奇之《探險》

你將來一定會明白，有一些事，當事人是真的連想也不願去
想的，你也就不應該去問他，去問他這種事，還不如用一把刀子
去戳他。

——衛斯理傳奇之《探險》

在很多的情形下，出手送禮的人，品味性子如何，很可以從
他所送的禮物上看出來。

——衛斯理傳奇之《探險》

絕不能預知前路如何，正是人生的寫照，所以每一個人的一
生，也就是一個探險的歷程，每人都是探險家，每天都會有新的
遭遇，沒有人可以例外。

——衛斯理傳奇之《繼續探險》

人類自遠古開始，就已進入了一個步向徹底毀滅、自掘墳墓的圈套之中。

——衛斯理傳奇之《圈套》

佈置一個圈套，讓目標鑽進去，是生物行為之一，脊椎動物中靈長類的人，最擅這種行為。

——衛斯理傳奇之《圈套》

現代人，不論是在甚麼樣的環境中成長，總有一個「人生目標」，向着這個「人生目標」努力前進，達到的，被目為成功，達不到，被視為失敗，目標有大有小，有高有低，但人人都有一個。

至於為了達到這個目標，要付出多少代價，犧牲多少快樂，就算計較了，也被認為那是必須的付出，前仆後繼，沒有人後悔。

——衛斯理傳奇之《圈套》

沒有一個人完全為自己活着，可以完全不受外來任何關係的播弄而生活。

——衛斯理傳奇之《圈套》

整個人類的文明大進步，是一個大圈套，而每一個人一生短暫的生命，是小圈套，沒有甚麼人可以脫得出，反倒是既愚且魯的人，會有希望，聰明人，智慧者，都無可避免地在圈套之中打滾，罕有能滾出來的。

——衛斯理傳奇之《圈套》

一個快樂的野人，比一個不快樂的皇帝更幸福！

——衛斯理傳奇之《圈套》

人與人之間，要是一方面有話不說，而要有勞另一方追問，那是人際關係之中最無趣的一環。

——衛斯理傳奇之《圈套》

在圈套中的人，活得極起勁，名、利、權，都有爭奪的目標，所謂「有積極的人生意義」，而跨出了圈套的，生活就是剩下時間的消磨，那是好聽的說法，說得直接一些，就是等死。

——衛斯理傳奇之《圈套》

生物有很多本能，確然非人所能及，但是人有智慧，會發明許多東西，人可以在地球的兩端互通信息，生物就不能。

——衛斯理傳奇之《烈火女》

人的本性，都喜歡自由自在，沒有甚麼人喜歡被束縛。

——衛斯理傳奇之《烈火女》

父母對於子女，大都擬定了一個藍圖，希望自己的子女，照擬定的藍圖成長、發展。這是最多人實行，又最難實現的一項「工程」，失敗率佔百分之九十九。

每個人都是一個獨立的人，都有他獨立的生命道路，沒有人可以主宰另一個人的生命歷程，明乎此，就該知道應由子女去自由發展。

——衛斯理傳奇之《烈火女》

為人父母者，千萬要注意的是，不能當着自己兒女和外人的面，説人家的兒女如何如何好，自己的兒女如何如何不是，這是最傷自己兒女自尊心的行為。

——衛斯理傳奇之《烈火女》

成年人很多時候，在少年人面前大説廢話，那是最令少年人反感的事。

——衛斯理傳奇之《烈火女》

別説了解他人的內心世界了，甚至，要了解自己的內心世界，也不是容易的事！

——衛斯理傳奇之《從陰間來》

人和人之間的關係，十分奇怪，有的，一見如故，有的，不論有甚麼力量想把他們扯在一起，也都不會成功。

——衛斯理傳奇之《從陰間來》

老蔡沒有敲門的習慣，請老蔡進房間要先敲門，非但沒用，還會惹來教訓：敲甚麼門，在我們家鄉，根本不作興關門，又不是男盜女娼，做見不得人的事，為甚麼要關門？

——衛斯理傳奇之《從陰間來》

在下一代成婚之後，老一代都會產生那種「和我疏遠了」的埋怨，卻不想想，那是必然的事。

——衛斯理傳奇之《從陰間來》

古今中外的中學都一樣，低班級的學生要在高年班的同學中也薄有微名，不是容易的事，必須有相當突出之處。

——衛斯理傳奇之《少年衛斯理》

古今中外的少年人都一樣：越是大人不許看的書，就越是喜歡看。

——衛斯理傳奇之《少年衛斯理》

一群少年人在一起，將來誰會成為甚麼，全然不可測，但他們也必然會成為甚麼，這就是人生。

——衛斯理傳奇之《少年衛斯理》

人的性格天生，但知識和技能，卻是靠後天學習和訓練得來的。

而人的年齡，和他吸收知識的能力成反比例，就是說：年紀小，吸收能力大；年紀大，吸收能力小。所以，人不努力枉少年，少年時期所學到的，吸收到的能力，可能終生受用。

——衛斯理傳奇之《少年衛斯理》

人各有性格不同，有的人天生沒有野心，甘於淡泊，不求進取；有的人雄心勃勃，勇往直前，不怕大風大浪。那是人天生的性格，很難說誰是誰非，誰對誰錯。

——衛斯理傳奇之《少年衛斯理》

人有智愚之分，在許多情形下，由天生的遺傳密碼決定，但

後天的勤奮，也佔很大的成份。

——衛斯理傳奇之《少年衛斯理》

　　再親密的兩個人之間，也存在秘密。人和人之間的溝通方式是間接溝通，所以必然各有各的秘密！

——衛斯理傳奇之《少年衛斯理》

　　人應該勇敢，才能面對人生！

——衛斯理傳奇之《少年衛斯理》

　　少年時期的一次挫敗，到成年之後，回過頭來看，可能微不足道，但當時，一定會受到極大的打擊，很有可能，會影響一生！

——衛斯理傳奇之《少年衛斯理》

　　少年人沒有機心，熱情迸發，人和人之間的關係，可以迅速拉近，不像成年人那樣，諸多顧忌。像「白首相知猶按劍」這種情形，可以肯定，決非少年時就結交的肝膽相照的終身知己。

——衛斯理傳奇之《少年衛斯理》

　　人若是沒有智慧，對只追求平靜的生活，絕對是一件好事。

——衛斯理傳奇之《少年衛斯理》

　　少年人，想得單純，沒想到世事千變萬化，根本不能預料。

——衛斯理傳奇之《少年衛斯理》

　　任何人，都必然有一套習慣成自然的行事方式，自己可能不

覺察，但如果他人有心去了解，就很容易琢磨出來，掌握了一個人的行事手法，要對付這個人，自然容易得多了。

——衛斯理傳奇之《到陰間去》

一個人的老習慣若是叫他人掌握了，實在不是好事，連衛斯理也不能例外。

——衛斯理傳奇之《到陰間去》

這真是很無奈的事，也很悲哀——何以父女之間竟不能隨心所欲地交談，非得按照一些不知由甚麼人訂下的規範來教育她呢？

——衛斯理傳奇之《大秘密》

孩子長大了，總要離開父母的。

——衛斯理傳奇之《大秘密》

少年時期交下的朋友，就和成年之後認識的朋友不一樣，那時，對於自己的本性，完全不懂得掩飾，是怎麼樣就是怎麼樣，猶如兩個人長期赤裸相對，對方的身體是甚麼樣的，無不了然。

而人的性格，三歲定八十，很難有大幅度的改變，行為由性格來決定，了解對方的性格，自然也可以把對方的行為，知道個八九不離十。

——衛斯理傳奇之《大秘密》

曾有人說，要給甚麼人添麻煩，最好先給高帽子他戴，令得

他真以為自己能幹，自然硬着頭皮幹下去了！

——衛斯理傳奇之《陰差陽錯》

一個人要是喪失了好奇心，生命就等於喪失了一半！

——衛斯理傳奇之《陰差陽錯》

人必須有高度自信心——在他人的眼中看來，不免就是狂傲。

——衛斯理傳奇之《陰差陽錯》

對人類來說，沒有甚麼事，比弄清楚自己生命的奧秘更重要的了！

——衛斯理傳奇之《陰差陽錯》

愛酒之人，未必有好酒量。

——衛斯理傳奇之《陰差陽錯》

兩個男人之間，有超乎朋友的感情，也不算甚麼，這種事，只要不妨礙別人，大可我行我素！

——衛斯理傳奇之《陰差陽錯》

人類行為之中，也還有一些，值得稱頌的，其中有一項叫念舊。

——衛斯理傳奇之《禍根》

人類腦部活動所產生的能量，可以被天神接收到，是一定的

事，不然，耶和華如何聆聽信徒的禱告呢？

——衛斯理傳奇之《禍根》

小商人見了大商人，一如小賊見了大盜一樣，總是崇敬非凡的。

——衛斯理傳奇之《禍根》

甚麼人是甚麼人的兒子，自然重要之至，這只怕是人類的天性，自己擁有甚麼，總是想把自己擁有的傳給自己的下一代，自古以來，只有極少的人，能夠脫出這種「傳統」。

——衛斯理傳奇之《禍根》

人遭到了大冤屈，反倒會不想辯護了！

——衛斯理傳奇之《禍根》

人的一生之中，會有各種各樣的痛苦和悲傷，許多時候，那是外來的力量強加在人身上，是無可奈何的事。但也有一些時候，痛苦是人自己找來的，最普通的情形是由於妒嫉而產生的痛苦。

只要自己不去妒嫉他人，就再也不會有這種痛苦，可是偏偏有些人，會去自己尋找痛苦，這豈不是幼稚之至的行為？

——衛斯理傳奇之《陰魂不散》

性格不同的人，看問題的方式，也自然不同。

——衛斯理傳奇之《陰魂不散》

地球不會死在人的手裏，人至多弄得地球不舒服，使地球討

厭人，人沒有力量殺死地球，只能令地球越來越討厭人！

——衛斯理傳奇之《陰魂不散》

地球的報復，可能極其嚴酷，我們都是人類的一分子，一樣難以幸免！

——衛斯理傳奇之《陰魂不散》

任何老態龍鍾、滿面皺紋的老婦，都必然經過她嬌俏的少女時代。歲月不留情地雕刻、改變人的外形，每過不經意的一天，歲月就留下看不見，或不易覺察的工作成績。久而久之，任何人的外形都會變，毫無例外地變得蒼老，沒有人可以逃得過去！

——衛斯理傳奇之《陰魂不散》

紅綾說着，竟伸出大手來，先抓了一下白老大的鬍子，又伸手去摸白老大那滿頭銀髮，神情又感興趣，又是親切。我和白素不禁齊聲驚嘆，在人類，尤其是東方人的行為之中，紅綾的動作，是不能被容忍的。

——衛斯理傳奇之《陰魂不散》

世上少有在父母眼中難看的女兒，更少有在外公眼中難看的外孫女兒！

——衛斯理傳奇之《陰魂不散》

老人家的心理，有時和小孩子一樣，爭勝性很強。

——衛斯理傳奇之《陰魂不散》

沒有一個人會把自己的一切全都告訴另一個人。

——衛斯理傳奇之《陰魂不散》

許願，是人類行為之一，人類的行為極多，不可勝數，有許多種，其他生物不會做，只有人類才會，許願，就是其中之一。從沒聽說過鴨子或蜥蜴會許願的。

——衛斯理傳奇之《許願》

任何人被問及和他專業知識有關的問題，總有點自豪感。

——衛斯理傳奇之《許願》

世上有好人有壞人，但總是好人多。

——衛斯理傳奇之《許願》

正由於一無所知，所以才產生恐懼——人處在陌生的環境之中，容易產生恐懼感，死亡之後會怎麼樣，太無知，太不可測了，所以恐懼感在人的感覺中也屬於頂級。

——衛斯理傳奇之《許願》

不管是甚麼人，對於他與生俱來的生命形式，總是特別珍重、寶愛，而視之為那是唯一的生存方式——地球人的觀念就是如此，只有極少的例外。

——衛斯理傳奇之《許願》

人類珍愛原來的生命形式，是個好現象，人類的進步，也端

賴於此。

——衛斯理傳奇之《許願》

只有真正了不起的人，才能稱讚他人了不起。淺薄的人，都總以為他是天下第一的！

——衛斯理傳奇之《許願》

人際關係很是複雜，牽絲攀藤下來，幾乎任何人之間，都可以找出一定的關係來。

——衛斯理傳奇之《運氣》

人到了一定的年紀，對事情的態度就會不一樣。我要是在年輕的時候，一定豪氣干雲，說「天下沒有解決不了的事」，但現在的說法，大有保留，因為人生的閱歷豐富了，就可以知道，有許多事，確然是人力無法解決的。

——衛斯理傳奇之《運氣》

人腦太複雜了，有時會有絕想不到的情形出現。一個平時呆板的人，忽然之間產生匪夷所思的想像，並不是不可能的事。

——衛斯理傳奇之《運氣》

地球人的頭腦，被使用的部份，只有萬分之一，還有巨量的潛能可以使用，但是地球人的身體，卻實在太不中用了，根本不能和新生命形式相比，萬分之一都不如！

——衛斯理傳奇之《開心》

倪匡妙語連珠

做了皇帝想成仙。人的慾望並無止境，唯物論者和唯心論者，並無二致。

——衛斯理傳奇之《還陽》

眼神是十分奇特的一種現象，這人的外貌，一點也沒有改變，但是雙眼之中，一有了神采，整個人也就變得神采飛揚，前後判若兩人。

——衛斯理傳奇之《將來》

人類研究歷史、考古都是從古代的遺物、記錄上着手研究，所以，人類歷史的真實性，究竟有幾成，實在難説得很。

——衛斯理傳奇之《改變》

在許多情形下，人如果不了解事實真相，會比知道快樂得多。

——衛斯理傳奇之《改變》

在任何情形下，人都有根據自己的意願作選擇的權利，這種權利被剝奪，人就變成了奴隸。

——衛斯理傳奇之《改變》

人為了達到某些目的，可以做出任何事來！

——衛斯理傳奇之《暗號之二》

人的成長過程中，總不免要經歷各種各樣的挫折。許多事，是怎麼教也教不會的，非親身經歷了，才知端的。有道是「經一

事，長一智」——那還是指聰明人而言。若是笨人，只怕吃上七、
八次虧，也難長一智。

——衛斯理傳奇之《暗號之二》

人真是太複雜了，比任何方程式更複雜。

——衛斯理傳奇之《暗號之二》

有些人總以為自己大名鼎鼎，一說出名字來，人家鐵定知
道，其實未必！

——衛斯理傳奇之《闖禍》

如果在感覺上，是實實在在的，真實和幻象也就沒有分別，
人的感覺，都是腦部活動產生的幻象，幸福或悲苦、快樂和淒慘、
飽和餓、冷與暖、極樂和至痛，都只不過是感覺而已。

——衛斯理傳奇之《闖禍》

對生命意義有崇高認識的地球人卻知道，只求吃飽穿暖，是
一種屈辱的生命，而人的生命，應該是高貴的，而且只有生命有
自主權時，生命才會高貴，不然，只是被強權或其他力量，踏在
腳底下的泥！

——衛斯理傳奇之《闖禍》

別以為不會有人選擇做白癡，從目前的情形來看，大多數的
白癡，都比天才快樂。

——衛斯理傳奇之《在數難逃》

一個人若是根本不知道自己的身世有甚麼問題，自然甚麼問題也沒有。一旦知道了，除了增加煩惱之外，不可能有別的結果。

——衛斯理傳奇之《在數難逃》

世人每有豪言壯語，說是為了幫助朋友，便怎麼怎麼的，可是說歸說，真正做到的，又有多少？

——衛斯理傳奇之《解脫》

別說禽鳥是畜類，難以忍受引誘，人，總算是萬物之靈了吧，明知危險之至，卻一樣受不住引誘，前仆後繼，用生命作代價，去追求的東西還少了麼？鷹隼只是受不住蝸牛氣味的引誘，明知是死，要去赴險。可是人呢，數數看，有多少引誘，是叫人犯死都要的？

——衛斯理傳奇之《解脫》

或許，每一種生命，對自己本身的生命規律，都感到可怕和不滿意，都努力要求擺脫，這便是人類何以如此熱衷於成仙成佛的緣故——所追求的，無非是生命形式的改變。

——衛斯理傳奇之《解脫》

在同樣的環境中，有的人快樂得很，有的人痛苦莫名，決定因素，並不在於環境，應在於處在這環境之中不同的人。

在一大群愚者之中，智者痛苦莫名，而愚者自得其樂。

——衛斯理傳奇之《解脫》

陳長青見識超人一等，想法自然也不一樣。在他看來，處於

陰間中的靈體，渾噩無知，不知生命為何物，是生命中的低級存在，他自然不屑為伍，而他又不知如何去走他高級的路，於是他就成為悲劇人物——這種人物，人間也有，不獨靈界。

——衛斯理傳奇之《解脫》

刺探他人私生活上的秘密，原是溫太太這類胖女人的生命源泉，她們似乎就為此而活，窺探到的秘密，為滋潤生命的必需。

——衛斯理傳奇之《遺傳》

真有雄心的人，是不怕任何力量挑戰的。

——衛斯理傳奇之《遺傳》

人的身體和人的腦部，在生命的時間上，配合得一點也不好。死亡的人之中，絕大部份，都是由於身體出了事，要死亡，而連累到腦部也被逼隨之死亡的。

——衛斯理傳奇之《爆炸》

凡不能作為普通人的，都會有想作普通人的強烈願望，古時人有「只恨生在帝王家」之嘆。可是，作為普通人，卻又做夢地想改變自己普通人的身份。人生願望之矛盾，真是無出其右。

——衛斯理傳奇之《爆炸》

妄想症患者的妄想，也是由患者本身的腦部活動所形成，一個人若是從來也不知道有馬這種動物，那麼，不論他如何妄想，他都不會想像自己變成了馬！

——衛斯理傳奇之《水晶宮》

任何領域中的人，都分成有想像力和沒有想像力兩種，何者可以在本行上有突破性的成果，自然再也明白不過。

——衛斯理傳奇之《前世》

脾氣好的人，有許多優點，也有許多缺點。

——衛斯理傳奇之《新武器》

有很多事，地球人行之已久，可是追根究底起來，確實不像是地球人自己平空想得出來的，「靈感」的來源，就很可疑。近一個世紀來，人類在各方面都大有突破，我看就很有問題。

——衛斯理傳奇之《新武器》

害蟲之所以被稱為「害」蟲，當然全是由人的立場出發而得出的定論。以蟲的立場而論，自然的生活方式，或嚼吃植物的種籽，或吮吸動物之血液，都是生物的本能，又何「害」之有？

——衛斯理傳奇之《病毒》

越是愚笨的人，就越容易以為天下的人，都和他一樣笨！

——衛斯理傳奇之《病毒》

地球屬於全體生物，每一種生物，都應該獲得生存的空間，他們也有這個權利，獲得生存的空間！

——衛斯理傳奇之《病毒》

從人類歷史上來看，凡是與眾不同的人，都絕世孤寂。

——衛斯理傳奇之《病毒》

人真奇怪，就算是現在，人人也都可以自己算算帳，已過了多少日子，還剩下多少日子，七老八十的人，難道真可以一直活下去？也就不必那麼起勁了吧！可是卻不然，人在觀念上，好像感到自己永遠可以活下去一樣，絕少人可以看得穿！

——衛斯理傳奇之《算帳》

　　世上所有人，在人前多是一個樣子，在沒有人看到的時候，又是甚麼呢？

——衛斯理傳奇之《原形》

　　尤其是青少年，往往被成年人視為「麻煩分子」。其實，青少年並沒有做錯甚麼，只不過是行為未能盡如成年人之意而已，就被歸入「難以管教」這一類了。

——衛斯理傳奇之《原形》

　　有一個極悲劇的事實：每一個人都會死，所以自人一出生，就逐步走向死亡。人生歷程，也就是通向死亡的歷程，每一個人都在死路上走，一直走到盡頭。

　　有一個極滑稽的事實，人在死路上走，卻還不斷在爭先，在出花樣，在負重擔，在爭名利，在踐踏他人，在施展卑鄙的手段，在謀害同途的人，在無所不用其極。難看之至，卻又滑稽之極。

　　人啊，既然無可改變要走在死路上，何不走得好看些、漂亮些、瀟灑些，何必那麼難看？

——衛斯理傳奇之《活路》

　　每一個人都在死路上——人一出生，就立即開始了死亡的路

程，一步一步走向死亡，沒有人可以例外，任何一個人的一生，就是走向死亡的歷程，所以，每一個人都在死路上走向死亡。

——衛斯理傳奇之《活路》

　　人，沒有放得下的！或者說，要一個人做到「放下」，那太難了！

　　旁觀者清，看得出這個人實在沒有甚麼可以放不下的了，應該輕而易舉，就可以放下了，放下了之後，他可以自在逍遙，走上活路。可是當局者迷，這個人總感到自己還有很多擔子還是要挑着，哪裏放得下。

　　一般總以為，這個人死了，總可以放下了吧——不放也得放了，人都死了，還有甚麼。

　　豈不知就算死了，一樣放不下，放不下就是放下下，活着如此，死了也如此。

　　死了之後，是另一種方式的存在，那是「現狀」。放不下的，就是「現狀」，即使這個「現狀」再壞，可是一樣放不下。

——衛斯理傳奇之《雙程》

　　私人之間的怨恨都那麼難以化解，別說民族、國家之間的了。

——衛斯理傳奇之《洪荒》

　　人懂得尊重他人，必然也自重。

——衛斯理傳奇之《洪荒》

　　當一個人以為把自己保護得最好的時候，往往也就是他暴露

得最多的時候。

——衛斯理傳奇之《洪荒》

從刊登徵求啟事這一點來看，他們的行為似乎頗為文明——用金錢來購買，這正是人類的行為。

可是誰又能保證他們會不巧取豪奪——那也是人類的標準行為！

——衛斯理傳奇之《買命》

有錢人怕死！越有錢，越怕死！

——衛斯理傳奇之《買命》

人人都要死，是最不公平的事！

人和人之間，本來就絕不平等——有的人聰明，有的人愚蠢，有的人懶，有的人勤，有的人一生造福人群，有的人為禍人間，有的人成就非凡，有的人一事無成，有的人憑艱苦奮鬥而變富翁，有的人不思振作而窮困終生，有的人死了會影響千萬人的生活，有的人死了和活着根本沒有分別，人和人之間既然那麼不同，為甚麼大家都要死？

——衛斯理傳奇之《買命》

能賺錢，甚麼都可以談；不能賺錢，一切免談。這是商人的生命本能，要是沒有了這種本能，就不是商人了。

——衛斯理傳奇之《買命》

這是人類的通病——對自己不了解的人，自然而然，會產生

敵意。

——衛斯理傳奇之《賣命》

人的天性應該是聞過則怒，據說在經過了一番修身養性之後，可以達到聞過則喜的境界——要經過努力才能達到的目標，可知非天性也！

——衛斯理傳奇之《賣命》

在不同環境中生活的人，對生命價值就有不同的觀感，所謂「飽人不知餓人饑」，又所謂「寒天飲雪水冷暖自知」，有的人買命，有的人賣命，都是由於生活在不同的環境，所以行為也就不同。

這種現象，自古已然，也絕非任何力量所能改變，人與人之間的絕對平等，只不過是美麗的想像而已！

——衛斯理傳奇之《賣命》

人到無求品自高，一旦有所求，不論求的是甚麼，品格自然就放在一邊了。

——衛斯理傳奇之《考驗》

一個人，如果不是真正到了走投無路的絕路，絕對不會這樣無恥。

——衛斯理傳奇之《考驗》

賭博是人的天性。

——衛斯理傳奇之《豪賭》

人在地球生物之中最怪異的是，每一個人都不一樣，而且每個人的性格都複雜之極。

——衛斯理傳奇之《真實幻境》

對於沒有想像力的人來說，現有的知識就是一切，任何現有知識範圍之外的事情，都是不可能。也幸虧這類人永遠只能跟在有創造能力的人屁股後面走，不然人類文明就不會有任何進步了。

這類人要是有竅可開，也不會成長為現在這等模樣了。

——衛斯理傳奇之《真實幻境》

人類對於自己腦部所知實在太少，而腦部又似乎十分脆弱，其活動的程式一點都不能發生差錯，稍為有一點不對，整個人也就完全不對了。

——衛斯理傳奇之《真實幻境》

幻想或許就是上帝留給人類的能力，其他各種生物都沒有，人要是再不好好的運用，那就徹頭徹尾和其他生物一樣了。

而偏偏有一些人，努力在替幻想訂出規範，要幻想在一定的框框之中進行，這些人的生命基因中，有昆蟲的基因在，殆無疑問矣！

——衛斯理傳奇之《成精變人》

在世界各個舞台上，雖然各種妖魔鬼怪衣冠禽獸在狂歌亂舞，但也有不少真正的人在努力使人性得到肯定，從而使人類

成為真正的高級生命形式，而不是徒具人的外表而內藏禽獸的心靈。

　　　　　　　　　　　——衛斯理傳奇之《成精變人》

　　成熟的人，當然都難免要遠走高飛。

　　　　　　　　　　　——衛斯理傳奇之《未來身份》

　　單就身體的結構而言，生物其實沒有高級和低級之分——人體的結構複雜無比，狗體的結構何嘗不複雜？就算是海螺，也一樣複雜之極。

　　　　　　　　　　　——衛斯理傳奇之《未來身份》

　　人到了一定的時候，就容易自我膨脹，大人物有大人物的膨脹，小人物有小人物的膨脹。膨脹到了不可控制的階段，人就進入了瘋狂狀態——這是一定的規律，凡進入自我膨脹狀態的人，都脫不了這個規律。

　　　　　　　　　　　——衛斯理傳奇之《本性難移》

　　一個人，尤其是一個老人，如果認定自己即將死亡，就會在心理上產生巨大的壓力，使生存的意志消失，結果會形成死亡真的很快來到。

　　　　　　　　　　　——衛斯理傳奇之《本性難移》

　　人的行為由思想決定，而思想則由本性產生。所以本身性格才是人的真正主宰！

　　　　　　　　　　　——衛斯理傳奇之《本性難移》

人的生命很奇怪，有時候受盡折磨和苦難，一樣可以活下來；有時候莫名其妙甚麼事情都沒有發生過，卻突然死亡。

——衛斯理傳奇之《本性難移》

　　在所謂上層社會之中，分地位的高下，完全以擁有財富的數字為標準，和其人對人類有多少貢獻，在知識發展上有多少成就完全無關。

——衛斯理傳奇之《另類複製》

　　人的思想真是很奇怪，在想不通的時候，勇往直前、全力以赴、不達目的誓不甘休、六親不認、不擇手段想要做到的事情，在想通了之後，會覺得全然不值一笑！

　　而想不通和想通了之間，只不過是一線之差而已。

　　有的人不幸，一輩子都想不通，於是就只好一輩子努力在完全不值一笑的目的上。有的人幸運，忽然想通了，就能夠不再為毫無價值的目的浪費生命。

　　禪宗所說的「頓悟」就是從想不通到想通了的過程。

——衛斯理傳奇之《解開密碼》

　　衛斯理這樣子做人，居然可以在江湖上混到現在，而且還混得不壞，可以說是人要靠運氣的典型！

——衛斯理傳奇之《解開密碼》

　　當一個本來就很平凡的男人有了一個出色精明能幹的妻子之後，他自然而然就會漸漸在他人心目中變得模糊，甚至於自然而

然不覺得他的存在。

——衛斯理傳奇之《異種人生》

人類目前的進化程度和原始人相距很少，所以以人類為主的地球上才會這樣亂七八糟。

——衛斯理傳奇之《閉關開關》

在地球上，人，現在是最高級的生物。可是這種高級生物的行為卻完全無法擺脫低級生物行為的範圍。

——衛斯理傳奇之《閉關開關》

各人有各人不同的生活方式——有的喜歡清風明月，有的喜歡燈紅酒綠，有的只喜歡增加財富……可以列舉千百萬種不同的方式，這就是生活。

——衛斯理傳奇之《閉關開關》

人的生命屬於自己，自己有權利、也只有自己才能夠決定自己如何生活，沒有任何別人可以主宰，也不應該把自己的生活、把自己應該如何活下去這樣重大的事情交給他人去決定。

——衛斯理傳奇之《行動救星》

人與人之間的爭奪行為，造成衝突，這種衝突從個人與個人之間，發展到集體與集體之間，爭奪的規模越來越大，就是戰爭。為了取得戰爭的勝利，就會致力於武器的發展。

——衛斯理傳奇之《行動救星》

人多，很多事情就都用人力去做，將人的行為降低到了和螞蟻一樣；人少，就會發展利用機械的文明。

——衛斯理傳奇之《行動救星》

每個人的腦部活動，都絕對應該是每個人自己的事情，腦部活動產生思想，思想不應該受到干擾。

——衛斯理傳奇之《一半一半》

除了地球人本身之外，沒有別的外來力量可以使地球趨向毀滅。

——衛斯理傳奇之《一半一半》

許多，甚至於幾乎全部事情，都沒有理由和道理可說，完全是立場問題，不同的立場有不同的道理，我們是人類，有人類的立場，站在人類的立場上來說，人造腦將來有消滅人類的可能，就要先將他消滅。

——衛斯理傳奇之《一半一半》

人類就算在將來可以克服狹隘的民族主義，還需要克服狹隘的地球人主義，要走的路還長得很！

——衛斯理傳奇之《身外化身》

知識並不一定可以提高人的品格，很多知識程度極高的人，其無恥的程度遠遠在無知者之上——放眼望去，這種例子太多了。

——衛斯理傳奇之《身外化身》

　　人的生命期限很短，現在人類所進行的知識累積方法是進十步退九步，知識在擁有知識者死亡之後，只能依靠文字紀錄來傳播給其他人，而其他人又需要從頭開始接受知識的過程，等到有了成績，死亡也跟着來到了！

　　這種情形，又愚蠢，又可憐，又成效極低。

　　　　　　　　　　　　——衛斯理傳奇之《身外化身》

　　幾千年人類的歷史，可以說是一部戰爭史，戰爭是地球人苦難的最大來源，戰爭是阻礙人類進步的最大原因。

　　　　　　　　　　　　——衛斯理傳奇之《身外化身》

　　這就是地球人的悲哀！固有的觀念，無法改變！而地球人想成為高級生物，必須完全拋棄舊有的文化和觀念。

　　　　　　　　　　　　——衛斯理傳奇之《非常遭遇》

　　我們都是普通人，沒有超能力，普通人有普通人的生活方式，沒有那些超能力，普通人也生活得很好，其中忽然有了具有超能力的人，對普通人來說。絕對不是甚麼好事！

　　　　　　　　　　　　——衛斯理傳奇之《非常遭遇》

　　我們都認為，確然有很多很多地球人，生活得一點也不好，甚至於喪失了生命的尊嚴。

　　若問這一部份人生命的意義是甚麼，他們未必知道如何回答，可是這也是旁觀者的看法，他們本身一定有自己的理解和想法，他人無法了解。

　　就像在自由環境中生活的人，看到居然有人在極權統治下，

連基本的人權都沒有，可是一樣生活的興高采烈、歡欣鼓舞，你覺得不可思議，他覺得活着就是活着。

——衛斯理傳奇之《一個地方》

　　有些人，尤其是那些甚麼甚麼專家，以為自己所有的知識，就是宇宙間的一切知識，在他們知識範圍以外的事情，他們就無法接受，那情形就像井底之蛙無法想像天空究竟是加何廣闊一樣。

——衛斯理傳奇之《一個地方》

　　人從出生開始，確然不可能有真正完全徹底放鬆、甚麼都不提防的時刻，因為從自然環境到人為環境，不知道有多少因素對生命造成威脅。人的一生，就是和無數無時無地不存在的威脅作鬥爭的過程，甚至於連吸一口氣，也要提防空氣中是不是存在對身體有害的因素。

——衛斯理傳奇之《一個地方》

第五篇

意難平

權力如果不是來自人民的選擇，
多言「為人民服務」，
對人民來說，
只是可怕之極的魔咒！

這實在是人的本性，這世界上，最吸引人的，就是權力，為了爭權力，多少人已經喪失了生命，多少人還在拚命！

自古至今，沒有人能對權力看得開！

——衛斯理傳奇之《地心洪爐》

在這世上，自認救主的人，太多了。這些自認「人類救星」的人，正在做着卑鄙的事情。

——衛斯理傳奇之《地心洪爐》

權力，謀取自己永久的神聖的地位，這幾乎是一切動物的本能，而人則更甚。

——衛斯理傳奇之《地心洪爐》

當一個人被巨大的權力迷惑住的時候，是沒有甚麼力量能夠勸得醒他，除非有一種比他所掌握的權力更大的力量，將他毀滅。

——衛斯理傳奇之《地心洪爐》

再怪誕不經的事，事實上也是有可能發生的。因為我們之所謂「怪誕不經」，是以人類現有的知識水準來衡量的，在人類現有知識範圍內的事情，便被認為合情合理，超乎人類現有知識範圍之上的，便被認為「怪誕不經」，但是人類現在的知識，是何等的貧乏！

六百年前，地球是圓的學說，被認為是怪誕不經的，而你如果向一百年之前的人提及電視這樣的東西，你當然會被當作神經病，這便是人類知識貧乏，但卻要將自己不知的東西，目為「荒

誕不經」的好例子。

──衛斯理傳奇之《蜂雲》

但如今世界上踞於高位的人，形同盲目的實在太多了。核武器發展的結果是毀滅全人類，但是各國卻在競造核武器，更有以之為榮者，這就是一個例證。

──衛斯理傳奇之《蜂雲》

再兇惡的強盜、匪徒，他總還是人，在他的內心，總還有一絲人性。唯獨特務、間諜，那卻是絕無人性的「特種人」。唯其絕滅人性，而始能做特務。

──衛斯理傳奇之《蜂雲》

一個在事業上有了極度的成就，而這種成就足以影響成千萬人生活的人，不論他所從事的事業是政治還是科學，這人多少都帶有幾分反常的瘋狂性格，這種瘋狂所表現的最明顯的一點，便是受影響的千千萬萬人引以為苦的事，在那個人而言，他卻引以為樂，因為這是他的成功，他一個人能使千千萬萬人改變了過去的一切！

──衛斯理傳奇之《蜂雲》

獸性在絕大多數人的身上，已是微乎其微，幾乎不存在，這絕大多數的人，當然是善良、高貴，完全當得起人的稱號的人。可是，這絕大多數的人正因為太高貴、太善良了，所以就不可避免地，被另一撮極少數獸性存在他們身上的人所統治！

──衛斯理傳奇之《原子空間》

一個自以為掌握了絕對的權力，或自以為佔了絕對的優勢的人，往往會做出一些十分愚蠢的事。

——衛斯理傳奇之《不死藥》

　　在一個警務人員貪污有據、被捉到了之後，竟以「女朋友太多」來為自己辯護，這不是可笑之極的事情？

——衛斯理傳奇之《紅月亮》

　　一個領袖，如果連容人批評的量度也沒有，那麼他決非偉大領袖。

——衛斯理傳奇之《換頭記》

　　所謂權力，是強者的象徵。如果你現在不能抵抗我們，那我們就有權力，而你的被捕，也成為事實！

——衛斯理傳奇之《換頭記》

　　法律是很可笑的，殺死一個九十八歲的老太婆，和殺死一個十幾歲的少女，罪名相等。一個人若是生了癌症，會在絕大的痛苦中死亡，但如果有人想令他減輕痛苦，早一點令他在毫無痛苦中死去的話，他犯謀殺罪。

——衛斯理傳奇之《再來一次》

　　人會突然失去常性，好好地在工作崗位上的人，會離開工作，成群結隊地到街道上去呼囂擾亂，有希望的年輕人，會拿着鋒銳的小刀，在街頭上殺人放火。

　　甚至受了十多年教育的大學生，也會拿着木棒，敲打校舍的

玻璃窗，盤踞着校舍，而不肯繼續接受教育。

有的地方，拚命在把人當成神，宣傳巫蹟而又將一個活着的糟老頭子當作神。

這一切，全是為了甚麼？難道那是人的本性麼？如果那一切全是人的本性，那麼，人又是為甚麼活着？因為這些人的所作所為，根本不是為了使人好好地活下去，而是要使人在極大的痛苦中死亡！

但如果承認了那一切瘋狂，全都不是人類的本性，而這種瘋狂，卻又是實際的存在，發生在我們的周圍，那又是甚麼所造成的呢？

——衛斯理傳奇之《盡頭》

凡是摒棄文明的法律，以落後觀念來處理一切的行動，都和邪教行動沒有分別。

——衛斯理傳奇之《古聲》

中國是文明古國，但是作為現在的中國人，我並不以此為榮，這就像是知恥的破落戶，不想誇耀祖先的風光一樣，人家進步得那麼快，我們卻越來越落後！

——衛斯理傳奇之《古聲》

人，總是人，不論這些人的出身是多麼優秀，品質是多麼高貴，環境是多麼純良，但是人總是人，人是動物，人本來和其他的野獸沒有多大的分別，在人的遺傳因子之中，即使過了二十萬年，仍然具有佔有的心，在某一種適當的情況之下，就會發作，

就會要求有權力，就會要求將他人的利益，集中在自己的身上！

——衛斯理傳奇之《環》

「為別人着想」是一個最好的幌子，在這個幌子的掩飾下，野心家的最終目的，是將每一個人，都改造得符合他的思想法則。

——衛斯理傳奇之《環》

政變一定有動亂，動亂就有暴力，這是人類劣根性的最原始表現。

——衛斯理傳奇之《環》

哪有甚麼人會是天的兒子，但是這個人只要有方法，向他人的腦子輸出信息，說他是的，虛假的事，也就變真的了。

這種事，人類歷史上實在太多，德國納粹黨的宣傳家戈培爾，早已把這種事，用一句話來具體化：謊話說上一千遍，就會變成真理。

不斷地把謊言、把虛假的信息向群眾輸出，群眾就會接受，把謊言當作真理。

訊號可以令得上千萬的人，上萬萬的人，變成瘋狂，也可以使上萬萬的人，把虛假的事，相信是真的。

這種事，在人類歷史上不知曾發生過多少次，還一直會發生下去！

——衛斯理傳奇之《茫點》

中國歷史上不乏這樣的例子，多少手握大權的非凡人，他們最擅長的事，就是殘酷對付自己最親近的人，甚至包括了中國傳

統道德上，最受尊重的倫常關係的親人。

——衛斯理傳奇之《追龍》

我們一直在考慮地震、海嘯、火山爆發、核子戰爭、流星撞擊、瘟疫橫行，卻全然沒有想到，幾個人的幾句話，幾個人的愚昧無知的行動，一樣可以令得一個大城市遭到徹底的毀滅。

這種特殊的情形，在人類的歷史上，還未曾出現過，所以難以為人理解。

——衛斯理傳奇之《追龍》

不必摧毀這個大城市的建築物，不必殺害這個大城市中的任何一個居民，甚至在表面上看來，這個大城市和以前完全一樣，但是只要令這個大城市原來的優點消失，就可以令這個大城市毀滅、死亡。

而這樣做，可以只出自幾個人愚蠢的言語和行動。

僅僅只是幾個人狂悖無知的決定，就可以令得一個大城市徹底被毀，它可以仍然存在地圖上，但只是一具軀殼，不再是有生命的一座城市。

——衛斯理傳奇之《追龍》

兩千多年，地球上人類的思想方法，其實並沒有進步多少，權力一樣令人腐化，各種行為，本質上也沒有多大的改變，人性還是一樣。

——衛斯理傳奇之《異寶》

單是「奴性」，那還不要緊，只不過是向強大的力量屈服。

183

可是人在自甘為奴的同時，又想去奴役別人，一方面向強大的表示奴性，另一方面，又向弱的一面，表示奴役性，真是太複雜了，地球人。

——衛斯理傳奇之《異寶》

那就是整個世界的毀滅，而不是由甚麼人征服世界。徹底的毀滅，根本不再存在甚麼征服者和被征服者，大家都死了，或是大家都變成瘋子了，還有甚麼分別？以為在巨大的力量所產生的變故中，有少數人可以幸存，是滑稽的想法。

——衛斯理傳奇之《異寶》

人性的特點，形成種種殘暴，施暴者自然是罪魁，但有太多的屈從，也是罪因。中國歷史上有許多活埋數以萬計降卒的記載，這許多萬兵士，明知要被活埋，反正是死，為甚麼連奮起反擊的行動（或勇氣）都沒有？真是百思不得其解。

不是有那麼多人屈從，強權也就無所施其技。

先從有反抗起，人類才有希望！

——衛斯理傳奇之《極刑》

一個人肉體上所受的痛苦，只有身受者才能感覺得到，施刑者一點也感覺不到，所以施刑者就可以為所欲為，把種種酷刑，加在受刑者的身上。在地球生物之中，只有人類才有這種殘虐同類的行為，而且花樣如此之多！

——衛斯理傳奇之《極刑》

別以為種種酷刑，只有古代才有。

——衛斯理傳奇之《極刑》

有一種人的身份叫「皇帝」，他一個人動一動念，就可以決定另一個人，另十個人，另一百個人，另一千一萬十萬百萬人的生或死，他可以隨心所欲，把種種酷刑加在其他人的身上。只要有這種身份的人在，只要有這種事實在，人類就不能算是高等生物！

——衛斯理傳奇之《極刑》

奇怪的是，人類一直在假設外星怪物會如何如何虐待奴役人類，卻不去想一想，人類的大敵人，來自人類本身！

——衛斯理傳奇之《極刑》

只要有人想做有史以來最偉大的地球人，就另外不知有多少地球人要遭殃，要忍受極大的痛苦。

——衛斯理傳奇之《遊戲》

人類生活在各種各樣隱伏的危機和巨禍的陰影之中，但是對這些危機和巨禍，人類又知道多少？作為人類的領導分子，熱中於政治上的勾心鬥角，表面上的官樣文章，把一切危機巨禍，弄得輕描淡寫，若無其事。

曾有人指出，四十五億地球人的命運，其實只掌握在四十五個人的手中，這四十五個人若是決定對任何巨禍置之不理，四十五億人又有甚麼辦法？

——衛斯理傳奇之《遊戲》

宣傳，也是古已有之的，白的説成黑的，方的説成圓的，無
變成有，苦變成樂——謊言説上一千遍，就變成了真理。

——衛斯理傳奇之《黃金故事》

世世代代，人類受着美麗的謊言的欺騙，甚至同樣的謊言，
可以反覆使用，依然有效的原因，最主要的是被騙人自己的錯誤，
不肯稍為去探索一下美麗的許諾的背面，隱藏着甚麼。到了一定
的階段，騙人者甚至可以收手，被騙者會繼續自己欺騙自己，在
這時，就算有人大聲疾呼，揭穿真相，被騙者也不會相信。

因為被騙者已經陷進了他們自己編織成的美夢之中，陶醉憧
憬着虛幻的希望和想像之中，在這種情形下，他們根本無法脱出
自己編織的羅網。

——衛斯理傳奇之《黃金故事》

在金錢、權力面前，自有人類文明以來，一直都進行着同樣
模式的爭奪和密謀。

——衛斯理傳奇之《黃金故事》

追求民族血統的純正，是最沒有意義的事，事實上，也根本
無從追求起，歷史上，漢民族遭受過無數次劫難，每一次劫難，
都是一次民族血統的大融合，哪裏還有甚麼純粹的漢人？

——衛斯理傳奇之《廢墟》

這也是地球人的行為——當「領導」受到了奚落嘲笑，必有
一些人「忠君勤王」，義憤填膺地站出來，為高位的人説話。

——衛斯理傳奇之《血統》

在權力決定一切的社會中，人特別善忘。

——衛斯理傳奇之《謎蹤》

為甚麼越是控制嚴密的組織，越多雙重身份的人和叛徒？人生來是自由的、自我的，束縛與壓制的力量越大，反抗的意願也越強，有時，甚至沒有目的，只是為反抗而反抗，為突破而突破，為改變而改變！

——衛斯理傳奇之《謎蹤》

一部人類歷史，就是絕大多數人被絕少數人安排的過程。

——衛斯理傳奇之《謎蹤》

法律，怎能阻得住手握大權的人胡作胡為？

——衛斯理傳奇之《鬼混》

人類歷史上許多大屠殺行為，都沒有人拚死以抗，如果一開始，就拚死以抗，這種事情，必然不能延續幾千年之久。

——衛斯理傳奇之《拚命》

人類歷史上，從古到今，從中到外，有許多只要奮起一拚，就可以有成功的機會，但就是太少人有這股勇氣和拚勁，所以錯失了機會，而最令人痛心的是，沒有奮起一拚，結果仍然是喪失性命。

——衛斯理傳奇之《拚命》

雖然有不少人，自己做了順民，還努力要別人也做順民，或

努力由順民晉身為奴才走狗，可是歷史總是走向暴政的滅亡，而
暴政的滅亡，是要有人肯拼命，用生命作代價的。

——衛斯理傳奇之《拼命》

甚麼人是甚麼人的兒子，或甚麼人不是甚麼人的兒子，本來
是最小的小事，只和甚麼人和甚麼人有關。可是在某種情形之下，
這種只是甚麼人和甚麼人之間的事，都可以成為影響到數以萬萬
計的人的大事。

怪之極矣，是不是？

而這種怪事，就是整部中國的歷史。

——衛斯理傳奇之《大秘密》

他為了信仰，為了理想，把整個生命都投了進去，但是結果，
千千萬萬和他一樣的人，有的拋頭顱，灑熱血，真的獻出了生命，
到死，還以為自己的理想可以實現。有的幸存，但也知道，自己
的行動只不過是製造出了一個新的皇帝，除非願意做叩頭忠臣，
不然，一樣血濺當場——君要臣死，臣不得不死。

理想信仰，在皇上的「金口」之前，「御腳」之下，屁也不值。

——衛斯理傳奇之《大秘密》

人的性命，在這種大人物的眼中，就和草芥一樣，惟有如此，
才能穩固勢力，殺人會手軟的，哪配列入帝王將相的隊伍之中。

——衛斯理傳奇之《大秘密》

沒有不對下屬嚴密暗中監視的領袖，古今中外皆然！

——衛斯理傳奇之《大秘密》

　　人陷進了名利網中，要抽身而退，已是大大的不易，陷進了權力網之中，要能退出，那是超凡入聖的境界了，又豈是容易做得到的！

——衛斯理傳奇之《大秘密》

　　一個老人，就算他自己認為永遠正確，如果他沒有權力，他也無法把他的瘋狂正確加在他人的身上，他要瘋，只是他一個人瘋，與其他人沒有關係。但如果他有權力，那就成了災禍！

——衛斯理傳奇之《禍根》

　　任何人，擁有權力，都要有權力行使的對象，正因為有那麼多人屈服在權力之下，才會有權力這回事，若是人人對權力的擁有者的發號施令當耳邊風，不去聽他的，權力自然也不再存在了——有奴隸，才有奴隸主；有服從的，才有發命令的！

——衛斯理傳奇之《禍根》

　　是人類自己不好，是許多人把權力給了少數人，許多人不給，少數人也就根本不會擁有任何權力，災禍是受災人自己製造出來的。

——衛斯理傳奇之《禍根》

　　無形無跡的權力，確實是受害人自己製造出來的，人人都不聽他的，或是大多數人都不聽他的，他的權力自何而來？若說權力來自奴性，也很合事實。

　　人人都願意聽他，他自然就大權在握，可以翻江倒海了！

受權力所害的人，竟是自己害自己！很滑稽，是嗎？

——衛斯理傳奇之《禍根》

歷史在不斷重演。建立成一個事業，必然有不少人擁有功勳，而有功的人，總會挾功自重，影響到領袖的為所欲為——尤其是當領袖存了私心，想要做一些不能公開的事時，就會怕功臣的反對，那麼，先發制人，大殺功臣也是必然的事。這就是歷史上為甚麼不斷有這種事發生的原因。

——衛斯理傳奇之《禍根》

高高在上的人，是不理會那些的，普天下那麼多人，哪有甚麼愛民若赤的帝王。

——衛斯理傳奇之《禍根》

為了爭權奪利，人甚麼醜惡的行為都做得出來。

——衛斯理傳奇之《轉世暗號》

這就叫統治，人類歷史上，民主政治出現之前，一直如此，民主政治出現之後，還有許多地方如此。更令人難明的是，有不少人，寧願做奴隸——奴性，竟然如此普遍地存在於人性之中！

——衛斯理傳奇之《轉世暗號》

能令特權分子喪失特權的任何可能，都是特權分子必須剷除的對象。不擇手段，只求達到目的——地球人的歷史上，有太多這樣的例子。

——衛斯理傳奇之《將來》

　　不幸得很，在高級生物所建立的文明社會中，個人意願完全不被干擾的情形，幾乎絕不可能存在。在地球上，自然是人類社會最文明，但是人類社會演變了幾千年，也沒有出現完全的個人意願不受干擾的情形。

　　非但如此，而且還有一大半地球人，生活在幾乎不能有個人意願的生活方式之中。

　　這真可以說是文明的悲哀和諷刺，擁有個人意願，是生物的本能。沒有生物本能的一種生活方式，那算是「文明」，豈不令人三嘆？

　　　　　　　　　　　　　　　　——衛斯理傳奇之《將來》

　　沒有高度的精神文明作基礎，高級生物不可能有高度的科技文明——像地球人那樣，貪婪、自私、殘酷，匪夷所思的罪行還存在於人性的本質時，地球上必然充滿了仇恨、戰爭、殺戮，殘害和各種各樣的混亂。在這樣的精神文明狀態下，如何能孕育得出高度的科技文明來？

　　　　　　　　　　　　　　　　——衛斯理傳奇之《將來》

　　凡是強逼人接受的事，不論打出的旗號多麼鮮明、叫出的口號是多麼嘹亮，全是壞事。

　　　　　　　　　　　　　　　　——衛斯理傳奇之《改變》

　　這些寶物的功能，在地球人的心目中，無不特異，還勝過地球上的一切珍寶，所以，會漸漸集中在權力的高層。或是掌權者風聞有異寶在人間而巧取豪奪，或是懷寶者要獻媚而奉獻——人很有點獻寶的奴性，彷彿寶物到了皇帝手中，龍顏大悅，自己祖

191

宗三代都會有光彩。

一個名叫卞和的人，發現了一塊玉，就給皇帝，接連兩次，都被打回頭，每一次且被以「欺君」之罪砍去一條腿（多麼大的痛苦和屈辱），可是失去了雙腿的卞和，第三次還是要獻寶，結果成功了。

卞和先生是偉大的獻寶奴才——在精神上以他為榜樣的人極多，獻出的是自身的人格和尊嚴。

——衛斯理傳奇之《改變》

地球人對於追求「好處」，有叫種狂熱，就算是根本不存在，只是他們心目中認為會發生的好處也會有一大群人爬着跪着去爭取，而且在爭取的過程中，根本已喪失了作為一個人的尊嚴，根本已自願展現出一副奴性，算起來，思想為人所知，又算得甚麼呢？

——衛斯理傳奇之《改變》

通常，在一個強大的勢力之前，地球人應付方法，只有三種：反抗、逃亡和下跪。這三種反應，本沒有甚麼高下之分，當然，最有用的是反抗，唯有反抗，才能使強權消失。逃亡是消極的做法，不跑，更是可奈何之至。

但下跪也有兩種，一種是被逼下跪。被逼下跪，那是無奈，只因強弱懸殊，所以只好下跪。卻還有一種，是自動下跪，那就是人性中的奴性發作了——全然可以不跪，可以採取別種反應，卻爭先恐後去爭取自動下跪，以求強權之手，撫頂嘉許，人性中的這種奴性，培育了強權，也形成了人類歷史上不斷出現的強權

統治史！

——衛斯理傳奇之《改變》

生命為了要生存而爭奪，當然是必須的行為，不然，也就不叫生命了。

可是「爭奪」這種行為，卻可以無限度擴張，在地球人的領域中，「爭奪」行為是為了基本生存的佔多少比例？比起為了貪慾之念而產生的爭奪行為，只怕是少之又少。多少勾心鬥角，用盡了一切卑鄙手段的爭奪行為，絕不是為了不爭奪就活不下去，而只是為了滿足慾念。

相形之下，為了生存而發生的爭奪行為，自然不應放在同一水準上譴責。

——衛斯理傳奇之《改變》

神秘高人聲音凝重：「『非我族類，其心必殊』，甚麼是好意，甚麼是壞意，看法也就互異，有標榜『為人民服務』的，人民有拒絕他們服務的權利嗎？非強逼接受他們的服務不可，他們的服務，是好意還是壞意？」

他舉了這樣一個例子，很叫人啼笑皆非。

確然是有標榜替人服務的，沒有選擇不接受服務的自由，這是人類行為之中，最卑鄙的一種。掌握了這種強逼權力的人，也就自然是人類之中，最卑劣的一群。

——衛斯理傳奇之《改變》

一個民族的悲劇，比一個個人的悲劇，要深沉了千萬倍。

——衛斯理傳奇之《暗號之二》

強權的發展，雖然必然是滅亡，但若是沒有一定的反對力量，所統治的全是順民或奴隸，那滅亡的時間，也就會大大推遲。

——衛斯理傳奇之《暗號之二》

在一片由強權統治的土地上，人民如果只是馴服，強權的皮鞭，也就會不斷揮動——那皮鞭是要去奪下來，而不能等它自動放手的。

——衛斯理傳奇之《暗號之二》

少數人硬將自己的意念，加在大多數人的頭上，形成用武力和流血維持的統治和被統治的關係，這是人不能夠成為高級生物的主要原因。

——衛斯理傳奇之《暗號之二》

人做了壞事，儘管有人歌功頌德，儘管有人貪利忘本，但是天下悠悠之口，歷史春秋之筆，總無法抹盡抹煞的。

——衛斯理傳奇之《暗號之二》

一個極權勢力既已建成，一切可怖卑鄙的手段，也隨之而生，連建立者本身，也難以避免，「作繭自縛」這句成語，怕就是這個意思吧！

——衛斯理傳奇之《暗號之二》

一個人或是幾個人或是一群人，闖的禍再大，也總有個限度，唯獨一個主義，或是一種思想，闖起禍來，卻可以令人類蒙

受無可比擬的災害，才是闖大禍。

——衛斯理傳奇之《闖禍》

他來自一個閉塞、獨裁的強權社會，那個強權勢力，控制着一大片國土，強權勢力也就等於擁有人類追求的一切：無可估計的財富，權力地位，躋身於世界各國的頂尖人物之間，暫時掩起血腥統治的面目，用白手套遮蔽屠殺人民的血手，倒也可以平起平坐，參與國際事務。

這樣的一種強權勢力，在所有人類的教育詞典中，都屬於應該被鄙視、被反對，屬於惡之極的一類。可是在現實生活之中，由於金、權的結合，總有一大堆人，像綠頭蒼蠅圍繞着腐肉一樣，圍繞着財勢，作出各種肉麻之極的奉承。

在文明社會之中，人完全有不做奴隸的自由，但偏有一幫充滿了奴性的人，奔走豪門，自願為奴，強權勢力自然也會讓他們嘗點甜頭。

——衛斯理傳奇之《闖禍》

只要人類的奴性不滅，一個強權勢力消滅了，另一個強權勢力就建立，一直再循環，反抗者再努力，歷史仍然是如此不變。

——衛斯理傳奇之《闖禍》

全人類分成很多民族，有的民族，能夠從奴性的桎梏之中掙扎出來，這些民族就不再受強權勢力控制。有的民族，由於歷史上奴性的包袱壓得他們的腰都軟了，所以敢於反抗的人比較少，甚至很多人認為關在籠子裏，吃得飽，就足夠了。這種民族，自然還有一段相當長的時間，要受強權勢力的控制，或者說，消滅

了一個，又冒出一個新的來。民族的命運，由民族性來決定，正如人的命運，由個人性格來決定一樣！

——衛斯理傳奇之《闖禍》

　　為了爭天下，小焉者，兄弟可以互相殘殺，母可以殺子，子可以弒父，甚麼倫理關係，全都可以拋諸腦後。大焉者，結黨鬥爭，你有你的主張，我有我的意見，不論文爭武鬥，都必置對方死地而後已，而處死的方法，五花八門，千變萬化，與五千年文化相輝映，成為文化中不可分割的一部份。為的，都是爭天下，以萬民為芻狗，就是為了爭天下！

——衛斯理傳奇之《在數難逃》

　　人類生命的形成過程，複雜無比，但是生命卻如此容易消失，一顆炮彈，一場車禍，甚至一些莫名其妙的仇恨，都能使若干生命就此消失；更別說一場革命，一個主義的推行，一個獨裁者的瘋狂（獨裁必然產生瘋狂），都可以導致幾百萬幾十萬生命的消失。

——衛斯理傳奇之《在數難逃》

　　在人類歷史上，最可怕的爆炸，並不是物理學上的爆炸，而是社會心理學上的爆炸，人類思想的爆炸——這一種爆炸，不知道可以炸出甚麼樣的後果來。現代史上，人類歷史的幾次大慘劇，都只是少數人，甚至只是一個人的思想爆炸所釀成的惡果，在接近一千萬平方公里的範圍內，爆炸的氣浪，一浪接一浪，爆炸的時間，維持了近十年，死亡人數，以千萬計。

這種異類爆炸的可怕，只怕僅次於星球爆炸。

——衛斯理傳奇之《爆炸》

本來，科學研究工作，促進人類文明進展，是再光明正大不過的事，和「絕對機密」不應該發生關係，每一椿研究，都應該光明正大地公開進行才對。

只可惜人類行為中有各種各樣的排他性動作，尤其，當一項研究，可以控制其他人的生命，使研究成果的掌握者，由此而掌握霸權時，這種研究，就立刻變成絕對機密了。

這種情形，很多出現在研究大規模的殺人武器上，都名正言順成了「國家機密」——小小的一個地球之上，分成了上百個國家（人類生活在地球上，不知道有甚麼權利可以瓜分地球），每個國家，都有絕頂機密，這也就自然分成了治人者和被治者，掌握機密者治人，被治者若是想知道機密，那是大逆不道的事。

——衛斯理傳奇之《爆炸》

一般來說，獨裁者最大的恨事，是找不到一個可以真正推心置腹、禍福與共的人，作為自己的得力助手。

別說普通的兄弟，連父子也不行。歷史上，不但男性的君主殺兒子，連女性的君主，也一樣殺兒子。在權力面前，一切都敗下陣來，連千古受歌頌的母性，也不能例外。權力又豈止令人腐化而已，簡直令人瘋狂！

所以，如何找一個可以完全信任的人，便成為千古以來，獨裁者最大的難題。而且，不論獨裁者如何精心培養，也不論這獨裁者如何精明能幹，結果，一定是不如意，大大地不如意。

這也可以說是獨裁者的悲劇。

——衛斯理傳奇之《爆炸》

抗暴的結果，必然是勝利了就建立一個更殘暴的政權，好又讓他人去發揮抗暴這種高貴的品德。

——衛斯理傳奇之《爆炸》

「精神崩潰」、「恐懼莫名」等等，都是獨裁統治者的通病。在用殘酷手段剷除異己的同時，自然也無時無刻，在提防自己被剷除。那種日夜提心吊膽，擔心權力在一夕之間化為烏有的心情，怎能不精神崩潰。

絕大多數的獨裁者，行為越來越乖張，越來越倒行逆施，最終不會有好下場，也正是由於這個緣故。

——衛斯理傳奇之《爆炸》

獨裁統治的特徵之一，是不和外界溝通，關起門來做皇帝，總比較過癮。

——衛斯理傳奇之《爆炸》

朱槿說得很是隱晦，但是我們自然知道她口中的「他們」是些甚麼人。這些人自我膨脹到「要對歷史負責」——任何人的心態，到達了這一地步，那就很難說是正常的了。對心態不正常的人講理，自然是徒勞無功的事。

——衛斯理傳奇之《水晶宮》

想到了「亂世」，我腦海中立刻浮現了一幅又一幅發生在人

類歷史之中最悲慘的畫面，所有的畫面，都以大量的死亡作為基調：逃亡、大屠殺、戰爭、疾病。在那一帶，有着人類歷史上最兇殘、最卑鄙無恥、最肆無忌憚的殺戮，慘死的人數以百萬計，沒有一個家庭能保持完整，那一切，全是由少數的一些「人」，打着堂皇動聽的旗號做出來的。

——衛斯理傳奇之《前世》

一個皇族成員，卻一輩子在幹淫業，自然辱沒祖先之至。可是我轉念一想，若是他去建立功勳，視人命如草芥，踏着同胞的鮮血，登上統治者的寶座，自然輝煌之至，但比較起來，何者道德，何者不道德，似乎難以界定。

——衛斯理傳奇之《前世》

一個民族，如果有百分之八十的人都膝頭發軟，向權勢屈膝，這個民族已可以歸入死亡之列。不幸得很，咱們的民族，正是如此。別說是異族了，在近五十年的歷史裏，有哪一年哪一日，不是絕大多數人聽命於極少數人，甚至只是聽命於一個人在狂奔亂舞。一個民族幾千年來都習慣如此，以為理所當然，沒有反抗，那麼這個民族的生命力何在？

——衛斯理傳奇之《新武器》

只知道順從聽命，就算有反抗，反抗的結果，也只是製造一批新的主人。歷史不斷在循環，就是脫不出原有的圈子。

——衛斯理傳奇之《新武器》

要他人效忠，或對他人效忠，都是病態的行為。

——衛斯理傳奇之《算帳》

像我們這樣做生意的，財力再雄厚，也有個限度。有一句成語，叫「富可敵國」，可知真正富有的是「國」——那不是普通的商業王國，而是真正的「國」，當這個國度的制度，是一個統治者或一個統治集團獨佔的局面時，統治者才是真正的富，無可估計的富有！

——衛斯理傳奇之《算帳》

歷史上，手中有權的人，聚財的本領，無非是貪污而已。貪污能貪得了多少？現代有權的聰明人多了，會利用權力，直接參與商業行為，因為他們有特權，所以商業行為對他們來說，比你們商人，容易多了！

——衛斯理傳奇之《算帳》

一個人在權力的位置上，那是很可悲的一種情形，看來像是很風光，但是卻每時每刻都要提防他人來爭奪這個位置，不去鬥人，就被人鬥倒了。

——衛斯理傳奇之《算帳》

在派系鬥爭中，不論有多少派——最高領袖曾說：黨內無派，稀奇古怪。不管多少派，最先起正面衝突的，必然是勢力最大的兩派。

——衛斯理傳奇之《算帳》

一個人落在敵人手中，尚可以有活路，落在自己人的手裏，卻是死路一條。這「自己人」三字，竟然有這樣的涵意在，人性在這方面所暴露出來的醜惡，實在令人無法不全身發冷。

——衛斯理傳奇之《算帳》

只要是強權集團中的一分子，就絕無例外。因為如果竟然還保留了一分半分人性的話，那麼早就在大大小小不斷的鬥爭中被淘汰了。

——衛斯理傳奇之《算帳》

不論是甚麼地方，甚麼樣的官員，都有一套處世的準則，那準則神聖不可侵犯，就是：不論發生甚麼事，別想叫他們負責，他們有九千八百多種方法和說詞，推卸責任，說明一切都不關他們的事！

——衛斯理傳奇之《雙程》

凡是皇帝到了生命的盡頭，必然出現你死我活，血肉橫飛的權力鬥爭。

——衛斯理傳奇之《雙程》

長江大河，始自濫觴。人類之所以有極權統治這樣的醜惡行為，就是由於太喜歡干涉他人的自由選擇權利而來的！

——衛斯理傳奇之《買命》

有權比有錢好，自古已然，卻不料原來於今尤烈！

——衛斯理傳奇之《買命》

雖然「是非」是根據立場而定，甲之是，可以是乙之非，不過人類對一些事，早已建立了共同的認識。例如把幾百萬人的選擇權利剝奪之後，卻宣稱從此有真正的民主，這種行為，就是顛倒是非。

——衛斯理傳奇之《賣命》

有能力使人失去一些記憶，等於有能力影響、控制人腦部的活動，在理論上來說，這能力就可以驅使人去做任何事情！

這是多麼可怕的力量！

不論這種力量掌握在甚麼樣的人手中，都是一件可怕之極的事情——人類可能從此失去了自己的意志，而變成任人操縱的木偶！

而這種力量的掌握者，可以隨心所欲地控制人類行為，他也等於成了全人類的主宰。

從此，在人類的詞典之中，至少就再也不會有「自由」這個名詞了。

這已經不再是生命配額的轉移問題，而是和全人類的命運有關，可以說關係着全人類生死存亡的大事——在地球上來說，沒有任何一件事情比這件事更嚴重的了。

——衛斯理傳奇之《賣命》

有太多人在完全不涉及生死問題的情形下，在強權統治者面前醜態百出，目的只不過想削尖了頭擠進去，希望可以成為強權統治的寵兒——其人格之卑下，簡直已到了極點！

——衛斯理傳奇之《賣命》

　　老百姓希望有好皇帝，以為只要皇帝有仁心，就可以有好日子過，卻不知道由於沒有力量可以制衡皇帝的行為，一切都以皇帝個人意志為決定，這就是最危險的情形，皇帝一旦胡作非為起來，老百姓也就只好血流成河、屍橫遍野了——這種情形，在人類歷史上發生過不知道多少次！

——衛斯理傳奇之《賣命》

　　多少強權統治者渴望可以鉗制人的思想，都未能成功，強權統治者永遠無法知道人們腦中究竟真正在想些甚麼東西，這是古今中外強權統治者的悲哀。

——衛斯理傳奇之《賣命》

　　人到年老，容易趨向昏庸，胡作非為起來，就是國家民族的大災難。

——衛斯理傳奇之《考驗》

　　像這種推翻了一個極權，結果卻建立了更殘酷以逞的另一個極權的情形，人類歷史上屢見不鮮。更令人噁心的是在這種過程中，必然有一方聲稱自己為民請命，好像正義公理完全在他這一邊，可是結果卻是好話說盡，壞事做盡！

　　人類行為之醜惡，以此為最。

——衛斯理傳奇之《考驗》

　　有甚麼樣的民眾，就有甚麼樣的統治者。獨裁統治者要靠民眾的力量來推翻——歷史上從來沒有一個獨裁統治者自己願意下台，也沒有一個會願意把自己的權位交給民眾去決定。所謂「你

不推，他不倒」，一個民族，如果長期在獨裁統治之下，直到現在，還是不能享受民主，這裏面就大有問題存在。

——衛斯理傳奇之《考驗》

世界上再強大的極權統治，可以把所有反對者的身體都關到監獄裏去，可是卻完全沒有能力可以鎖住任何人的思想。

——衛斯理傳奇之《考驗》

近來的最大發現是：要在一群生命基因中充滿了權性、愚昧和麻木的人的心目中，成為偉人，再容易不過。

只要先把那些人天生應該有的一切全部搶奪過來，然後再對那些人施以殘殺和奴役，再在若干時日之後，把原來就屬於那些人的東西，扔回一點點給他們，那些人就立刻感激涕零，跪地膜拜。於是渾身上下沾滿了人血，雙手還揮舞着皮鞭的人，就成了偉人。

很簡單，是不是？

於是恍然大悟：這世界上原來是因為先有奴隸，然後就自然有了奴隸主的。

人的生命基因之中，居然有這樣的一部份，真是可悲。

——衛斯理傳奇之《傳說》

一個人如果不是笨得可以，也就決不會有無限效忠這種行為。

——衛斯理傳奇之《傳說》

國家元首級的人物，如果不是經由公認的民主程式產生的

話，頗有些白癡級的人物在。

——衛斯理傳奇之《傳說》

任何專制制度，如果全民反對，也就是說如果全民和專制制度對賭，贏的必然是全體民眾，全體民眾有必勝的把握。歷史上無數事實證明了這一點。最近的例子在歐洲發生，專制制度在和民眾（甚至不是全體）的對決中，如同被燒紅的鋼刀插進去的牛油一樣，轉眼消融，被民眾送進了歷史的墳墓。

可是，地球上還有一些地方專制制度依舊橫行，那些地方的民眾為甚麼不起來把專制制度掃進歷史的墳墓去？

民眾是根本沒有想到，還是想到了而沒有行動的勇氣？

民眾實在是必勝的，只是如果根本不賭也沒用。就算賭了不一定贏，不賭也就只有輸。

——衛斯理傳奇之《豪賭》

「皇帝」只不過是一個名稱，這個名稱有豐富的內容，用最簡單的話來說明，就是有一個人可以主宰一個國家中所有人的命運，可以隨心所欲，為所欲為，非但沒有任何力量可以阻止，反倒有一大幫人，忠心耿耿，幫他胡作非為，這樣的一個人，他就是「皇帝」。

不論「皇帝」這個名稱如何改變，只要內容不變，名稱隨便改成甚麼，事實上也就等於是皇帝。

——衛斯理傳奇之《豪賭》

任何皇帝或皇帝的傳人，都一定做秦始皇式的夢，希望自己的皇朝可以一世、二世、千世、萬世那樣傳下去，而大結局必然

第五篇
意難平

205

是這樣的夢，會在皇朝崩潰的事實前粉碎。

——衛斯理傳奇之《豪賭》

人類思想上的暴戾反映在行為上，就是以暴力掠奪他人的種種權益（包括生命）。其中最登峰造極的當然是藉着甚麼主義、甚麼理想等等名堂建立起來的極權統治（暴力統治），到了公然宣稱統治力量來自「槍桿子」的地步，也就是人類思想暴戾的最高峰，由此帶來無窮無盡的恐怖和反動，阻止了人類的進步，使人類停滯在低級生物的水準上。

只有使這一點得到改善，地球人才有希望成為宇宙間的高級生物！

——衛斯理傳奇之《移魂怪物》

人類普遍的在本性中存有一種奴性，奴性最具體的表現是：許多人會莫名其妙，不加分析地聽從極少數人，甚至於是單一一個人的命令！

——衛斯理傳奇之《本性難移》

人性非常複雜，許多人聽從單一一個人的命令，完全隨着單一一個人的意旨行事，不單是由於奴性，也由於無知、盲目和所謂羊群心理，更有的是畏懼權力或者想討好權力……原因太多了！

——衛斯理傳奇之《本性難移》

只有消滅了本性中奴性部份的人，才是真正獨立的人，才有資格成為高級生物，不然只是一群隨着極少數人的指揮棒行動的

低級生物而已——和鴨子甚至於昆蟲並沒有多大的分別。

——衛斯理傳奇之《本性難移》

在號稱有五千多年文化薰陶之後，還公然叫囂以武力、破壞、殺戮為手段，強迫他人接受自己的意念，這種行為，不論用多麼慷慨激昂的口號來壯膽，不論用多麼冠冕堂皇的理由來掩飾，都只能屬於低級生物所為。

——衛斯理傳奇之《解開密碼》

地球人在經過那麼多年所謂「文明洗禮」之後，仍然不論在思想心理上或是生理上，都脫不了低級生物的典型。地球人所謂自有文明以來所記錄的歷史，幾乎全部由戰爭、殺戮、奴役、強迫、極權、恐怖、掠奪……所組成，這根本是低級生物行為的典型！有高度智慧的高級生物，絕對不會有這種行為！

——衛斯理傳奇之《解開密碼》

在心理學上來說，只有經歷過大悲痛的人，才會在下意識中要求這樣的麻木，在麻木中逃避，完全不敢正視過去，不敢面對現實。

這種現象如果只是出現在個別人的身上，雖然可怕，還不至於怎樣，而如果整個民族都沉溺在這樣的麻木心理狀態之中，那就不知道是甚麼樣的悲劇了！

——衛斯理傳奇之《偷天換日》

在只有當權者說話而沒有老百姓說話的地方，所謂歷史，是由當權者決定的。諷刺的是當權者還最喜歡喊叫「人民決定歷史」

這樣的口號！相信你必然知道，現在為大眾所知道的歷史，有多少是真正的歷史！也更應該知道有多少歷史真相被隱瞞下來、多少歷史被篡改過！

——衛斯理傳奇之《偷天換日》

　　道理是說不清楚的，只有立場黑白分明——黑的有黑的道理，白的有白的道理。而黑的一定說黑的道理對，白的也必然說白的道理對，你說是黑的對還是白的對，完全由你是黑的還是白的來決定。

　　這一番話：念起來很拗口，可是卻可以解釋許多問題——許多爭論不休沒有結果而其實根本不必爭論的問題。

——衛斯理傳奇之《偷天換日》

　　古往今來，所有的野心家都從干擾他人思想着手，他們提出了一套對他們野心有利的說法，冠以種種名堂，在近代，就是甚麼甚麼主義，然後以武力強迫他人接受，順他者生，逆他者亡，形成了極權控制。

　　這種情形醜惡之極，是人類的恥辱。

　　而更可怕的是，這種情形久而久之，會使得有些人潛在的奴性得到發揮的機會，使這些人完全放棄腦部活動屬於個人的天生權利，而自然地屈服在強權之下，聽從他人的指揮，成為沒有個人思想的可憐蟲。

　　正是因為有這種干擾他人思想的行為，才形成人類行為中最醜惡的極權統治，使人類歷史長期處於黑暗反動，嚴重的阻礙了人類文明的進展！

——衛斯理傳奇之《一半一半》

在人間，相類似的是，有的民族經過了幾千年的極權統治之後，整個民族形成了被極權統治的民族性，難得有極少數異類，要為整個民族爭取基本人權，卻不料根本不知道甚麼叫做人權的民族，在極權統治之下，生活得興高采烈、歡欣鼓舞，那少數人的一切努力，就必然注定是一場悲劇。

——衛斯理傳奇之《一個地方》

腦部活動錯亂可以產生無窮無盡的妄想，近世紀來為禍人類最烈，想在地球人社會中實現「各盡所有、各取所需」的妄想，就可以說明人類腦部活動錯亂之後，妄想可以達到甚麼樣的程度！

——衛斯理傳奇之《須彌芥子》

在人類歷史上，多少所謂「偉大的人物」，幾乎都有一直追求虛無飄渺，實際上並不存在的事情，然而，在人類的語言和文字之中，卻對這種腦部異常活動的情形，稱之為「理想」。

真的很難分別甚麼是正常，甚麼是異常！

——衛斯理傳奇之《須彌芥子》

只有權力來自人民的情形下，當權者才會為人民着想，投人民所好。

權力如果不是來自人民的選擇，多言「為人民服務」，對人民來說，只是可怕之極的魔咒！

——衛斯理傳奇之《只限老友》

思想為他人所知，等於受他人控制，受他人控制者，當然不

配做領袖，只能成為奴隸。

所以要培養大批奴隸，就有「思想改造」這種事情的發明——將人的思想改造成為奴隸思想。

——衛斯理傳奇之《只限老友》

想要在宇宙間胡作非為，不是容易的事情，不像在地球上，任你作惡多端，非但不會受到制裁，而且還能夠贏得崇拜！

——衛斯理傳奇之《只限老友》

這種企圖控制他人思想的愚蠢行為，古已有之，於今尤烈，正是地球人歷史的主要組成部份。

——衛斯理傳奇之《只限老友》

倪匡妙語連珠

第六篇

妙聽聞

日常生活中最普通的現象，
只要肯去想，
不知道可以有多少
古怪的念頭產生出來，
簡直無窮無盡。

一般都以為隱形人神通廣大，但事實上，如果真有人能隱形，設想起來，這個人一定不會十分愉快。

——衛斯理傳奇之《透明光》

這條暗巷，看來倒當真是一頭碩大無朋的怪獸的喉管，可以將人一直送到胃中，將之消化掉，一點痕跡也不留！

——衛斯理傳奇之《真空密室之謎》

一個人如果能夠回到一百年前，或是到達一百年後的世界中，這是何等刺激的事？但卻要有一個前提：能保證可以回到自己的年代去，要不然就未免太「刺激」了！

——衛斯理傳奇之《原子空間》

在玻璃之外，則是一片深沉無比的黑暗，那種黑暗是一種十分奇妙的黑暗，它不是黑色，而是極深極深的深藍色。

那情形就像是飛船之外，是一塊無邊無涯、碩大無比的深藍色的冷凍！

——衛斯理傳奇之《原子空間》

我們這一代的人，想像力和知識範圍，還都未能脫出自身的範圍，我們的自身，擴至最大也不過於地球而已。我們常聽得說，某一個星球上，因為缺乏氧氣，所以不能有生物。這實在十分可笑，地球人自己需要氧氣來維持生命，這正因為地球人的生命，在一個有氧氣的環境之中產生，地球人又有甚麼資格，斷定別的星球的高級生物，也非要氧氣不可呢？「人家」一到了地球上，

可能會「窒息」在氧氣之中！

——衛斯理傳奇之《原子空間》

　　我想，我們這一代的人，恐怕也不是地球上的第一代生命。地球可能已死過不止一次，它每「死」一次，表面上的情形，便發生變化。在某一次「死亡」中，它的表面上忽然充滿了氧氣，而且使它接近一個被稱為太陽的星球，所以才出現了我們這一代生命。

——衛斯理傳奇之《原子空間》

　　人類對別的星球上的生物，是無法想像的，科學家和幻想家們，曾經對其他星體上的生物作過種種描述，有的說火星人可以像八爪魚，有的又說別的星球上的高級生物的形狀，根本是不可想像的。不可想像是對的，因為人的想像力再豐富，也只是以地球上的一切作為依據來幻化擴大的。人們想像火星人有八隻腳，是因為地球人有兩隻腳。

　　人永遠不會想到，火星人可能根本沒有腳！

　　外星生物體積的大小，也一樣不可想像。

　　由於在地球上，高級生物的體積都相當大，所以在想像之中，別的星球人也應該和地球人一樣大，或者更大。可是，為甚麼其他星球上的高級生物不能是十分大，大到一百呎高，或者十分小，小得可以在直徑一呎的金球之中住上很多，為甚麼不能那樣呢？

——衛斯理傳奇之《天外金球》

　　我們的對手，來自外太空，在我們看來，可以發射水底火箭

的潛艇是了不起的武器了，但是在他們看來，卻等於是有人抓了一支牙籤，去向手槍挑戰一樣！

——衛斯理傳奇之《紅月亮》

　　我告訴你們這些，就是要使你們知道，地球人在地球上，雖然已是最高級的生物，但是在整個宇宙中，卻還極其低能，所以我們發現地球可以供我們居住，而要將地球人盡皆殺死，實在絕無不道德可言。這就像地球人發現一個山洞可以居住，而將原來住在山洞的動物趕走一樣，是天經地義的事情。

——衛斯理傳奇之《紅月亮》

　　而在許多情形下，人的死亡，十分冤枉——如果有人頭移植這回事，或是在人頭離開身體之後，可以供給頭部新鮮的血液，單獨的一個人頭，應該可以存活的。

——衛斯理傳奇之《換頭記》

　　如果說，在換了鞋底，又換了鞋面之後的那雙鞋子，和原來的鞋子，已全然沒有關係，那是很難如此講的，因為如今這雙鞋子，是舊鞋換了鞋底，又換了鞋面而來的。但如果說有關係的話，鞋底鞋面全換過了，又有甚麼關係？

——衛斯理傳奇之《換頭記》

　　人類的宇宙飛行，只不過是開始，已經有了不少悲劇，或許，宇宙探索這件事的本身，就是一宗悲劇！

——衛斯理傳奇之《奇門》

　　生命是甚麼？生命來無影，去無蹤，看不見，摸不到，它究竟是甚麼？為甚麼有它的時候，一個人就是活人，而同樣是一個人，如果作最科學的解剖，可以發現其實甚麼也沒有少，只不過少了根本看不到的生命，他就變成了死人？

——衛斯理傳奇之《屍變》

　　如今人類生活對電腦的依賴，已到了「不可一日無此君」的地步。（好快！）要是電腦活了，胡作非為起來，人類自然也只好束手待斃，一點反抗的餘地都沒有，而且，那是典型的作法自斃，作繭自縛。
　　現在來摒棄電腦，來得及嗎？
　　不，來不及了，已經太遲了！

——衛斯理傳奇之《筆友》

　　電腦在某種程度上，和人腦十分相似，人腦在人的成長過程中，不斷地吸收知識，就和電腦不斷增加資料的積聚一樣。
　　人腦在吸收知識到了一定程度之後，很多反應超乎吸收的知識之上，有新的發明、新的思想產生。新是在舊的基礎上產生出來的，人腦能夠產生新的東西，電腦在同樣的情形下，為甚麼不能？

——衛斯理傳奇之《筆友》

　　人類以為電腦是人最忠實的伙伴，因為電腦是死的，電腦的一切知識，全是人給它的。但是卻未曾料到，電腦也會活，也會產生它自己的思想。如果有一天，電腦會完全背叛人類，那實在

也不稀奇。

——衛斯理傳奇之《筆友》

　　一般都以為，人而有預知未來的能力，一定是非同小可，快樂無比的了，但實際情形如何，卻也難說得出，一樣可以作為悲劇來處理，這故事中有關具有預知未來的人的心態，所作的描述，一直在引用着：就像看一張連分類廣告都看完了的舊報紙一樣，日子的苦悶，會使人想到不如死亡！

　　真是悲劇中的悲劇，但是偏有那麼多人在嚮往這種能力。

——衛斯理傳奇之《叢林之神》

　　地球人以為自己是宇宙中唯一生物，那樣的觀念實在太可笑了，因為地球人甚至根本不知宇宙是甚麼，也不知宇宙有多大，地球人對宇宙，還在一無所知的情形之下，怎可以抱定那樣的觀念，去對待整個宇宙？

——衛斯理傳奇之《叢林之神》

　　科學的進步，都是從大膽的假定而來的。愛因斯坦自然是一個極偉大的科學家，但是時代不斷在進步，一定要有一天，打破愛因斯坦的結論，科學才能有更進步的發展！

——衛斯理傳奇之《叢林之神》

　　人的樣子，如果仔細形容起來，真可以說是怪到了極點，試看，人有一個球狀體在最上面，在那圓球之上，有着幾個孔眼，其中的兩個孔眼上，還生着毛，而整個圓球上，也有毛，在一個大洞中，甚至還有一條會伸縮的軟的，有着發膩的液體，異樣的

紅色的東西，和兩排白森森的骨頭！夠了，只要看到人的頭，已是夠怪異了，但是因為我們一出世就看到它，所以一點不覺得怪，還會覺得它美麗可愛！

——衛斯理傳奇之《再來一次》

人在變，變得越來越不像人，越來越像野獸，人類的進化，在我們這一代，可能已到了盡頭，再向下去，不但沒有進步，反而走回頭路，終於又回到原始時代！

——衛斯理傳奇之《盡頭》

我們對生命的觀念是，任何生命總是由細胞所組成的，所有動物和植物的生命都是如此，最簡單的生命是單細胞，甚至還不是細胞，但是事實上，我們對生命的概念，只可以說是地球上生命的概念。

——衛斯理傳奇之《影子》

我不禁呆了一呆，我是在甚麼時候懂得二加二等於四的？這實在是一個極其可笑的問題，但卻也是很難回答的問題。

用這個問題去問任何一個人，任何人都不容易回答，因為二加二等於四，那實在太淺顯了，任何人在小時候就已經懂的了，自然也沒有人會記得自己是在哪年哪月，開始懂得這條簡單的加數的。

——衛斯理傳奇之《多了一個》

從高處望下來，被五顏六色的霓虹燈，照映得呈現一種迷幻彩色的街道上，滿是人頭。

如果不是從高處望下來，真難想像人頭和人頭的距離竟是如此之近——幾乎像是沒有距離，而只是一顆一顆地挨擠着。

——衛斯理傳奇之《環》

所謂寶物，其實就是科學製成品，哪吒的風火輪，就是今天的機器腳踏車，千里眼就是電視，掌心雷也和手榴彈差不多，所以，聚寶盆，就是立體複製機，毫無疑問。

——衛斯理傳奇之《聚寶盆》

在整個宇宙而言，地球和那塊雨花台石，只不過一個是大一點的石頭，而另一個是小一些的石頭而已，為甚麼小一點的石頭，就不能是一個世界呢？

——衛斯理傳奇之《雨花台石》

地球的壽命，已經假定為四十五億到六十億年之間，而人的出現，或者說生物的出現，卻只不過幾十萬年的歷史，和地球的壽命相比較，實在微不足道。

那麼，是不是我們所知的生物出現之前，地球上的確已曾經出現過人？這些人，如果曾在地球中生活過，那麼，他們是如何滅絕的？

——衛斯理傳奇之《魔磁》

關於外星人來到地球，只是以一束電波（或類似形式）前來，到了地球，再覓形體的設想，創自近二十年前，堪稱新鮮之至。進一步的設想是，將來地球人探索浩淼宇宙，多半也以這種形式前往，人的身體又累贅，又活得如此短暫，決計無法

擔當這種重任的。

——衛斯理傳奇之《老貓》

人在活着的時候，腦部活動，不斷發射出微弱的電波——腦電波。這種腦電波，有時可能成為游離狀態而存在，不因為一個人的生命是否已經結束而消失。當這種游離電波和另一個活人的腦部活動發生作用時，那另一個人就看到了「鬼」。

——衛斯理傳奇之《貝殼》

在沉睡中，我做了許多古怪、紛亂的夢。在夢中，我居然可以看到許多東西，當我又朦朧醒來時，我不禁懷疑，一個生來就看不見東西的人是不是也會有夢？如果也有夢的話，那麼，出現在他夢境中的東西又是甚麼形狀的？

——衛斯理傳奇之《大廈》

地球上的生物有多少種？幾十萬種，幾百萬種，可是只有人有頭髮，只有人在頭部生有可達體高三分之二的毛！而且這種毛的組織是如此之奇妙，每一根頭髮都是中間空心的，有極其精密的組織！它本來一定有極其重大的功能，只不過功能被停止了！

——衛斯理傳奇之《頭髮》

我們根本從別的地方來。那地方才是我們的家鄉，在地球上的人可以回去。在地球上，人的生命短促猶如一聲嘆息，痛苦和罪惡充塞，而回到原來的家鄉之後，我可以永生，那裏，是——天——堂！

——衛斯理傳奇之《頭髮》

人——地球人在地球上居住的日子，可以上溯到幾百萬年，但是地球人決不是地球上發展出來的高等生物，因為地球人對地球的自然環境，至今未能適應。地球的大氣層中濕度增加或減少，就會使每一個地球人自然而然，感到不舒服！

——衛斯理傳奇之《頭髮》

人在有邪惡思念的時候，在他的眼睛中，可以覺察得出來，這種現象是一種巧合，還是地球人在若干年之前，全被怪眼侵襲過，而留傳至今的一種遺傳？

——衛斯理傳奇之《眼睛》

生命和其他任何東西不同。一塊石頭，回到了一千年之前，或是到了一千年之後，一定仍是一塊石頭，打火機也是一樣，它們沒有生命。可是生命卻一定不同，隨着時間的變化，生命本身，也在變化。今年，你是衛斯理，我是白素，一百年之前，我是甚麼人？你是甚麼人？一百年之後，我又是甚麼人？你又是甚麼人？

——衛斯理傳奇之《迷藏》

就算我們撞了車，死了，說不定我們的靈魂，會進入撞壞了的車子之中。但是接着，我又想到，如果「住」在撞壞了的車身之中，車身生起鏽來，那是甚麼感覺？會不會像是身體生了疥癬一樣？

——衛斯理傳奇之《木炭》

要是每一個人都有靈魂，自從有人類以來，死去的人一定比

活着的人為多，那麼，豈不是地球上全是靈魂了？

——衛斯理傳奇之《木炭》

地球算甚麼？只有人，才活在地球上，靈魂，可以存在於任何地方！

——衛斯理傳奇之《木炭》

雪看來比較平靜，就是潔白的一片，皚皚閃着靜默的光輝，但是自冰塊上反映出來的光輝，卻是絢麗的、流動的，像是每一塊在發光的冰塊，都是有生命的怪物！

——衛斯理傳奇之《玩具》

一個人精神分裂，可以使一個人在思想上成為兩個不同的人。

但如果一個人不單是精神分裂，連他的身體都分裂了呢？那是甚麼樣的一種情形？那一定是一個人，化為兩個人，兩個看來一模一樣的人，但是想法卻完全不同，或者，其中的一個所不敢想、不敢做的事，另一個卻敢想，敢做。

本來，任何人，都有他的另一面，只不過另一面往往被極其巧妙地隱藏着，絕不在任何人面前顯露。但如果忽然發生了某種變化，使人的另一面變成了真實，那麼情形會如何？

一個人的兩面，如果從精神到肉體，完全獨立了，那麼，當這獨立的兩面互相看到的時侯，他們會有甚麼感覺？他們互相之間的感覺一定是看到了自己。

——衛斯理傳奇之《願望猴神》

其實，很多人心中明白，用無痛苦的方法減少一大批活著不知幹甚麼，生命過程和昆蟲、植物並無分別的人，對於其餘的人是極度有利的，但是既然人人認為每一個人，即使他的生命過程像昆蟲，他也有生存的權利，這種行動，自然不可能展開，雖然明眼人看出，這樣下去的結果，是全人類玉石俱焚，同歸於盡。

　　　　　　　　　　　　　　　——衛斯理傳奇之《後備》

人類對於生命的價值觀，極度自我中心。如果一旦我有需要用「後備」，我是先考慮自己的生命，還是後備的生命？那時，我就會想，後備算甚麼，只不過是我身上的一個細胞，身上每天都有不知多少細胞在死亡。

　　　　　　　　　　　　　　　——衛斯理傳奇之《後備》

靈魂——人性中善良美好的一面。

兩者之間，是不是可以劃上等號？

如果可以，人還有沒有靈魂？人性中究竟是不是有善良美好的一面的存在？

　　　　　　　　　　　　　　　——衛斯理傳奇之《搜靈》

一些東西，不管它是甚麼東西，如果不斷向人發出問題，又能用行動達到某些目的，又在為某些目的而活動，例如搜尋人的靈魂，那麼，在概念上，當然，應該是生物，就算他的形態再怪異和不可思議，他也應該是生物，不應該是別的。

　　　　　　　　　　　　　　　——衛斯理傳奇之《搜靈》

人類的靈魂哪裏去了？全被金錢力量消滅了？

人是一直認為自己有靈魂。這種信念，支持了人類許多活動，也成為人類整體社會生活中道德規範的一種支柱。雖然一直以來，靈魂虛無縹緲，不過這個名詞，已經成了人性美好一面的一個代表，在意念上來說，非有它的存在不可，它成為抵制某些劣行不能妄為的力量。

如果一旦，當人類發現根本沒有靈魂，那會在人類的思想觀念上，引起何等程度的混亂？

一種冥冥中不可測的力量，一直在人類的思想中形成一種約束，突然之間，這種約束消失了，那等於人性美好的一面消失，醜惡的一面得到了大解放，再也無所顧忌。在有這種約束力量的情形下，尚且不斷迸發的劣根性，會像火山爆發一樣地炸開來。

或許，就是由於人類早已開始發現了根本沒有靈魂，所以，靈魂作為一種約束力量，已經越來越薄弱，以致人性的醜惡面，已越來越擴大？

——衛斯理傳奇之《搜靈》

每一個人，都有他的思想，或為善，或為惡，或思想深邃博大，或幼稚愚昧，但是每一個人都有思想，你能叫一個人把他的思想拿出來看看嗎？但是，你能否認人人都有思想嗎？

——衛斯理傳奇之《搜靈》

人一定有靈魂，但我們一直搜尋不到，可能就是因為人的靈魂，根本是另一種生命的形態，不，根本不是一種生命形態，甚

至根本不是一種形態。

——衛斯理傳奇之《搜靈》

　　任何職業的從業者，都可以用各種方法，去告訴他人：我是做這工作的。可是職業殺手用甚麼方法讓人家知道他是一個殺手呢？他總不能登一個廣告：「殺人專家，取價低廉，保證殺死，妥善可靠。」他也不能在住所掛上一塊招牌：「專門殺人，老幼無欺。」哈哈，算命先生倒可以掛這樣的招牌。他也不能印一張名片，看到有甚麼人，像是想殺人的，就送上一張，而在名片上印上「殺手」的頭銜。職業殺手實際上沒有法子兜到生意，沒有生意，就做不成殺手。所以，世界上，實際上根本沒有職業殺手這樣的人。

——衛斯理傳奇之《茫點》

　　為甚麼聽到了「抗衰老素」，一點不會有發笑的感覺，而且還覺得這是一個嚴肅的科學研究課題，但是一聽到「玉真天露丹」，就感到好笑呢？實際上，那只不過是名稱不同而已。

　　如果「玉真天露丹」真的有回復青春的功效，那麼，它就是「抗衰老素」，是古代留下來的，一種有着十分顯著效驗的抗衰老素。

——衛斯理傳奇之《神仙》

　　有一派人説，中國傳説中的那些神話人物，造型全都非常古怪，甚麼人首蛇身、牛頭獅身等等，那些人物，全是外星來到地球上的，甚至黃帝和蚩尤大戰，也是外星人在地球上的戰爭，還有戰敗的急於逃走，引致核子大爆炸，女媧要補的天，就是要消

除核子雲。

——衛斯理傳奇之《神仙》

人，吃東西，是為了讓身體有營養，營養是甚麼呢？是一些元素，一些物質，為維持生命所必需。我們可以分兩方面來看，一方面是：潛能未得到充份發揮的生命形式，必須依靠營養來維持，反之，人體就可以不需要營養。另一方面，潛能未充份發揮，要靠大量的食物，來攝取營養，如果潛能發揮，可以直接從空氣之中，得到生命所要的元素，那也就可以不需要食物。

——衛斯理傳奇之《神仙》

所謂「神仙」，若是來自浩淼宇宙之中某一個星球上的外星人，那我可以接受，外星人具有超特的能力，已經成為可以接受的觀點。但是，神仙根本是人，就是和地球上每一個人一樣的人，只不過由於某種機緣，使他們掌握了超特的能力，這卻使人難以想像。

——衛斯理傳奇之《神仙》

地球上有很多人，都受着億萬星體的影響，我想，那是由於人腦中有一種特殊的能力，每個人的這種能力又各自不同，億萬星體放射出來的億萬種不同的射線之中，充滿了不同的能量，可以和哪一個人的腦部活動相結合，就會影響這個人的腦部活動，決定他的才能、思考、活動，甚至性格。

——衛斯理傳奇之《追龍》

星辰也可以分為善、惡兩大類，一類惡的星辰，專門在地球

上製造災禍，包括各種自然的災禍和人的災禍在內，人的災禍比自然的災禍更可怕。

另一類善的星辰，則致力於消滅那些災禍，還影響了一批人，給人類以文明、知識、科學、藝術上的種種發展。

——衛斯理傳奇之《追龍》

把來自遙遠星空的星體的神秘影響力量和被這種力量支使的人，設想成為控制器和機器人，真是再恰當也沒有。機器人的接受信號部份，受了控制器所發出信號的支使，機器人可以做任何事。機器人本身，只是一種工具，沒有自主能力，機器人甚至會講話，會有思想的組成能力，但全是控制器發出信號的結果，不是機器人自己產生的能力。如果機器人被毀，單是一具控制器，發出的信號再強，失去了接收部份，也就等於零。

——衛斯理傳奇之《追龍》

洞，是一種極普通的現象，任何人在一天之中，不知可以接觸多少大大小小、形狀不同、深淺不同、形成原因不同的洞，絕無可能一個人一天之中，見不到一個洞。

可是，是不是留意過，洞是一種十分奇特的現象！洞，永遠只有「一個洞」，而沒有「半個洞」。如果將一個洞分成兩半，那不是兩個半個洞，而是兩個洞。

在地上掘一個洞，人人可以做得到，但是在地上弄出半個洞來，卻沒有人可以做得到，因為「半個洞」這種現象，根本不存在。

——衛斯理傳奇之《洞天》

在比較上而言，如果把地球縮小，成為一隻蘋果那樣大小，那麼，大氣層——也就是天的厚度，只不過和蘋果外面的那層薄皮差不多。所以，天實在不是很高，很容易突破，飛行工具要穿出大氣層，十分輕而易舉。

天可以輕易被突破，由先民對不可測的天建立起來的那種天是神聖的觀念，自然也開始動搖，不再存在。

——衛斯理傳奇之《洞天》

日常生活中一種最普通的現象，只要肯去想，引申開去，不知道可以有多少古怪的念頭產生出來，簡直無窮無盡。

——衛斯理傳奇之《洞天》

任何東西，死的或活的，生物或礦物，沒有人看的時候是甚麼樣子，都沒有人知道。

——衛斯理傳奇之《洞天》

由於三流幻想電影的影響，很容易把史前怪物想像成龐然大物，一腳踏下，就可以令一座大廈毀滅，不容易想到，就算是小到肉眼看不到的微生物，一樣極其可怕和危險。如果那是一種細菌，一種人類知識範圍之外的細菌，自冰塊中逸出，在空氣中分裂繁殖，而這種細菌對人體有害，那麼，所造成的禍害，足可以和一枚氫彈相比擬，或者更甚。

——衛斯理傳奇之《犀照》

人，有時會有一種十分奇異的感覺，感到這一刻在做的事，在說的話，依稀有十分熟悉之感，好像是在過去的甚麼時候，曾

經發生過的。不過，多數是對在甚麼時候曾發生過，朦朧而難以
確定。

——衛斯理傳奇之《電王》

深秋時分，月色清涼，光禿的柳枝仍然在隨風擺動，但看來
就像是一些不知年華老去、已經雞皮鶴髮的老婦人，仍然在懷念
自己的少女時期而在曼舞，境況格外令人覺得淒涼。

——衛斯理傳奇之《密碼》

「不到黃河心不死」這句話是甚麼意思，人人都知道。可
是若是細想一下，這句話實在不通之至。為甚麼「不到黃河心不
死」，到了黃河就心死了呢？「黃河」在這裏代表了甚麼？有甚
麼特殊的意義，還是任何地點，如長江、青海可以代替？

——衛斯理傳奇之《密碼》

如果問：從事甚麼行業，最需要有一雙靈巧的手？

答案會有很多，外科醫生、鋼琴家、刺繡者、雕刻家，許多
許多，有沒有人想到過扒手呢？

是的，扒手。

——衛斯理傳奇之《瘟神》

一個人（任何人）的一生記憶，如果成為一組程式，是一個
可以被記錄下來的軟體，那麼，理論上來說，把這種程式輸入另
一個人的腦部，這個被輸入資料的人，就會完全照那個程式來生
活、思想行動。

——衛斯理傳奇之《招魂》

老王賣瓜，自誇了之後，要真的開出來又甜又香，老王才有資格自誇。

至於自誇的為甚麼是老王，不是老陳老張老李老何，已不可考，也不必考。

——衛斯理傳奇之《報應》

人類的升天觀念，不是虛空的，而是一種實實在在的願望，總希望身體或靈魂能升天，是由於人類的祖先，根本是來自遙遠的另一個星體，所謂「升天」的觀念，只不過是一種渴望回歸故星的願望。

——衛斯理傳奇之《毒誓》

「怪物」這個名詞，有一處怪的地方——明明是「物」，是沒有生命的東西，可是一旦和怪字連在一起，怪物就有了生命，凡被稱為怪物的，都有生命，沒有生命的，只好被稱為「怪東西」。

——衛斯理傳奇之《怪物》

處身在電梯的頂上，也就是直接置身於電梯槽之中，在黑暗而狹窄的空間之中，有泛着機油的漆黑光影的鋼索，直上直下地垂着，彷彿是通向地獄的指標。槽的四壁，粗糙而原始，完全沒有修飾，和一牆之隔，經過精心佈置的走廊，有着天淵之別，那是被人遺棄的部份，根本沒有人理會它是美是醜，所以它也格外有一種它自己獨特的冷漠和陰森。

向上望去，是一直向上的漆黑，不知有多高多深，狹窄加倍了深的感覺，彷彿是從地獄在抬頭向上望。空氣的對流，發出一

種十分曖昧的聲音，不是很宏亮，可是卻努力想從人的耳朵中鑽進去，最後能直透到人的腦中去，去實現它那不可測的陰謀。

一切都極其詭異，真難相信一座金碧輝煌，富麗之極的大廈之中，會有這樣的一個組成部份，而且，這是極其重要的部份。

——衛斯理傳奇之《怪物》

要停止電腦運作的最好方法，是截斷電源，那是殺死它的好方法。

——衛斯理傳奇之《怪物》

電腦並不那麼可靠，有許多例子放在那裏，可是人類對電腦的信任，卻有加無減，這種情形，實在十分不可思議。為甚麼人類會那麼糊塗呢？

我們讀歷史，經常可以看到最高統治者忠奸不分，往往寵用奸臣，結果誤國誤民——皇帝怎麼會那麼糊塗呢？是不是身在當時，全然不知，要成了歷史，才能使人明白看清楚？

而等到成了歷史的時候，大都是悲劇收場，人類無限制地信任電腦，會陷入甚麼樣的悲慘境地之中？

——衛斯理傳奇之《怪物》

不論好酒壞酒，陳酒新酒，本會會員咸認為，最好的儲存所在，就是人的身體之內！

——衛斯理傳奇之《陰差陽錯》

地球越來越不可愛，有提供外星「移民」的必要。

——衛斯理傳奇之《禍根》

神話世界中的一切行為，和人世間並無二致，很是相同。

——衛斯理傳奇之《禍根》

由於人的命運是如此不同，而為甚麼大家都是人，會有的人悲慘，有的人幸運，全然無可捉摸，就只好歸於「前因」，可是，「前因」又是甚麼呢？是以前的行為，這「以前」，又可以追溯到甚麼時候？前生？再前生，還是一切全都在這一生了結？

這是一個很虛無的問題，難以探索，也無從探索。

——衛斯理傳奇之《陰魂不散》

在願望實現之後，許願者如果深信那是憑藉的神奇力量所造成的結果，那麼還有一個很重要的行動，叫作「還願」——許願者必須實現他在許願時所作出的承諾，以作酬謝。

還願這個行為，很能表現出人性——一般來說，許願的時候所作的承諾，是在有所求的情形下說的。所求的得到了之後，人性中的過橋抽板就會起作用，「重裝佛身」、「增添香油」、「加重供奉」這種承諾，還有可能實現。「來生為牛為馬以報」之類的承諾，只怕十之八九會拋在腦後了。

忽發奇想，若是種種超自然力量，都忽然要認真追究起許願時的承諾來，不知會是一種甚麼光景？

——衛斯理傳奇之《許願》

所有的木料，全是樹的屍體，必須先殺死樹，才能取得木料，就像必須先殺死牛，才能取得牛肉一樣，雖然可怕些，但卻是事實。

——衛斯理傳奇之《還陽》

芳子用很理解的目光，望了宋自然一眼，輕輕嘆了一聲，她再一開口，話頭一轉，說的居然是全然風馬牛不相干的話題。

她說道：「元曲藝術，可是由於當時沒有錄音，所以至今，只有詞傳了下來，曲調竟完全失傳，變成了有詞無曲了。」

宋自然呆了一呆，才接上了：「何止元曲，宋詞也是唱的，可是如何唱，也失傳了。」

芳子眼波澄澈：「元曲宋詞的唱法失傳了，算不算它們已死了呢？」

宋自然又足足呆了好幾秒鐘，他雅愛文學，對元曲宋詞，也頗有心得，不是第一次和人討論。可是這時，他聽到芳子用「死了」這樣的語句加在曲、詞之上，他也不禁愕然。

要先有生命，才有死亡，若從藝術的角度來看，說元曲、宋詞各有其璀璨光輝的生命，自無不可。如果這樣說，那麼有詞無調，縱使不是死亡，也是死了一半，可是死亡又不能分成一半的。

——衛斯理傳奇之《還陽》

中國人有一句老話：「青山不老，綠水長流。」是不是也早在暗示青山是有生命的呢？

——衛斯理傳奇之《開心》

如果每一個人身上的幾億個細胞，也都要單一獨存，那怎麼辦？一點也不必擔心，幾億個細胞組成的群體生命，必然會解體（死亡），那時候，單一獨存就會實現，尤其是腦細胞——它們本來就是獨立的。

——衛斯理傳奇之《將來》

　　有朝一日，若是地球上的電腦，全部活了，而它們在活了之後，能夠和康維一樣，沒有生物性生命的殘殺同類的遺傳，反倒發揮了生物性生命幾千年來，通過種種方法想發揮而成績不彰的良知，那麼，世界或許會變得更可愛些！

——衛斯理傳奇之《在數難逃》

　　我對咒語的第一個假設是：咒語，毫無例外，是由一個以上的音節組成，咒語是要大聲誦念的，而咒語的發音，連串起來，又並沒有語言上的意義，所以，咒語只是一種特殊形式的發音。

　　在發音的過程中，有可能引起空氣中或其他物質對聲音的共振，而在聲音的共振過程中，又導致一些變化，例如實用科學還不能解釋的磁場變化等等，從而，在不可知的因素之中，產生了力量。

　　這個假設比較簡單，不可知的因素也太多，所以不是很被人接納。

　　我的另一個假設是：各種咒語，其實是各種語言，特定的咒語，是特定的語言，說給特定的對象聽，只有特定的對象，才能聽得明白特定的咒語。

　　說得明白一點，我假設諸神具有超凡力量，都是外星人，那麼，咒語，就是各類外星人傳下來的語言，你用這種語言說話，這種外星人能聽懂，它就發揮力量，使你達到目的。而你用那種語言說話，那種外星人就明白，他就能應你邀請，去完成一定的目的。

　　當你高聲誦讀咒語之際，目的是要有超能力的外星人聽到，才能發揮力量來幫你。

　　自然不是每次有人念咒語，就一定奏效，而是要各方面配

合，使咒語的特定目標，可以聽得到，這咒語才有效。之所以咒語不是人人可念，其中還包含了能「上達天庭」的訣竅在。

而外星人在傳下咒語的時候，一定也作過某些承諾，只要聽到了咒語，他們就會實現承諾，發揮力量，出現不可思議的效果。

這一個假設，雖然只是原則，許多細節問題都是未知之數，但很可以說得通。

——衛斯理傳奇之《解脫》

中外歷來所傳的咒語極多，但是絕大多數都失了靈，當然是因為在傳習的過程之中，越來越走了音的緣故，變得初授者都聽不懂了，如何還會有效？

——衛斯理傳奇之《解脫》

如果生物工程學得到了發展，發展到了人可以像製造機械產品一樣，隨意製造出新的生物來，那麼，原有的生態環境，會起甚麼樣的變化？

自然形成的億萬種生命之中，忽然加進了億萬種人工製造的生命，而人工製造的生命，又必然在生存條件上，優於自然生命——擷其精華創造新生命，是生物工程的進行原則。

於是，不必多久，自然生命就會淘汰，直至完全消滅。地球上，也就只剩下了人工製造的生命，新的取代了舊的。

新人類也必然是強人類，他可以有比自然人強十倍百倍的肌肉，可以有比自然人強十倍百倍的腦部活動能力。

那麼，必然的結果是，製造出來的新人類，把原有的自然人淘汰。

新人類又一代比一代強，強的繼續淘汰弱者，一直到無止

境。

也許，這正是人類發展的方向。但是對自然人來說，卻是徹底覆亡之禍，而這個死亡的陷阱，卻又正是人類自己挖掘的。

——衛斯理傳奇之《爆炸》

人類中的強權者，歷代的帝王強人，也同樣是病毒控制下的工具，他們充當作病毒的工具而不自知，他們只不過是病毒大舉入侵之中的「人奸」，中國的帝王自稱「天子」，說自己「受命於天」——他們真的是受命於「天」，不過這個天，是天字第一號病毒，病毒通過了他們，去殘害更多的人！而有很少數偉大而又清醒的人，竟然突破了病毒的圍困，回復了人類本來應有的自由、平等的想法！

——衛斯理傳奇之《病毒》

生物的生命一開始，也就是死亡歷程的開始。所以，「生命的開始」這種說法，嚴格來講，是不通的，應該說，那是「死亡的開始」。

——衛斯理傳奇之《活路》

通常來說，所有活動的數額都是幾乎同時使用完畢的——這種情形出現的時候，就是說這個人已經死亡。

若只是某些活動的數額用完了，那麼情形就是這個人喪失了這些活動的能力。以某人用完了走動的數額為例子，此人雖然沒有死亡，但是已經喪失走動的能力——很多人在生命的後半程，要在輪椅上度過，就是這個緣故。

這種數額，就是生命配額。

——衛斯理傳奇之《買命》

現在可以肯定知道有確定數字的生命配額，應該是女性一生之中可以排出多少顆卵子。每個女性所能排出卵子的數字不同，數字多少，是一出生就決定了的，可以説是生命配額的典型。

——衛斯理傳奇之《賣命》

現在由於我們對生命的觀念，所以感到買命和賣命這種行為有些難以接受，但到了那時候，人類對生命的觀念也必然大大改變，覺得用金錢去購買生命，或為了金錢而出賣生命是很正常的事情，一點也不值得大驚小怪。

——衛斯理傳奇之《賣命》

所謂生命配額的理論基礎，是假定有關生命的一切都是早已設定了的。根據這個原則，一個人是不是有接受他人生命配額的配額也早已設定，要是一個人根本沒有接受他人生命配額的配額，就算生命配額的轉移成了事實，對他來説，也一點用處都沒有。而一個人是不是有接受他人生命配額的配額，根本無法確知。所以生命配額的轉移，到頭來終於是虛無飄渺的妄想！

——衛斯理傳奇之《考驗》

全人類都是各種生物的「精」的後代，各種生物的遺傳，或多或少都還保留在每個人身上，這才形成人的性格行為那麼多樣化！

——衛斯理傳奇之《真實幻境》

人由其他生物變化而成！這變化的過程，可以稱之為「進化」，也可以稱之為「成精」，都是同一回事！

——衛斯理傳奇之《成精變人》

人本來就是由各種生物變作的，每個人身上，不知道有多少不同生物的遺傳因子在，根本上來說，每一個人都是精怪，而且是不知道由甚麼東西變成的各種精怪的大混合。所以人的世界，本來就是各種混合精怪的世界。

——衛斯理傳奇之《成精變人》

現代人的概念很奇怪，提到了靈魂，人就會產生一種奇怪的、抗拒的想法，認為「不科學」、「迷信」等等，也有人因此而根本否定靈魂的存在。

可是卻又不會有人否認人人都有思想，人人腦中都有一組思想在。

存在於每個人腦中的思想，就是這個人的靈魂。

思想組和靈魂，是二而一、一而二，同樣的一件事。

然而許多人對「思想組」可以接受，對「靈魂」卻抗拒。這種概念狹窄之極，也很幼稚。

——衛斯理傳奇之《未來身份》

如果可以假設上帝是超能的外星人，那麼當然也可以假設魔鬼也是超能的外星人。

——衛斯理傳奇之《未來身份》

「思想複製」，有極其可怕的一面，而「知識轉移」卻只有

好處——知識不會隨人的去世而消失，人類知識累積的速度，可
以飛快的提高，使人類文明進程大大地縮短，實在是為人類進階
高級生物創造了條件，偉大莫名！

——衛斯理傳奇之《乾坤挪移》

　　外星人始終不能百分之百了解地球人，地球人本身當局者
迷，也難以真正看清楚自己是怎麼樣的。或許只有半地球人，一
半旁觀，一半當局，這種特殊的處境，反而能夠看得更清楚。

——衛斯理傳奇之《一半一半》

第七篇

十樣錦

看小說若是甚麼都要追究其事實來，
那是煮鶴焚琴，
十分煞風景的事。

一直很喜歡在「連作小說」的形式中，利用出現過的各類人物，雖然故事不同，但熟悉的人物，經常出現，可收事半功倍之效。

——衛斯理傳奇之《鑽石花》

所謂「鈴」，類似日本柔道的「段」，是判別一個扒手功夫高低的準繩，其來源是這樣的：扒手在初學扒竊藝術的時候——扒竊是一種藝術，不但要心細、膽大、眼明、手快，而更主要的還是要巧妙地轉移人家的注意力，絕不是簡單的事——是先向一個木頭人下手的。

這個木頭人全身的關節，和活人一樣，是活動的，木頭人掛在半空，穿着和常人一樣的衣服，在木頭人上掛着銅鈴，從一枚鈴起，一直掛到六十三枚鈴，而伸手在木頭人的衣服內取物，沒有一隻鈴會相碰而出聲，這種程度，便是「六十三鈴」。一般的扒手，能有五鈴、六鈴的程度，已然是十分了不起的了。

——衛斯理傳奇之《鑽石花》

自從洋人的勢力入侵中國的近一百年來，中國武術大大地凋零了，這當然是由於火器的犀利，一任你內外功已臻絕頂，也難以抵抗的緣故。像我大師伯那種武林中的奇人，當然更對火器，有着切骨的痛恨。這可以說是近代武林中人落後於時代的一種悲哀。而武功造詣越高的人，這種悲哀也越深。

——衛斯理傳奇之《鑽石花》

在驚險偵探小說中，美麗的女子，總和手槍有着不可分隔的

關係。

——衛斯理傳奇之《妖火》

那時，在牆壁上，我絕無可攀援的東西，而我之所以能在光滑的牆壁上上升，其關鍵全在一個「快」字，任何人只要動作快，就可以做到這一點。

我相信在武俠小說中被過份渲染了的「壁虎遊牆」功夫，一定也就是這一種快動作。而這一種快動作，受過嚴格軍事訓練的人，都有過這樣的經驗的。

——衛斯理傳奇之《藍血人》

科學家已經證明，真正的隱身人是不可能有的，他的一雙眼珠一定要被他人看到，如光線能通過他的眼珠，那麼他也就看不到東西了。

——衛斯理傳奇之《透明光》

看小說若是甚麼都要追究其事實來，那是煮鶴焚琴，十分煞風景的事。

——衛斯理傳奇之《天外金球》

有科學家看了這個故事，說如果一雙手支離活動，這雙手不可能懸空飄來飄去，至多只能在地上用手指爬行，如果是頭，只能在地上滾動，云云。這個意見，十分重要，因為它說明了科學是科學，有科學的觀點，但科學幻想是科學幻想，有科學幻想的觀點，科學幻想小說是科學幻想小說，有科學幻想小說的觀

點——這是最好的回答了。

——衛斯理傳奇之《支離人》

高爾夫球這種運動的特殊意義是：不論在甚麼樣的困境下，你都應該將球擊入洞，當然，有捷徑可走是最好，如果沒有，你便必須克服所有的困難，而不是將球棒一拋就算數！

——衛斯理傳奇之《換頭記》

屍變的傳說，古今中外都有，也許有人認為屍變和科學扯不上關係。但其實不然，在生物實驗室中，切下了青蛙的大腿，找出牠的神經，用電去刺激它，青蛙的大腿，便會作跳躍的反射，這是任何中學生都知道的常識。而古今中外一切有關屍變的傳說，也和電有關，例如外國的傳說，雷電之夜，屍體會起來行走；中國的傳說是貓在死人身上走過（貓爪摩擦，產生靜電），便會屍變等等。

——衛斯理傳奇之《屍變》

如果你也是寫小說的話，那麼，你一定也會不時遇到相同的情形：有人熱心地將小說的題材供給你。

喜歡供給他人小說題材的人，本身一定不是一個寫小說的人，這是可以肯定的事，因為每一個寫小說的人，至少都知道一點，用別人供給的題材，寫不出好小說來。

——衛斯理傳奇之《狐變》

既然可以作為科學幻想小說題材的事，一定是很古怪的事。

——衛斯理傳奇之《狐變》

一個好的設想，並不代表一篇好的小説。

　　　　　　　　　　　　　　——衛斯理傳奇之《古聲》

　　要使一個施展催眠術的人被人反催眠，有兩個辦法。一個辦法是你同時對他施展催眠術，只要你的意志比他堅定，催眠術的造詣比他高，那麼，你就可以將他擊倒，使他被反催眠。

　　而第二個辦法，則是盡一切可能，抵制他的催眠，那麼，在一定的時間中，他未能對你達成催眠的目的，他自己反倒進入了自我催眠的狀態。

　　　　　　　　　　　　　　——衛斯理傳奇之《古聲》

　　各位千萬要記得，小説就是小説，不論小説的作者，寫得多麼活龍活現，煞有介事，但小説一定是小説，絕不會是事實。

　　　　　　　　　　　　　　——衛斯理傳奇之《風水》

　　但是科學精神，是重事實的精神，現在，我們有的是事實，所差的是，不知道為甚麼會發生那樣的事實而已。我們不能簡單地否定一件我們不知道為甚麼會發生的事，簡單地否定，那是不科學的。

　　　　　　　　　　　　　　——衛斯理傳奇之《風水》

　　全中國的方言不下數千種，有人認為閩、粵兩地的方言難學，因為佶屈聱牙，但是學那樣的方言，還不是最困難，最難學的是像南京話那樣的方言。南京話聽來，和普通人所講的國語沒有甚麼不同，可是卻有它特殊的尾音和韻味，外地人想學，可以

說是永遠學不會的。

——衛斯理傳奇之《聚寶盆》

一個偉大的、能改變人類文明的科學家，必須有豐富的想像
力才行！

——衛斯理傳奇之《聚寶盆》

只提出了幾個假設，沒有定論，這種寫作法，現在還十分新
奇——使讀者自己去下判斷，應用在科幻小說上，相當有趣，但
自然也只可以偶一為之，不能每個故事都那樣子的。

——衛斯理傳奇之《魔磁》

有人說，人類世界將來使用的力能，一定是原子能，也有人
認為，一定是太陽能，但是我卻認為，如果我們所說的「將來」，
是真正的將來的話，那麼，人類世界所廣泛地應用的，一定是磁
能。

——衛斯理傳奇之《魔磁》

中國的神話傳說太多了，各個神話人物之間的來龍去脈，牽
涉着許多不同的故事，除了生長在中國，從小就聽慣了這種傳說
的人，才弄得清他們的關係之外，我認為一個外國人，根本無法
弄得明白。

——衛斯理傳奇之《魔磁》

《老貓》的設想，其實也是外星人有家歸不得的延續，從《藍
血人》開始，一直相信，外星人再英明神武，但是在離開了屬於

他們的星球之後，總不會有甚麼好處。藍血人如此，老貓如此，《支離人》中的牛頭大神也如此。這或許只是地球人的一種想法，事實究竟如何，自然不會有定論，小說畢竟是幻想的成份多，很多觀念其實全是作者的觀念。

──衛斯理傳奇之《老貓》

　　貝殼是十分惹人喜愛的東西。古時代，貝殼被用來當作貨幣（甚至到現在，某些地區的土人部落，仍然是以貝殼作為貨幣使用）。而在文明社會中，一枚珍貴的貝殼，在貝殼愛好者的心目中，比鑽石更有價值。

──衛斯理傳奇之《貝殼》

　　科學家雖然不是很有趣味的一種人，但是，由於他們都受過嚴格科學訓練之故，他們都有一個好處，那便是他們都知道，科學是全人類的，絕無國界之分，一個真正服膺科學的人，決不會斤斤計較甚麼國家的科學成就是如何如何。科學家首先需要有偉大的胸襟。這種胸襟，必然超越世俗者對於國家的觀念。

──衛斯理傳奇之《規律》

　　所謂「鬼船」，實際上是一種幻覺，雖然有時，會有幾個人同時看到，但是那並不能證明確然有船存在，因為在大海茫茫的環境中，幻覺是由心理產生的，而心理上的影響，會使好多人產生同一的幻覺。

──衛斯理傳奇之《沉船》

　　大海是那麼遼闊，人類對海洋的知識是如此薄弱，沒有一個

生物學家敢說海中的生物，已全被人類所認識了，但是人魚總被
認為是無稽之談。

——衛斯理傳奇之《沉船》

　　科學上，肯定一種生物的存在，唯一的辦法，就是獲得這種
生物的標本或者骨骼的化石，我們不能憑空想像有一種怪物，有
八個頭、七十幾條尾巴！

——衛斯理傳奇之《沉船》

　　幻想小說中的情節，和現實生活中常見的行動結合在一起，
給以新的設想，特別能使看小說的人感到震撼。像乘搭電梯，生
活在大都市中的人，幾乎人人，天天，都在進行，誰也未曾想到
過那種平凡的行為，有時也可以變得十分可怖！

——衛斯理傳奇之《大廈》

　　佛祖是特殊的人物，他所創造的宗教，對人的生命提出了一
整套的理論。這套理論，歷時二千多年，人類還無法在實踐上得
到證明。

——衛斯理傳奇之《頭髮》

　　睡眠是一個很奇特的現象，幾乎每一個人都做過夢，但夢境
究竟是怎麼一回事，科學家一直到現在還沒任何結論，即使是最
普通的夢，也已經是一個謎！

——衛斯理傳奇之《頭髮》

　　每一塊煤，每一塊煤精，都有着數百萬年，甚至數千萬年的

歷史。如果它們有生命，它們肯定可以告訴我們數百萬年乃至數千萬年地球上的情形。可惜它們沒有生命，在煤之中，唯一有生命的只是一種十分奇特的細菌，科學家至今不明白這種奇特的細菌，是如何在煤中間生活、繁殖的，年代是那麼久遠，久遠得幾乎是完全不可能追究了，實在太久了！

　　　　　　　　　　　　　——衛斯理傳奇之《眼睛》

　　世界上文明古國並不多，儘管有人可認得出印度古代的梵文、中國的甲骨文、古埃及和巴比倫的文字，可是決不會有人聽得懂古代的印度話、埃及話、巴比倫話。因為文字可以保留下來而供後代的人慢慢研究，可是卻沒有半個音節的古代語言留到今天！

　　　　　　　　　　　　　——衛斯理傳奇之《眼睛》

　　在地球上，近幾千年來，語言方面已經發生了極大的變化。而地球上人類的文明進展，實在緩慢得可憐，將聲音保留，只不過是近一百年來的事！在愛迪生發明留聲機之前的任何聲音，早已在地球上消失，永遠難以尋獲，所以，地球人對於古代的一切聲音，一無所知！

　　　　　　　　　　　　　——衛斯理傳奇之《眼睛》

　　在一個看來十分普通的書名之下，看到一個詭異莫名的幻想故事，自然是一件極其有趣的事。

　　　　　　　　　　　　　——衛斯理傳奇之《木炭》

　　靈學沒有必要普及，即使日後，靈學的研究，有了新的局面，

有了大突破，仍然可以保持它的神秘氣氛，仍然可以只是少數人研究的課題。

這種情形，在科學研究的領域之中，其實早已存在着。愛因斯坦的相對論，又有多少人懂？一樣是屬於極少數人的研究領域！

——衛斯理傳奇之《木炭》

人自己以為是萬物之靈，但實際上，能力極差。人耳聽不到的聲音，狗可以聽得到。有一種蛾，發出的高頻音波，可以使五里外的同伴感應到，可是我們對着這些音波，卻全然不知道牠在說甚麼！

——衛斯理傳奇之《木炭》

中國有上萬種不同的語言，沒有一個人可以完全聽得懂所有的中國方言！

——衛斯理傳奇之《木炭》

所有心理學家。都自以為可以認識人的心理、情緒的變化，找出許多似是而非的「理論根據」來自圓其說。反正世界上根本沒有人可以了解他人的心理，心理學家的理論，倒也不易反駁，大家都不懂的事，他大着膽子提出來了，你怎麼駁他？

——衛斯理傳奇之《玩具》

你們的天文學家，宣稱看到了距離幾百萬光年以外的星球，卻忽略了一點，在幾百萬光年距離的同時，還有時間上的距離，看到的，只不過是遠古的景象，是幾百萬年之前的情形。那情形

就像你拿着一張七十年前的一張照片，瞧着照片上的嬰兒，卻找
一個現在是七十歲的老頭子一樣！

——衛斯理傳奇之《願望猴神》

　　自有科幻小説以來，各種各樣的設想都有人寫過，有的被重
複了許多次，但是有一種人，循植物的進化成為高級生物的設想，
卻「只此一家，別無分出」，還沒有人作過同樣的設想。

——衛斯理傳奇之《第二種人》

　　所有的分類法，只是一種表面的現象。猶如一張桌子，不論
它是方的圓的，紅的白的，高的矮的，始終是桌子，不可能是別
的東西。

——衛斯理傳奇之《第二種人》

　　其實，宗教和靈魂學，關係十分密切，甚至是一而二，二而
一！

——衛斯理傳奇之《搜靈》

　　反生命！甚麼叫反生命呢？反生命是甚麼東西？錯了，反生
命當然不是「東西」，甚至不是一種存在，只是一種現象。用「現
象」這個字眼，可能也不恰當。或者，人類的語言之中，根本沒
有一種詞彙可以形容反生命或反物質，因為人類的語言，全是為
物質或生命而創設的。

——衛斯理傳奇之《搜靈》

　　科學進步要一步接着一步，誰都知道噴射引擎的飛機比螺旋

槳進步，你不能說：早就該是噴射引擎。飛機的發展，必須經過螺旋槳的階段。

——衛斯理傳奇之《茫點》

梁若水的說法，是依據人類醫學、心理學上已知的知識分析得出，一般來說，依據這種邏輯得出的結論，被人稱為「科學的結論」。然而，這一類的結論，全然沒有想像力，也否認了人類的知識領域其實還十分狹窄的這個事實，有許多人類知識觸角還未能碰到的事，就一概被否定，這種態度，其實最不科學。

——衛斯理傳奇之《茫點》

人腦的活動，會產生一種信息——事實上，任何生物的活動，都會產生各種不同的信息，甚至一片樹葉在舒展，也會有信息。

——衛斯理傳奇之《茫點》

理論上來說，人類可以說已懂得利用宇宙間無窮無盡的能量，但是實際上，還是可以用一無所知來形容。

——衛斯理傳奇之《神仙》

人類對於生命，所知太少了，現代人的毛病，是滿足於目前的科學狀況，古代有關神仙的記載那麼多，甚至有一整套的，極有系統的理論，可是就從來沒有人好好去研究。

——衛斯理傳奇之《神仙》

我是攀山家，不是爬山家。攀，不是爬！我打你一拳，你就

知道甚麼是爬。我攀山，只攀山，而不攀丘陵，甚麼叫作山，讓我告訴你，上面根本沒有樹木，只有岩石的才是山，樹木蒼翠的那種丘陵，是給人遊玩的，不是供人攀登的！

——衛斯理傳奇之《洞天》

布平自己常說，一名攀山家，必須極其鎮定，要和進行複雜手術的外科醫生一樣。稍為不能控制自己，就會發生生命危險，比外科醫生更糟——外科醫生出錯了，死的是別人，而攀山家出錯了，死的是自己。

——衛斯理傳奇之《洞天》

歷史上一些模模糊糊、語焉不詳、沒有甚麼確切記載的事，都是幻想小說的好題材。若是資料太翔實了，反倒沒有了想像的餘地。

——衛斯理傳奇之《活俑》

實用科學能解釋的東西太少，所以在許多情形下，需要幻想，在幻想的基礎上，科學能進一步發展；若囿於現在實用科學所能知的，連幻想一下都沒有可能了。

幻想是主，科學是副！

——衛斯理傳奇之《犀照》

科學家固然必須正視現實，但也必須同時有極豐富的幻想力。

——衛斯理傳奇之《異寶》

故事是故事，在故事中是不是有哲理並不重要，重要的是故

事必須曲折動聽，能叫人聽下去──這是故事的規則。

──衛斯理傳奇之《遊戲》

中國武術是一種發揮人體潛能的精深學問，人體的潛能，在經過種種不同途徑的訓練之後，究竟可以得到甚麼程度的發揮，無人可以有定論，而幾乎是無窮無盡的。像只藉着微弱的光線，甚至在一般人認為全無光線的環境下，可以看到東西，根本不是甚麼稀罕的事。

──衛斯理傳奇之《廢墟》

中國武術，有它極其綿遠的傳統，但是自從火器發明以來，卻一下子就沒落了，如同最燦爛輝煌的華廈，一下子遭到了大火的焚燒一樣，幾乎在一夕之間──當然，有幾十年的過程──就成了廢墟。

儘管，其間有人在不斷地提倡，但是用「苟延殘喘」四個字來形容，可算恰當。中國武術再也沒有了昔日的光輝，中國武學界之中，也沒有了可以叱咤風雲的大俠，和神出鬼沒的奇才異能之士，就算還有一兩個末世英雄人物，也都不能被飛快地步向實用科學的社會所接受。

中國武術，曾在中國大地上，開過多麼美麗的花朵，結過多麼動人的果實，多少身懷異能的人，在中國大地上上演過多少慷慨激昂的故事，他們甚至形成了另外一種人，一種和普通人截然不同的另一種人。

他們有他們自己的品德衡量方法，有他們自己的行事法則，有他們自己的傳奇式的生活。

但是，這一切全都過去了，成了華廈的廢墟。

——衛斯理傳奇之《廢墟》

廢墟，並不是甚麼全都消失了，而只是廢墟。廢墟不是甚麼都沒有，而是有着破敗不堪的殘存，我本身也可以説，是有一小半，甚至有一半，是屬於這個殘存的，是屬於這個中國武術的廢墟的。

再也沒有人炫耀中國武術了，中國武術成為舞台上的表演項目，淪為銀幕上的特技動作。在一柄小小的，誰都可以用手指扳動它，射出子彈來的手槍之前，數十年苦練之功，算得了甚麼呢？

好了，就算你敏捷得可以避開手槍子彈，那麼，機關槍的掃射又如何呢？在一顆炮彈爆炸時，一代大宗師的命運，也就和一個普通人全然一樣。

而等閒的武功造詣，也需要以「十年」來做時間單位，才能有點成就，二十年、三十年、四十年……現代還會有多少人肯付出半生、大半生、甚至一生的時間，來換取幾乎沒有實用價值的武術？

武術的浪漫精神在實用科學面前，徹底失敗，曾經一度如此繁華過，如今，幾乎不剩下甚麼。

——衛斯理傳奇之《廢墟》

親身經歷，不知有多少人，自我陶醉，或自我膨脹到以為自己的一生經歷，可以化為小説。這種小説，多半只有他們自己才看得津津有味，別人怎會要看？真要有不平凡的經歷的人，像原振俠醫生，有亞洲之鷹之稱的羅開，他們的冒險生活才是小説題材。

當然，做人不能驕傲自大，也決不能妄自菲薄，像區區在下，經歷倒也可以寫入小說的。

——衛斯理傳奇之《背叛》

雖然說一直在說：文可以不載道，但有載道的機會，不妨也載上多少，總以不妨礙小說的好看程度為準則。會看的，看得出門道來，不會看的，只看熱鬧可也。

——衛斯理傳奇之《鬼混》

小說當然不是為警世而寫，只求好看，但如好看之中，可以有點警世，當然更好。

——衛斯理傳奇之《報應》

凡是航海者，對沉船都有一種特殊的敏感。每一個航海者都知道，不論現代科技把船隻製造得多麼安全堅固，可是事實上，任何在海上航行的船隻，在不可測的大海之中，隨時都有變成沉船的可能——自然，那也代表了每一個航海者的生命，隨時都有被大海吞噬的可能。

——衛斯理傳奇之《真相》

習武練功，一日不能停！停一日，就有惰性，會停兩日三日，再也練不下去！

——衛斯理傳奇之《少年衛斯理》

科學和幻想之間，其實很難水乳交融——二加二一定等於

四，不能有任何幻想會變成三或五。

——衛斯理傳奇之《大秘密》

反正故事的內容才重要，時間、地點，都只不過是一個背景。背景，就算只是一幅白布，台上演的是好戲，一樣仍然是好戲。不然，就算背景花團錦簇，氣象萬千，都不能使壞戲變成好戲。

——衛斯理傳奇之《大秘密》

在故事之中，能忽而上天，忽而入地，固然很有趣，但在一個小小的空間中，也一樣可以有驚心動魄的情節。

——衛斯理傳奇之《許願》

中國人很喜歡以「九」為基數的數字。如三十六天罡，七十二地煞之類。在西方人看來，「七十二」這個數字，零丁之至，但中國人卻自然把這個數字當作一個整數。

——衛斯理傳奇之《還陽》

在一個故事的發展過程中，不可能是一口氣所發生的事，全和這個故事有關，必然會有這樣那樣的打岔，和故事無關的事，沒有必要提，所以全略去了，只說和故事有關的。

所以，看起來，就像是一件事一開始之後，就甚麼事都和這件事有關，「巧」之極矣，但事實並非如此，那是在敘事之際，經過了「藝術加工」之後的結果。

——衛斯理傳奇之《暗號之二》

人們以為是小說家的誇張，殊不知小說家寫人間的奇事，只

255

是千中之一，萬中之一而已，真正的奇人奇事，豈是小說家筆口所能盡述！

——衛斯理傳奇之《新武器》

所有生物成精的過程，都是生命密碼的改變過程。

——衛斯理傳奇之《活路》

如果問：時間是甚麼？相信沒有人回答得出，只好如閣下剛才所說：時間就是時間。但這樣的回答等於沒有回答，時間抽象之極，根本沒有具體的事物可以拿得出來。

——衛斯理傳奇之《雙程》

輸血是現代醫學中最普遍的一種手術，行之已久，人人都習以為常，不覺得有任何怪異。

輸血這件事，在某種角度看來，確然可以算是生命配額的轉移。失血過多，會喪失生命，經過輸血，就可以使生命延續——那當然是接受了血液的人，同時也接受了生命配額的緣故。

這一點，可以說毫無疑問。

可是輸出血液的人，是不是損失了生命配額呢？

現代醫學說，輸出少量血液，對身體健康並無影響——事實也證明了這個說法。

可是身體健康，並不代表生命配額沒有減少。生命配額減少是看不出來的，不但現在看不出來，而且日後也看不出來——因為沒有人知道自己本來可以活多久。

如果輸血會導致生命配額的減少，那是一件極可怕的事情，

會使得現代醫學手足無措，甚至於無法運行！

——衛斯理傳奇之《賣命》

一種流行的看故事找娛樂的方法，是由看故事的人自己來尋找故事的大結局，據曾經這樣做過的人說，樂趣很大。

——衛斯理傳奇之《豪賭》

因為生物的生命形式徹底改變這件事，對地球人來說，幾千年來雖然有各種各樣的傳說和記載，但是實際上是遙不可及的一種幻想，尤其是在實用科學得到了一些發展之後，人類的想像力反而受到了抑制——動不動就以「不科學」來否定，卻不知道地球人的科學水準根本處於極低級的狀態，沒有資格用這種低級水準的科學來否定它不能解釋的現象。

所以對地球人來說，反正只是幻想中的事情，對自己不能掌握這種力量，並不引起心靈上的衝擊。

——衛斯理傳奇之《未來身份》

小說寫的全是人類行為，和實際生活的人類行為完全一樣。

——衛斯理傳奇之《未來身份》

有一類生物學家最喜歡模擬其他生物眼中看出來的景象，例如昆蟲的複眼看到的情景之類。

這是很滑稽的一種行為——其他生物眼中看出來的景象，只有其他生物本身才看得到，人類無法知道。除非這個人變成了其他生物，像萬良生變成了一隻海螺，他就當然知道海螺看出來的景象是怎麼樣的。

生物學家所作的模擬，只不過是人類一廂情願的想像而已，絕不可能是事實。

——衛斯理傳奇之《未來身份》

看故事，根本不必追問是真是假，只要故事好看！

——衛斯理傳奇之《人面組合》

只要感到有趣，看小說，可以隨便怎麼看怎麼想。限制人類行為的規範已經太多，在看小說這件事上，千萬不要再自行緊張拘泥，請盡量活潑放鬆！

覺得好看，就看得嘻哈大笑，享受愉快。覺得不好看，就立刻放下，不浪費生命，這是看小說的唯一之道——除此之外的看小說方式，都是在自尋煩惱，愚不可及。

——衛斯理傳奇之《乾坤挪移》

有些人喜歡替小說分類，「是科幻小說」、「不是科幻小說」也能夠爭論不休，不怕浪費生命，真是其情可憫。

——衛斯理傳奇之《財神寶庫》

謎語如果做得不好，別說根本不通了，若是謎底模棱兩可，並非絕對完全切合謎面，又或者要借助諧音，就全是壞謎語。猜壞謎語是最沒有意思的事情。

——衛斯理傳奇之《一半一半》

　　雖然事實上很多故事確然是有頭無尾，絕非所有故事都有
「快樂結束」，可是看故事的人，總認為所有故事都應該有他心
目中的結果，這是講故事的人最大的困擾。

——衛斯理傳奇之《須彌芥子》

第八篇

風波惡

邪惡與邪惡之間，
極喜自相殘殺，
這是邪惡的天性。

匪徒或者還會有人性，但是在間諜或特務之中，想去尋覓人性，等於是想藉高梯子而去採摘月亮一樣。因為他們的職業，根本不容許他們有人性的存在！

——衛斯理傳奇之《鑽石花》

世上有許多文明人，吃人的時候，連骨頭都不吐出來，比吃人部落的生番，還要厲害！

——衛斯理傳奇之《衛斯理與白素》

人的內心的邪惡，才是一股真正的妖異之火！

——衛斯理傳奇之《真菌之毀滅》

每一個做了壞事的人，都會用最好的言語來掩飾他的壞行徑。

——衛斯理傳奇之《奇玉》

一百年後，人類在科學上的進步，顯然已到了我們這一代人所無法想像的地步，但是人心卻依然一樣險惡。

——衛斯理傳奇之《原子空間》

一到了非常時期，人類的弱點便暴露無遺了，人本是野獸進化而來的，不論他披上了怎樣文明的外衣，遺傳因子使人體內深藏有獸性，總有一天會發作出來。

——衛斯理傳奇之《原子空間》

人類的心理真是極其奇怪的，對於殘殺同類的工具之研究，

一直走在時代的最前面。

直到如今，人還不能徹底醫治最流行的傷風病，但是在殺人的武器上，卻已進步到了一下子可以殺死幾億人的氫彈了。

　　　　　　　　　　　　——衛斯理傳奇之《支離人》

人知道自己死期將至的時候，會恐懼、不安，萬念俱灰，沒有一個地球人可以避免死亡，也就是說，每一個地球人，都知道死是自己唯一的歸宿，但就是被時間觀念所迷惑着，所以每一個都不可避免要死的地球人，卻還在拚命爭權奪利，為非作歹，相互傾軋，無所不用其極。

　　　　　　　　　　　　——衛斯理傳奇之《支離人》

由於人性的劣根性，地球人的進步至少被延遲了幾千幾萬倍。你們常稱頌愛因斯坦，認為他是你們之中最偉大的科學家，可是如果愛因斯坦在還是一個孩童的時候便死在炮火之下，地球人的進步當然又要延遲了。而事實上，愛因斯坦只不過是千千萬萬的天才中，幸免於難的一個而已！地球人一面想進步，一面卻無時無地不在屠殺着將來可能是天才的人！

　　　　　　　　　　　　——衛斯理傳奇之《紅月亮》

生物最高的目的，是生存，如何使生命延長，如何生活得好，是最高的目的，可是地球人的文明，卻是以如何來毀滅生命作目的的。你們已有了可以毀滅全地球生命的毀滅性武器，但是至今為止，對於最普通的疾病——傷風，你們卻還沒有有效的防禦方法！

　　　　　　　　　　　　——衛斯理傳奇之《紅月亮》

地球上的人類有權自己毀滅自己，但是你不能說地球上的人類在毀滅自己的同時，也害死他人，這就像一個人可以自己用炸彈炸死自己，與人無尤，但如果他在鬧市之中炸死自己，同時也損及別人的話，那一定會受到制止。

——衛斯理傳奇之《紅月亮》

就算沒有任何外來的力量，地球人由於秉性的惡劣，也遲早會自相殘殺，而至於一個也不剩下，這是自然而然的引申結論！

——衛斯理傳奇之《紅月亮》

地球人有了歷史記載幾千年，幾千年之前，是爭權奪利，殘害生靈，幾千年之後，仍是爭權奪利，自相殘害。

——衛斯理傳奇之《紅月亮》

人類的劣根性，不得到徹底的改造，任何科學成就，都只足以助長犯罪，而不能使人類進步！

——衛斯理傳奇之《合成》

人是十分喜歡破壞，為了仇恨，為了妒嫉，為了好奇，為了達到某一種目的，都會有種種的破壞行動，戰爭所帶來的破壞，更是眾所周知的事實。

有目的的破壞，和無目的的破壞，全在人性的範疇之內。

——衛斯理傳奇之《合成》

人自然是世上最狡猾的動物了，因為人懂得一面裝出笑臉，一面心中卻對對方不懷好意，而其他任何動物，當對對方不懷好

意之際，總是現出一副凶相來，至少好令得對方有所提防。

——衛斯理傳奇之《合成》

他真是畜牲，只有畜牲，才對下一代只養而不教，也只有畜牲，才盲目的只為生命的延續而繁殖，在那樣的目的下，下一代才越多越好。

——衛斯理傳奇之《盡頭》

最最不能容納異己的生物，就是地球上的人！人對於人，尚且不能容納，不斷因為歧見而殘殺，對於別的星球的生物會怎樣？一定會毫不猶豫，立時將之毀滅。

——衛斯理傳奇之《消失》

我很明白他們兩人的心理，別的國家的女人跳脫衣舞，他們會看得津津有味，還會評頭品足：這洋妞兒真不錯。

可是輪到中國女人也表演脫衣舞，他們就會像臉上重重被摑了一掌那樣的難過！

——衛斯理傳奇之《古聲》

殘忍的虐待心理，是人類的劣根性之一，是人類野蠻的天性之一。這種野蠻的天性，雖然經過數千年文明的薰陶，但是還是很容易在沒有知識的人身上找到這種根深蒂固的野蠻天性。在街頭上，不是經常可以看到身高幾乎六呎的大人在虐待小動物麼？

我更一向認為，這種虐待殘忍心理，從虐待小動物開始，就可以看出這個人的野蠻和下流，那是一種獸性，是我最厭惡

的事情。

——衛斯理傳奇之《老貓》

人內心的貪慾，會使人類走向死亡之路！

——衛斯理傳奇之《新年》

人總是有貪念的，不過有的時候隱藏着，有的時候沒有機會表達出來而已，要一個人完全沒有貪慾，那是不可能的事！

——衛斯理傳奇之《新年》

我一直認為人類的邪惡之中，最最壞的一件事，還不是邪惡本身，而是將邪惡隱藏在善良之後來進行！

邪惡如果可以令人看得見，有提防，那還不是真正的邪惡，只有像柏萊那樣，讓邪惡藏在忠厚的外貌之下，不知道在甚麼時候忽然發作，令人防不勝防，那才真的令人可怕！

——衛斯理傳奇之《頭髮》

地球上的一切罪惡，全是人，這種有異於地球上其他一切生物製造出來的。

——衛斯理傳奇之《頭髮》

地球人，是罪惡的後代，罪惡的遺傳因子，不斷迸發，越來越甚，罪惡決定了地球人的性格和行為！

——衛斯理傳奇之《頭髮》

倪匡妙語連珠

我們沒有資格判斷他人的行為，除非我們自己絕沒有罪惡的遺傳因子。

　　　　　　　　　　　　──衛斯理傳奇之《頭髮》

　　我突然想到地球人的許多惡行中的一項：欺詐。如今的情形，美其名曰「鬥智」，實際上，是不折不扣的「爾虞我詐」。欺詐可能是地球人最易犯的一種邪惡。如果有哪一個地球人站出來大聲說：我一生之中，從來沒有犯過欺詐──那麼這個人，一定就是最邪惡的欺詐者！

　　　　　　　　　　　　──衛斯理傳奇之《頭髮》

　　對人性失望──這是衛斯理幻想故事的一貫主旨，人實在太罪惡，罪惡到了極可怕的程度。雖然把罪惡的想法化為罪惡的行動的，只是少數人，可是大多數人都一直沒有甚麼方法對付少數的犯罪者，為甚麼呢？是不是大多數沒有犯罪的人都一樣有犯罪的思想？

　　「我是在罪孽裏生的，在我母親懷胎的時候，就有了罪。」──那是徹底地認識人類罪惡本性的詩句，出自以色列人第二個王，大衛之手，在西元前一千多年前，就寫下來，人早已知道，卻無意改正！

　　邪惡，只有在徹底認識自身的罪之後，才會被消除。

　　　　　　　　　　　　──衛斯理傳奇之《眼睛》

　　我呆了一呆，心中倒是很同情奧干古達。他明明是一個接受過現代文明教育的人，可是在他的心中，仍然擺脫不了古老的、愚昧的傳說。這種悲劇，也常發生在中國人的身上，我倒

很可以理解。

——衛斯理傳奇之《眼睛》

邪惡與邪惡之間，極喜自相殘殺，這是邪惡的天性。

——衛斯理傳奇之《眼睛》

邪惡的特性！我有，你有沒有？只怕就像人臉上的眼睛一樣，人人都有！

——衛斯理傳奇之《眼睛》

勇敢的人有懦弱的一面，忠誠的人有狡猾的一面，每一個人，都有雙重性格。

——衛斯理傳奇之《願望猴神》

在現實生活中，人人皆有假面具，一般來說，頗受非議，但這種面具，還是繼續戴下去的好，一旦大家都除下了面具，就可怕之極，一切秩序關係，全都不再存在了！

——衛斯理傳奇之《願望猴神》

人心難測，夠險惡，但是總還受着種種道德規範的約束，不敢為所欲為，而且在許多情形之下，想任性胡為，但能力卻有所不及。

——衛斯理傳奇之《願望猴神》

人的性格太複雜，不但相互之間，根本無法了解對方，連自

己也根本無法了解自己。

——衛斯理傳奇之《願望猴神》

人一當了權威，總不免和以前有所不同。

——衛斯理傳奇之《尋夢》

人和人之間的關係，太複雜了，太多因素了，連當事人自己
也不了解，別說外人。

——衛斯理傳奇之《尋夢》

任何人的一生中，都可以遇到面上神情和善、誠懇的人，
也幾乎是任何人，都會有曾被這種神情的人在背後刺上一刀的經
驗。

——衛斯理傳奇之《第二種人》

兩種人一起生活在地球上，一種，已經有了高度文明，全然
不知道攻擊別人；一種，才進化而來的純動物人，有攻擊他人的
天性。

這兩種人共同生活的結果，可想而知，那等於是一個配備最
精良的軍團，去進攻一個完全不設防的城市。

——衛斯理傳奇之《第二種人》

這樣的事，幾乎每天都有發生。你幫助了一個人，這個人非
但不感激，反而倒過來害你，或者，用種種不同的方法，需索更
多。

那麼普通的事，每天都在發生的事，正是由純動物人的卑劣

本性所推動。

——衛斯理傳奇之《第二種人》

　　人類的語言之中，還沒有甚麼恰當的字眼可以形容人性的卑污。

——衛斯理傳奇之《第二種人》

　　吃人，並不單指把人肉放在口中咀嚼，我相信你會知道我所說的「人吃人」的意思。

——衛斯理傳奇之《第二種人》

　　甚麼時候見過一朵花去傷害另一朵花？只有動物，才會互相殘殺。

——衛斯理傳奇之《第二種人》

　　在我們這個人類的社會之中，每時每刻，都在發生着吃人的事件，有的人吃得人多，「肥」了；有的人，簡直就叫人整個吃掉了；有的人，被吃得半死不活，只要一有機會，一樣還會去吃比他更弱的人。整個社會，整個人與人的關係，就是不斷的互相嚙吃的循環！

——衛斯理傳奇之《第二種人》

　　這是人類的劣根性，任何變動一發生，首先考慮到的，便是自身的利益會不會被侵犯，現狀是不是會改變。一聽到外星人來了，就使用「入侵」這樣的字眼。為甚麼他們不能只是來旅行、

來拜會、來表達同是宇宙的生物的友善？

——衛斯理傳奇之《盜墓》

　　或許是由於人與人之間的關係，一直以來太惡劣了，所以無法想像有根本不懷惡意的外星人。

——衛斯理傳奇之《盜墓》

　　我們看到蟻在爭奪食物，覺得十分可笑，其實，人還不是一樣？為了得失，人類做了多少蠢事！

——衛斯理傳奇之《盜墓》

　　地球人貪婪、侵佔、掠奪、自私，無非是為了物質不足。如果滿地全是黃金，誰還會為了黃金而瘋狂？

——衛斯理傳奇之《盜墓》

　　真的，人性中美好的一面，所佔比例實在太少，街上那麼多人，哪一個人不在為自己打算？不在為自己的利益作拚命的努力？本來，人為自己打算，為自己的利益作拚命的努力，十分正常的事，人是生物的一種，生物為了生存，必須如此。可是人類在求利的過程中，有太多卑污劣跡、下流罪行產生！

——衛斯理傳奇之《搜靈》

　　那巨人接下來，又笑了幾聲，他的笑聲和語調，有着可以感覺得出來的輕鬆，那真使我慚愧得冒出冷汗。他道：「我們以為，可以和水準極高的一種生物打交道，誰知道降落之後，全然不是那麼一回事，那個看來像是指標一樣的建築，原來是為了自相殘

殺而建造，真不可想像。」

陳長青和齊白兩人，張口結舌，我想急急為地球人分辯幾
句，說那是為了防止北方的蠻族侵入而建造的，野蠻人的侵入，
會殘殺文明人。可是我張大了口，卻沒有說出來，因為我立時想
到：難道只是野蠻人殘殺文明人？文明人還不是一樣殘殺野蠻
人？甚至，文明人和文明人之間，還不是一樣在自相殘殺？

想要為地球人自相殘殺的行為辯護，實在太困難，至少，在
這樣的題目之前，我說不出一句辯護的話來。地球人可以為千百
種理由而自相殘殺，為了糧食，為了女人，為了權力，為了宗教，
為了主義……原因有大有小，殘殺的規模有大有小，自相殘殺的
行為，在自有人類歷史記載以來，從未停止過！

——衛斯理傳奇之《異寶》

鑰匙扣，多麼普通的一個物件，可是這東西聯繫着地球人的
思想行為，如果地球人的行為，沒有偷或搶，沒有對他人的侵犯，
那麼，地球上當然不會有鎖和鑰匙這樣的東西！

——衛斯理傳奇之《異寶》

我對酷刑一點興趣也沒有，我認為那是人性醜惡面之最，是
人類作為一種高級生物的污點，甚至我也可以說，正由於人類歷
史上和現在，還存在着對同類施以酷虐的行為，人類不配被當作
一種高級生物。在地球上，人類控制着所有生物，但到了有朝一
日，和宇宙間其他的高級生物接觸，除非人類到時已完全摒棄了
這種行為，不然，一定會被別的星體生物，目為是一種低級的、
野蠻的、未成熟的生物。

——衛斯理傳奇之《極刑》

酷刑，不但要使受刑者感到痛苦，最終的目的，還要奪走受刑者的生命，把受刑者處死，而且，要使受刑者在極度的痛苦之中死亡。對任何人來說，死亡只是一種不可知，既無從避免，也不會感到太大的恐懼。可是死亡是一回事，在死亡之前，還要遭受難以想像的痛苦，又是另外一件事。

——衛斯理傳奇之《極刑》

人類歷史上，為了找到鑰匙打開鎖這樣一個簡單的行為，不知曾進行過多少鬥爭，而且大多數這一類的鬥爭，都慘烈無比。

——衛斯理傳奇之《生死鎖》

開始從事殺手生涯，用各種各樣的方法，奪取人的生命之際，有一種極度刺激的快感——上帝創造生命，而我消滅生命，自己的地位，幾乎與上帝對等，這可以使人得到極度的滿足。

——衛斯理傳奇之《生死鎖》

更有的人，運用更強大的力量，搶奪已有人佔領了的地區。一切全是在弱肉強食的法規之下自然進行，優勝劣敗，好像誰也未曾發出過甚麼怨言，都認為天下事，就是應該這樣的。

於是，在眾多的人之中，就產生了一種特殊的人，這種人，生在世上，唯一的行動，就是殺人，奉命殺人，殺了人之後的後果如何，殺人的目的如何，他們一概不理，他們只知道，當需要他們殺人的時候，他們就只有兩個選擇，殺人或被殺。

——衛斯理傳奇之《黃金故事》

人類社會現在號稱文明，可是爭奪財富的過程，原則上，和

當年金沙江畔發生的一切，在運作上並沒有多大的區別，只不過花樣翻新，披上了文明的外衣，和非洲土人的笑話差不多：食人族進步了，用刀叉來吃人肉。

——衛斯理傳奇之《黃金故事》

而所謂「武林道義」、「江湖規矩」究竟是怎麼一回事，歷來，根本沒有甚麼明文的法規，全是一些不成文的約定而已，究竟是不是靠得住，有多少約束力，全屬於天知道的事。如果這種道義規矩真是那麼有力量，那麼，江湖上也不會有那麼多血腥罪惡了。

——衛斯理傳奇之《廢墟》

看看人類的歷史，大大小小，所有的分歧或紛爭，發生在任何情形之下，不論當事雙方打着多麼冠冕堂皇的旗幟，採取的方法，都是訴諸武力決勝！那是人類的本性，也是依據罪惡的人類本性所能採取的唯一方法，如同肚子餓了就要進食一樣，對人類來說，再自然不過。

——衛斯理傳奇之《廢墟》

這時候，我感到自己是一個身上綁了炸藥的小兵，一個敢死隊員，被他這個指揮推出去做犧牲品！

人類行為中，這種情形十分普遍，結果也永遠是：小兵粉身碎骨，完成任務。指揮者升官發財，享受成果。

這種行為，絕不單是發生在戰場上，幾乎任何場合都可以發生。

——衛斯理傳奇之《血統》

在特工組織中，再也沒有比不被信任更可怕的事了！一個不被上頭信任的特工，地位再高，能力再強，儘管繼續在執行任務，但也和行屍走肉無異，因為他是一個被上級出賣了的人。

——衛斯理傳奇之《謎蹤》

扒手所從事的，是一種偷竊行為，那樣算起來，這一行歷史可能極其久遠，因為偷竊是人類本性中眾多惡性之一。

——衛斯理傳奇之《瘟神》

戰爭，也不能只是怪領導戰爭的人，所有戰爭的參與者，都有責任。若不是士兵只知服從命令，兩個將軍如何打得成仗？人性的弱點太多，才形成如今人類的行為模式。

——衛斯理傳奇之《瘟神》

背叛，是地球人的一種行為。

背叛這種行為，是表現地球人性格的典型。

背叛，在其他地球生物的行為中找不到。

背叛是不是在外星生物的行為中也有？不得而知。

背叛是一種極壞、極賤、極卑鄙、極下流、極可恥、極無情、極殘酷、極可怕的行為。

必須說明的是：背叛，絕不等於叛變。

背叛是背叛，叛變是叛變。

叛變在明中進行，背叛在暗中進行。

叛變可以光明正大，背叛必然黑暗陰森。

問題不在那個「叛」字，是在於那個「背」字。

人人有權和任何人由合而分，而由一致而對立——這種過程

是叛。但如果叛的一方，在進行這一切的時候，被叛的一方全不知情，叛的一方，還竭力在瞞騙欺哄被叛的一方，那就是背叛。

被背叛，是極令人痛心的事，其令人痛心的程度，大抵是人類所能感到的痛心之最。

——衛斯理傳奇之《背叛》

根據人類的天性來看，自行訂定的善惡標準，一定是強權得勝，為所欲為！有力量的為了一己之利，還顧甚麼是善，甚麼是惡？

——衛斯理傳奇之《報應》

一個生命對另一個生命的干擾、侵犯、傷害，那正是人的天性。

——衛斯理傳奇之《報應》

看起來，地球人矛盾之極，善惡的標準，人人皆知，可是偏要作惡的人如此之多！

——衛斯理傳奇之《報應》

雖然我一直對人性的卑劣面，都相當有認識，可是也都認為行為卑鄙的人，清夜捫心，都會有內疚之感，看了裴思慶毫不保留的自白，才知道這一類人的道德標準，完全是弱肉強食，把卑鄙行為當作是天公地道的事，大異於常，絕對不會內疚絲毫的，至於悔改云云，只怕更是仁人君子的憑空想像了。

——衛斯理傳奇之《毒誓》

地球上人心險詐，幾千年不變。

——衛斯理傳奇之《拼命》

地球雖然美麗，可是地球人的歷史和行為，卻殊不美麗。
——衛斯理傳奇之《拼命》

進步的一方，隨便殺戮落後的一方，那是人類的醜惡行為之
一。

——衛斯理傳奇之《拼命》

人性之中有太多的懦弱和屈服，太少的拼命決心。
——衛斯理傳奇之《拼命》

秘密快被發現，迫不得已殺人滅口，正是許多作奸犯科的人
的人類行為。

——衛斯理傳奇之《怪物》

人類在有了智慧之後的一切發展，都是早已安排好了的，人
類互相殘殺，普通智慧的人受到超級智慧的人役使，完全不能掌
握自己的命運，而超級智慧者也一樣，他們的命運，也早受圈套
所控制，看看人類歷史上的偉人智者，他們的行為，簡直愚蠢到
無以復加的程度。

——衛斯理傳奇之《圈套》

原始人一有了智慧，就開始發展文明，而各種各樣充滿了智
慧的文明，同時也附帶產生了各種各樣充滿了智慧的罪惡，人類

的各種大大小小的罪行，都是人類有了智慧之後才產生的。

　　　　　　　　　　　　　　——衛斯理傳奇之《圈套》

　　殺頭本來是又可怖又殘忍的事，沒有甚麼好看的，但人性之中，有從殘忍得到滿足的特性，不獨中國，在法國，若是有甚麼人要上斷頭台，也必然聚集許多群眾觀看，看別人人頭落地，當是自己最佳娛樂。

　　　　　　　　　　　　　——衛斯理傳奇之《從陰間來》

　　所謂「人心險詐」，其實是冤枉了「心」，應該是「人腦子險詐」才對。

　　　　　　　　　　　　　　——衛斯理傳奇之《開心》

　　世上絕不會有人喜歡自己的思想被他人用儀器獲知，而利用儀器去截取他人的思想，也是一種十分卑污下流的手段。

　　　　　　　　　　　　　　——衛斯理傳奇之《將來》

　　在沒有選擇自由情形下，應該拒絕任何事，若樂意接受，那是奴性的表現。

　　　　　　　　　　　　　　——衛斯理傳奇之《改變》

　　我心知他必然有更多的話要說，所以仍然維持着冷冷的目光，望定了他，一般來說，心虛的人，在這種眼光下，會更加心虛。

　　他說自己「沒有做錯甚麼」，這正是心中有鬼的人常說的話。

　　果然，他幾次想避開我的目光，都未能成功，他焦躁起來：

「不是我的錯！」

——衛斯理傳奇之《前世》

在通常的情形下，人有良知，都知道奪取他人的生命，是一種罪行，可是，人為了自己的利益，一直在不顧他人的利益，甚至犧牲他人的大利益，來滿足自己的小利益，很多劫匪為了搶幾塊錢而殺人的事，絕不新鮮。

——衛斯理傳奇之《前世》

青龍道：「可能——別說他根本不知道，就算知道，歷史上弒母殺子的君主，也多得很！」

人類習慣在語言和文字上，把這種行為稱之為「獸行」，那實在是很冤枉了野獸，那是相當典型的「人行」。

——衛斯理傳奇之《前世》

在大屠殺時所發生的種種慘聞，更是使人覺得地獄也無此黑暗——這一切，當然不是憑空臆造，有不少劫後餘生的人可以證明，只是人類善忘，不多久，就不會再有人記得了，於是，在遺忘之中，歷史又再重演，這是人類歷史上不斷產生悲劇的原因。

——衛斯理傳奇之《前世》

從原始人時代起，直到至今號稱的「文明」，自相殘殺一直是人類行為之中，不可或缺的一部份。看來人與人之間，若是不自相殘殺，便過不了日子。

說那是人的天性，也未嘗不可。當然，各種殘殺的武器，也日新日新又日新地在進步，成了「文明」的組成部份。

有了武器，才有大規模的殘殺——當然，也只有武器，才可以對抗大規模的殘殺。所以説，人類的行為非常複雜，看來只是一個簡單的行為，但內容卻變化多端，豐富無比，這是人類的行為有異於其他生物的行為之處。

——衛斯理傳奇之《新武器》

地球上，沒有一處不是景色美麗的，但也就是在地球上，人與人之間的殺戮一直在持續着，而且，絕看不到有任何停止的可能。

——衛斯理傳奇之《新武器》

人本來不應該是現在這樣子的！或者説，人的思想不應該是如今這樣子的！人變成了現在這樣子，那是受各種各樣的病毒侵入而引起的病變，貪婪病毒令人貪婪，兇殘病毒令人兇殘，懦怯病毒令人懦怯，奴性病毒使人自甘為奴，人類本來美好的思想，堂堂正正的一個人，受了各種各樣病毒的侵入，而變成了現在這種樣子，那是人類在生病，幾乎整個人類在生病！

——衛斯理傳奇之《病毒》

早已習慣了病態的人類，怎肯承認，相信自己有病，一定要指出，人類的經常行為是病，那也就成了大眾的敵人！

——衛斯理傳奇之《病毒》

人本來只有在對付自己同類的時候，最有辦法；對付其他生物，即使小如蚊子也束手無策，比起歷史上的人類大屠殺來，遜

色多矣。

人是最可怕的生物，避之則吉，寧願和毒蛇猛獸為伍，來得好些。

——衛斯理傳奇之《雙程》

試想一想，生命配額如果可以用來交換金錢，以人性貪婪的角度來看，將會產生的混亂，和所引起的種種巧取豪奪，實在是令人不寒而慄——在已經夠醜惡的人類行為上，更加深了醜惡的程度。而混亂的結果，得益者當然是金錢的擁有者。

人類行為現在已經幾乎全部由金錢在主宰，再加上那樣的變化，真不知道會是怎麼樣了。

——衛斯理傳奇之《買命》

人類的本性，就是要為了名利意氣，做出種種愚蠢的行為，或損人利己，或損人損己，雖然明知到頭來總是一場空，但還是樂此不疲，全力以赴。

叫人類改變這種本性——改變由人類生命密碼設定的行為，等於叫飛蛾不要撲火，叫蜘蛛不要結網一樣，是做不到的事情。

——衛斯理傳奇之《賣命》

地球人的身體，由於有各種各樣官能上的快感，所以控制了地球人的思想行為。如果地球人的思想行為是罪惡的話，那麼罪惡的根源就是身體。

——衛斯理傳奇之《移魂怪物》

第八篇
風波惡

其實地球人也早知道肉體的快感是一切惡行的根源，所以很多「修行」都從盡量減少慾望開始，強迫自己把肉體快感壓抑下去，才能跨出生命形式提高的第一步！

——衛斯理傳奇之《移魂怪物》

人類往往在喪失理智的情形下做出許多可怕的行為，這些行為不但傷害他人，而且也傷害自己。更令人百思不得其解的是，這些行為往往非常矛盾，難以解釋——應該不會有這種行為發生，可是卻偏偏發生了。

例如逃難本來是為了保命，爬上火車頂，其喪失生命的可能性遠在處於戰爭發生地點之上，可是人群還是奮勇前赴，在那時候又變得完全不怕死了。

用完全不怕死的行為來達成怕死的目標，這豈非矛盾之極？

——衛斯理傳奇之《本性難移》

人類自有歷史記載以來，竟然沒有中斷過戰爭！

說全部人類歷史都走不出各種各樣大大小小的戰爭所組成，也可以成立。

這種現象，似乎說明了戰爭是人類的本性。

然而戰爭帶來苦難，人類卻又有逃避苦難的本性。

這豈非矛盾之極？

——衛斯理傳奇之《本性難移》

人類一直到現在為止，還不明白為甚麼大家都是人，而其中有一些人會有傷害他人的行為。

如果說，傷害他人這種行為是人類的本性，那麼人類本來就

是可怕之極的生物，那麼答案就是傷害他人根本是人類的天然行為，也就無所謂「為甚麼」。

然而卻又不是所有人都有傷害他人的行為——或許每個人一生之中都曾經有過小小的、小的傷害他人的行為，可是當然不是每個人都會殺人放火。

每個人都會有程度很輕的傷害他人行為，很可以證明「人性本惡」的說法，然而又絕對沒有證據可以證明輕微的傷害他人行為會累積或發展成為殺人放火的大罪行。

　　　　　　　　　　　　　　——衛斯理傳奇之《天打雷劈》

人類在對付「傷害他人」這種卑劣的行為方面，一直都是很消極的在事後懲罰（用法律對付），根本無法在事先防範，那是因為人類從來也沒有真正去尋找過為甚麼人會有傷害他人這種行為，當然也就無法徹底防止。

於是各種各樣傷害他人的罪行，一直在發生，而且越來越烈、花樣越來越多、手段越來越殘忍卑劣，顯示了人性的極端醜惡。顯然人類一直在採取的事後懲處的方法，根本無效。

可是人類卻好像並不想改變這種可怕的情形，實用科學可以發展到了派太空船到火星去的程度，可是並沒有科學家去研究人為甚麼會有傷害他人這種卑劣的行為。

　　　　　　　　　　　　　　——衛斯理傳奇之《天打雷劈》

地球上一切紛爭、地球人行為中所有的罪惡，就是因為人太多而發生的。

　　　　　　　　　　　　　　——衛斯理傳奇之《一半一半》

第九篇

衛君說

我的好奇心十分強烈，已然到了畸形的程度。也就是說，我已經是一個好管閒事到了令人討厭程度的人！

在我的一生之中，不知經歷過了多少出死入生的事情，但是在每一次生死關頭，都是決定於俄頃之間，事後想想，不免一身冷汗，在當時，卻是將生死置之度外，全無感覺。

——衛斯理傳奇之《地底奇人》

每年大年三十晚上，我總喜歡花整個下午和晚上的時光，在幾條熱鬧的街道上擠來擠去，看着匆匆忙忙購買年貨的人，這比大年初一更能領略到深一層的過年滋味。因為在大年初一，只能領略到歡樂，而在除夕，卻還可以看到愁苦。

——衛斯理傳奇之《妖火》

我知道，從每個人的身上，都可能發掘出一段曲折動人的故事來的。

——衛斯理傳奇之《妖火》

我心中忽發奇想：如果隱身法早已成為普遍的事情，那麼，近兩百年來的歷史，是不是會完全不同了呢？歷史是不是會不同，實是難料，但是不會再有暴君，卻是可以肯定的事。

誰還敢當暴君呢？千百萬人民之中，任何一個都可以藉着隱身法的幫助而將暴君除去！當老百姓有隨便除去君主的能力之後，所有的君主，一定會竭力討好老百姓，而絕不會成為暴君！

——衛斯理傳奇之《真空密室之謎》

我如今成了一個透明人，我才知道那種難以控制的恐懼，那種產自心底深處，緊緊地攫住了你體內每一根神經、每一個細胞的恐懼，究竟是怎麼一回事！

　　那比起一個等候判決的謀殺犯，一個要被人行私刑的無辜者的恐懼心情來，更要令人難以抵受。

——衛斯理傳奇之《真空密室之謎》

　　在我根本是一個普通人的時候，我絕覺不得一個普通人有甚麼好。我曾許多次夢想過（尤其是在年紀還輕的時候）自己是一個隱身人，在想像中，成為一個隱身人，該是何等逍遙自在，無拘無束！

　　但事實和想像卻是大不相同的，往往事實恰好是想像的反面。

　　我曾經做過隱身人了，那滋味絕不是好受的，以後，不論是甚麼代價，我都不肯重做隱身人了。

——衛斯理傳奇之《真空密室之謎》

　　我是過慣冒險生活的人，如果是老朋友，絕對不會在背後一聲不出地將手放在我肩頭上，因為這會使我緊張！

——衛斯理傳奇之《換頭記》

　　我所發出的是可能令得老張失業的威脅！

　　我當時實在不知道這是一個十分殘酷的威脅，因為我太年輕，我根本不知道甚麼是失業，也不知道像老張那樣的年齡，如果他離開了葉家，他的生活，會大成問題。

——衛斯理傳奇之《蠱惑》

　　我那時，很年輕很年輕，葉家祺也一樣。在我們年輕的想法中，有一個十分幼稚的概念，那便是認為人類的科學，已可以解

釋一切現象！

如果有甚麼事，是科學所不能解釋的，那我們就認為這件事是不科學的，是違反科學的，是不能存在的，是虛假的。

直到以後，經歷了許多事之後，我才知道，有甚麼事是科學所不能解釋的時候，那些是因為人類的知識，實在還是太貧乏了，科學還是太落後了的緣故。

只是可惜得很，當我知道了這一點之後，已然是很久很久以後的事情，久到了我連後悔的感覺，也遲鈍了。

——衛斯理傳奇之《蠱惑》

我自問絕不是甚麼工於心計的小人，但是我究竟是成人，成人由於在社會上太久了，在人與人的關係之間，總是虛偽多於真誠的了。

——衛斯理傳奇之《奇門》

我認為私拆信件，是一項最卑劣的犯罪，我以為不論用甚麼大題目做幌子，那都是不可饒恕的罪行。

——衛斯理傳奇之《奇門》

我咬了咬牙，在黑暗中，自己對自己大聲道：「不管怎樣，隨便按一個吧！」雖然我聽到的，只不過是我自己的聲音，但是人的心理，就是那樣可笑，聽到了自己的聲音，我的膽子居然大了不少，而且也有了決斷力。

——衛斯理傳奇之《奇門》

好奇心絕不是人類的美德，但是我要探索蒙博士的秘密，我

那種好奇，卻和無知之徒湧在街上看熱鬧的那種好奇，不可同日而語。

——衛斯理傳奇之《再來一次》

我所遇到的事情，一開始就詭異古怪的，少之又少，它們大多數是極其普遍的一件事，任何人都會忽略過去，我只不過捕捉了其中極其細微的一個疑點去探索。

探索的結果，才會發現事情越來越詭異古怪，很多事遠在現人類知識範圍之外。

如果當時忽略了那一些細微的可疑之點，那麼，自然也不會發現進一步的詭異的事實。

所以，可以那樣説，稀奇古怪的事，並不是恰巧給我遇到，而是每一個人都可以遇到，但是大家都忽略了過去，而我則鍥而不捨地追尋它的原因。

——衛斯理傳奇之《盡頭》

我那時還年輕，年輕人的頭腦，總是簡單的，而且，對一個剛接受初步科學訓練的人來説，總覺得科學是萬能的，凡是超出現有科學水準之外的一切，都否定之曰「迷信」，我當時的情形，正是那樣。

——衛斯理傳奇之《影子》

我也知道他所謂「神面前證明無辜」，是怎麼一回事，那一定是要我去做一件極危險的事，如果做到了，我就是無辜的，如果做不到，不消説，我遭到了兇險的話，那便是神對我的懲罰，死後還要落個不清白。很多落後民族，都喜歡用這種無稽的方法

來考驗一個人是無辜的還是有罪的，那自然是可笑之極的事。

——衛斯理傳奇之《仙境》

打擊越是大，挫折越是深，事情越是不可思議，我越是要探索究竟。

——衛斯理傳奇之《狐變》

我決定不去催他，一個講話條理不分明的人，你在他的敘述之中，問多幾個問題，他可能把事情更岔開去。

——衛斯理傳奇之《古聲》

當我感到死亡反而可以帶來痛苦的消失之後，對於生存已然沒有甚麼留戀，我伏在地上，一動也不動，等待死亡的來臨。

——衛斯理傳奇之《虛像》

剛才，我已離死亡如此接近，但是人生下來，究竟是為了活下去，而不是為了求死的，當我發現了我可以有求生的機會時，我求生的慾望，又猛烈地燃燒了起來。

——衛斯理傳奇之《虛像》

我不想冒犯他，因為我知道，在他的口中，將會有許多稀奇古怪的事講出來，這些事，可以使我的好奇心，得到極度的滿足。而我正是一個好奇心極強的人——這是我的大弱點。

——衛斯理傳奇之《訪客》

我躺下不久就睡着了，這是我的生活習慣之一，當我決定休

息的時候，我就休息，不論有多少奇異古怪的問題困擾着我，我都不再去想它。我奉行如此的習慣，是因為我知道，只有在充份的休息之後，才能保持頭腦的清醒，才能解決疑難。

　　　　　　　　　　　　　　　——衛斯理傳奇之《環》

　　當我知道了一件事之後，即使這件事與我全然無關，我也一定找出答案來，不然，就算我睡在最舒服的牀上也會睡不着；就算是在吃最美味的食品，也會食而不知其味。

　　　　　　　　　　　　　　——衛斯理傳奇之《聚寶盆》

　　我是一個受過嚴格科學訓練的人，而且，對科學有着一份難以形容的狂熱，有這種狂熱的人，越是對自己不明白的事，便越是想弄明白！

　　　　　　　　　　　　　　——衛斯理傳奇之《雨花台石》

　　我的個性很倔強，當我想要做一件事的時候，對方如果沒有充份的理由可以令到我心服，我是很少肯就此罷休的。

　　　　　　　　　　　　　　——衛斯理傳奇之《雨花台石》

　　任何人只要像我或是像他那樣，經歷過那麼多古怪的事情之後，就會知道世界上沒有甚麼是不可能的了！

　　　　　　　　　　　　　　——衛斯理傳奇之《雨花台石》

　　我佩服對事情有着一股狂熱的人，而最討厭溫吞水，柯克船長就對他自己所喜歡的事有着那股狂熱，這很合我的興趣。

　　　　　　　　　　　　　　——衛斯理傳奇之《魔磁》

我的好奇心十分強烈，有的朋友指出，已然到了畸形的程度。也就是說，我已經是一個好管閒事到了令人討厭程度的人！

我承認這一點，但是我卻無法改變，就像是嗜酒的人看到了美酒就喉嚨發癢一樣，我無法在有疑點的事情之前控制我自己。

——衛斯理傳奇之《鬼子》

為了與我不相干的事，我甚至願意倒貼鈔票，可知我的好奇心之重，確然有點病態了！

——衛斯理傳奇之《鬼子》

而我的名字，在一般人的心目中，當然並不代表甚麼，然而我有自信，在一個長期遭遇到不可思議的怪事的人心中，卻有着相當的地位，那自然是因為我連續好幾年都在記述着許多怪誕莫名的事情之故。

——衛斯理傳奇之《老貓》

的確，直到現在為止，一切我認為是怪誕詭異的事，全然沒有事實根據的，只不過全是我的感覺而已。雖然我對自己的感覺，有一定的自信，但終究是不能憑感覺來明白事實真相的。

——衛斯理傳奇之《老貓》

雖然，整件事和我一點關係也沒有，但是我好奇心極其強烈，要是能就此罷手的話，那麼我以前，也遇不到那麼多奇事了。

——衛斯理傳奇之《老貓》

我沒有搭腔，因為我知道，她還有許多話要說，這種類型的

人，在她要說的話未曾講完之前，不論你說甚麼，都是白說的。

——衛斯理傳奇之《貝殼》

我對所有離奇的事都有濃厚的興趣。一些事，在看來已經結束了之後，又往往會有出人意表的發展，到那時候，以前的記載，就成為十分有用的資料了。

——衛斯理傳奇之《貝殼》

那年輕人道：「請原諒我的唐突，我認為你的態度是不科學的，因為你只得到了一半，就想憑此來推測全部，對不對？」

我呆了半晌，心中不禁暗自覺得慚愧，心想能在科學上獲得這樣高的成就，決非倖致，單是這分實事求是，一絲不苟的科學精神，豈是我這個逢事想當然的人，所能學得會的？

——衛斯理傳奇之《規律》

我喜歡對任何問題均是態度嚴肅的人，我認為那樣才是科學的態度，而不喜歡對問題採取輕佻的、隨便否定態度的人。

——衛斯理傳奇之《沉船》

我和傑克上校，可以說是再熟也沒有了，可是一直以來，自從我第一次和他見面起，直到現在，都維持着這樣的一種關係——除非是在某一種場合之下大家見了面，不然，我不會去找他，他也不會來找我。這自然是由於我和他兩個人，都是主觀極強的人，一見面，除了爭執，幾乎沒有別的事。

——衛斯理傳奇之《大廈》

我不搭電梯，還有一個原因，是我很有點怕那種東西，人走進去，門關上，人就被關在一個鐵籠子裏面，不知道會被送到甚麼地方去，那是很可怕的事！

——衛斯理傳奇之《大廈》

　　天很冷，天黑之後，街上的行人，都有一種倉皇之感，在路上走，本來是不應該有甚麼異特感覺的，但是我忽然感到有一點恐懼。

　　這種恐懼感的由來，是我想起了白天在街上的那一幕，那麼多人，看來好像是一個整齊而有秩序的整體，但是，可以斷定，其中的一個，忽然口吐白沫，倒在地上的話，決不會有人向之多看一眼。

　　那麼多人在街上走，但事實上，每一個人都是孤獨的，許多個人，和獨自一個人，在荒涼的月球上踱步，相差無幾。

　　而如果讓我選擇的話，我寧願選擇在月球上獨自踱步，當你肯定四周圍絕沒有別人的時候，至少，可以不必防範別人對你的侵犯。

——衛斯理傳奇之《新年》

　　眼睜睜讓一個殺人兇犯得不到懲罰，還要得意洋洋，這和我做人的根本原則不合，我寧願不做絕對可信任的君子而做一次出爾反爾的小人！

——衛斯理傳奇之《頭髮》

　　當然，這是極度的冒險，可是我天生喜歡冒險，明知有辦法

解決疑難而不實行，那會寢食不安！

——衛斯理傳奇之《眼睛》

如果有甚麼事，可以將我弄得如此狼狽的話，那麼這件事，一定不尋常之至！

——衛斯理傳奇之《眼睛》

我用盡了自己的想像力，但是對於一種完全不懂的文字，想像力一點用處也沒有。

——衛斯理傳奇之《天書》

我絕對相信他講的一切，全是真實發生過的事，因為沒有一個人，可以捏造事實，捏造到了如此生動，驚心動魄的地步。

——衛斯理傳奇之《木炭》

我從來也未曾為錢而擔心過，因為錢，只要可以維持生活，就是足夠。

——衛斯理傳奇之《木炭》

我一向好對不可解的事作進一步推究，即使是極其細微的事，只要不合常理，我都會推究下去。

——衛斯理傳奇之《玩具》

我，誰都知道樂觀、百折不撓、勇往直前、堅強、頑固，幾乎沒有甚麼力量可以令我屈服。但難道我的性格之中，我的潛意識之中，就沒有恐懼、懦弱的一面？就算我一百二十四個不願意

承認，我看到過我的副本，我看到過我自己愁眉苦臉，惶惶如已到世界末日的那種極端彷徨無依的神情！那就是我內心深處、性格的另一面的反映！

——衛斯理傳奇之《願望猴神》

黃堂講到這裏，向白素望了過來，神情像是想白素心急地發問，他一看之下的結果如何。

但是白素仍然一點反應也沒有，只是靜靜地聽着，等黃堂講下去。

我想，黃堂這時，心中一定很後悔，像白素這樣一點也不心急的聽眾，十分無趣，他可能在後悔，應該找我，而不該找白素，換了是我，早已向他問了十七八個問題了。

——衛斯理傳奇之《第二種人》

人死了不算甚麼，我堅決相信，人有靈魂，靈魂不滅，比一具日趨衰老的軀體可貴得多。

——衛斯理傳奇之《後備》

地球人，在觀念上，至今為止，還不夠資格作為宇宙裏的生物——連作為地球生物資格都不夠，為了國與國的界限，這個主義和那個主義的不同，打得難分難解，這樣的低級生物，有甚麼資格把自己提高到宇宙的層次。

一貫地鄙視地球人，是！

——衛斯理傳奇之《盜墓》

陳島一面扣上帶子，一面望着我，忽然説了一句對我的批評：

「你真是一個怪人。」

我只好苦笑，我何嘗是一個怪人？世上怪異的事情如此之多，根本是事情太怪，並不是我這個人怪。

——衛斯理傳奇之《茫點》

可以肯定，衛斯理的性格，不適宜做神仙，所以，他做不成神仙。

——衛斯理傳奇之《神仙》

我對歌劇不是很有興趣，它和我的性格不合：節奏太慢——主角明明快死了，可是還往往拉開喉嚨，唱上十分鐘。

——衛斯理傳奇之《追龍》

我十分明白陳長青這種拿着雞毛當令箭的人的所謂「怪事」是怎麼一回事：走路時有一張紙片飄到他的面前，他可以研究那張紙片一個月，以確定那是不是甚麼外星生物企圖和他通信息。

——衛斯理傳奇之《追龍》

或許是白素的聲音比較動聽，也或許是她的態度比較誠懇。總之，不知道為甚麼，願意聽白素的話的人，比願意聽我的話的人來得多，真正豈有此理。

——衛斯理傳奇之《追龍》

我不去理會他，自顧自拽過一張椅子來，面對着椅背坐下——這樣坐法，不信可以作一個試驗，六七十歲的人，十個有

八個看了要皺眉，何況那老人已經九十三歲了。

——衛斯理傳奇之《追龍》

　　我和陳長青極為熟稔，對熟朋友，有時行動過分一些，老朋友也不會見怪。

——衛斯理傳奇之《追龍》

　　長生不老之藥，使他們一直可以活下去，但是絕大部份的時間，卻在「冬眠」狀態之中，這樣的長生不老，是不是值得人類去追求和嚮往呢？

　　我想答案或者還會各有不同，但我的答案是：無趣得緊。

——衛斯理傳奇之《活俑》

　　我知道，年輕人想要做一些事，總有人阻住去路。

——衛斯理傳奇之《犀照》

　　我真不懂，人類對自己居住的地球，所知還如此之少，卻拚命去探索地球之外的事物，真不懂那是甚麼心態。

——衛斯理傳奇之《犀照》

　　我的生活之中，雖然充滿了各種各樣的冒險，也要接觸各種各樣匪夷所思的人物，可是我對於各類特務，一直敬鬼神而遠之，寧願和來自不知名星球的外星怪物打交道，也不願意和特工人員多來往。儘管外星生物的外形可能醜惡之極，但是醜惡的外形會習慣，醜惡的心靈，卻無可救藥。

——衛斯理傳奇之《命運》

　　我看不出當神仙有甚麼樂趣，餐風飲露，哪及得上大塊肉大碗酒快樂，神仙的嘴裏，只怕會淡出鳥來。

　　　　　　　　　　　　　　　——衛斯理傳奇之《命運》

　　我是十分喜歡認識結交各種各樣朋友的人，可是實在，莫名其妙的人，找上門來的太多，所以不得不一再吩咐老蔡，如果陌生人找上門來，盡可能擋駕，久而久之，老蔡習以為常、而且他也明知我們不會責備他，所以他常使用他自己的方式，使來訪的陌生人知難而退，而且，絕不敢再來碰第二次釘子。

　　　　　　　　　　　　　　　——衛斯理傳奇之《極刑》

　　我本來是想為人辯護幾句的，可是話說到了一半，我卻無法再說得下去。

　　本來，我想說「只不過少數人，總是想令大多數人照他們的意志生活」，把責任推到少數人身上。但是我隨即想到，那只是少數人的責任嗎？如果絕大多數的人，根本不聽從，少數人又何能作惡呢？少數人能作惡，自然是多數人本身也有弱點，懦怯和服從，難道可以真是人類的美德嗎？

　　沒有甚麼話可以為人類行為辯護！所以我沒有再說下去，只是苦澀地揮了揮手，神情十分頹喪。

　　　　　　　　　　　　　　　——衛斯理傳奇之《極刑》

　　我卻暗暗好笑，像這種拿了手電筒，去夜探巨宅的事情，自然是最適合少年人的胃口了，想不到我也要去參加這種行動，想起來很有點莫名其妙之感。

　　　　　　　　　　　　　　　——衛斯理傳奇之《廢墟》

我走過去，將那本書取下來，那本書對我來説，十分有趣，它的書名是《奮進的衛斯理》，美國作家侯活・史奇脱的作品。

　　這個「衛斯理」自然不是我，而是十八世紀英國一個偉大的基督徒、教會復興者和社會改革者。他的名字是約翰，姓氏譯成中文之後，恰好是「衛斯理」。我不知甚麼時候，偶然經過書店，看到了買下來，看了一遍之後，一直沒有再動過。

　　　　　　　　　　　　　　　　　——衛斯理傳奇之《謎蹤》

　　我討厭和笨人來往，喜歡和聰明伶俐的人打交道，但是和聰明人來往，也有利弊，非得打醒十二萬分的精神不可，不然，他要是想計算你的話，你就會吃虧。

　　　　　　　　　　　　　　　　　——衛斯理傳奇之《謎蹤》

　　但是考慮的結果，還是嘆了一聲算數——我畢竟不是溫寶裕這樣的年紀了，做事，想得太多，三思而後行，這實在不是好現象，想到立刻就決定，這才是勇往直前的一股衝勁！

　　　　　　　　　　　　　　　　　——衛斯理傳奇之《謎蹤》

　　我的假設（在未能有隨時可以舉出證例之前，任何有關鬼魂的理論，都只能是假設，這是極科學的、客觀的態度），是認為人腦活動的生物電，產生腦電波，或一種能量，形成記憶，那就是人的靈魂。

　　人死了之後，這組不知以甚麼形式存在的能量，或許就此消失，或許仍然存在，在任何空間中存在，若是一旦又和人腦發生了聯繫，人就可以看到鬼魂，摸到鬼魂，甚至和鬼魂交談……等等。

　　那情形就像在我們生存的空間之中，有無數無線電波存在着一樣。你有一架收音機，和傳送聲音的無線電波發生聯繫，就可以聽到各種各樣的聲音；有一架電視接收儀，和傳送影像的無線電波發生聯繫，就可以看到各種各樣的影像。聽收音機和看電視，是每個人每天都在做的事，絕沒有人覺得有甚麼稀奇。

　　所以，有時，腦部活動恰好和那種有太多未知成份的能量接觸，而看到了甚麼，感到了甚麼，就算見到的是一個早已死去的人，也大可不必大驚小怪，因為無數這樣的能量（鬼魂）本來就一直在我們的身邊，只不過沒和我們腦部發生聯繫之時，就感不到它們的存在而已。

　　以上，便是「衛斯理鬼魂論」的最簡單假設，我在若干次和靈魂有關的故事記述之中，都曾把這個說法提出來過，也得到很多人的認同。

　　　　　　　　　　　　　　　　──衛斯理傳奇之《招魂》

　　我早就承認靈魂的存在，也進行過不少工作，去搜尋和靈魂接觸的方法，有時成功，有時失敗。但的確如齊白所說，研究、探索靈魂是一回事，一個「結結實實」的鬼在面前，又是另一回事。

　　　　　　　　　　　　　　　　──衛斯理傳奇之《招魂》

　　不知道為甚麼，當我一想到一個出色的醫生，在埋頭研究生命的奧秘時，總會有一種不自在的感覺。是不是我的潛意識中，認為生命的奧秘決不應該由人的力量來干涉？

　　　　　　　　　　　　　　　　──衛斯理傳奇之《招魂》

白素一聽，卻笑了起來：「無稽和荒唐，豈不正是有些人眼中，衛斯理一生的寫照？」

　　我也呵呵大笑，指着白素：「閣下只怕也不能例外。」

——衛斯理傳奇之《報應》

　　金大富被我屢屢搶白，不免有點惱怒，他提高了聲音：「當我在江湖上混的時候，我很愛看書，雜七雜八的書都看，包括閣下早期記述的幾個故事在內。」

　　這傢伙，倒也厲害，把我早期記述的故事，歸入「雜七雜八的書」的範圍之內，我還不能發作。

——衛斯理傳奇之《報應》

　　我每天不知道要遇見多少人，若是和故事無關的，當然提也不會提，提到的，必然有或多或少的關係。

　　所以，就算在馬路上迎面遇上了一個人，和故事有關，也並不是碰巧，而是由於與他有關，他才會在故事之中出現。

——衛斯理傳奇之《真相》

　　我是一個典型的「無事忙」，可是也有許多稀奇古怪的事，就是在一開始看來一點目的和作用都沒有的忙碌中發展出來的。

——衛斯理傳奇之《毒誓》

　　我不等她講完，就打斷了她的話：「秘密，憑我們的努力，一定可以找得出來的。」

　　我在作這樣豪語的時候，確然十分有信心。可是在事實上，若是想探索一個昔日的秘密，每過一天，困難就增加一分。

因為隨着時光的流逝，知道當年事實真相的人，就越來越少，等到所有曾經參與或是知道當年事實真相的人全都不在人世了，那這事情也就永遠沒有人知道了。

——衛斯理傳奇之《繼續探險》

我也根本不相信在全人類之中，時至今日，還會有真正看破世情的人在。舉我自己為例，道理我全懂，而且懂得十分透徹，可是我就做不到真正的看破世情，非但看不破，而且還熱中得很，積極參與，享受人生，離看破性情，差之遠矣。

——衛斯理傳奇之《圈套》

我一向主張，就算跟我年齡有距離的人交往，一定要把對方也當作成年人，不能把對方當小孩子，所以如果當對方是朋友的話，就要實話實說，不能敷衍了事——有些人可能不喜歡聽實話，那是他的事，而如果不實說，那是我的事了。

——衛斯理傳奇之《烈火女》

我咯咯大笑，深覺人生可愛，因為奇事之多，簡直層出不窮，叫人應接不暇，哪有半分冷場？

——衛斯理傳奇之《烈火女》

遇到有甚麼謎解不開，遇到有甚麼怪事，就自然想到找衛斯理去，這是衛斯理所有朋友的習慣。

這也是為甚麼看起來好像世上所有的怪事，都集中在衛斯理一個人身上的原因。

——衛斯理傳奇之《從陰間來》

衛斯理和白素都有一種習慣，尤其是衛斯理，那就是：相信了一件事之後，就對這件事全盤接受，包括許多不可解釋的現象在內。

——衛斯理傳奇之《從陰間來》

衛斯理心想，這倒是人類的普遍心理——自己沒用的東西，也不肯隨便給人。

——衛斯理傳奇之《從陰間來》

衛斯理常說：先承認了事實，再加以鍥而不捨的探索，這是真正的科學精神。動不動就否認，說不可能，那種態度最不科學。

——衛斯理傳奇之《從陰間來》

我的性格，在分類上，屬於多血質。也就是說，行為上比較衝動，處事甚少深思熟慮，而是風風火火，想做就做。這種性格的人，在一些事情上會吃虧，但在另一些事情上，卻會佔便宜——天下本來就沒有十全十美的事，人的各種性格也一樣。

——衛斯理傳奇之《少年衛斯理》

當我想到了這一點的時候，自然而然，又現出了傲然的神情來——後來，香媽說我這種自然流露的神情，充滿了自豪和自信，叫別人很容易感覺得出來，但是也免不了有不知天高地厚的神態，所以後來我盡量少露出這種神態來，只可惜在青年之前，都很難做得到。

——衛斯理傳奇之《少年衛斯理》

老實說，以我當時的知識而論，實在不足以支持我有豐富的想像力——想像力不是憑空產生，而是在知識的基礎上產生的。

——衛斯理傳奇之《少年衛斯理》

在那節改裝成指揮所的列車車廂內，我度過了一生之中最重要的時刻，在生命歷程中，人人都有機會有這種時刻。簡單地來說，可以稱之為「開竅」——忽然之間明白了，而又不是對甚麼都明白，只是明白了事情原來是可以那樣子的！

明白了這個大方向，就等於陡然之間，眼前出現了一條道路，儘管這條道路上還會有不少障礙，但都不成問題，只要知道，邁開步子，肯定有路可走。

這對一個少年人來說，實在太重要了！

——衛斯理傳奇之《少年衛斯理》

我在心中把祝香香的媽媽稱為「我師父的老情人」，並無不敬之意，當然，那也只能在心中暗暗地叫，不能當面這樣說的——這是人沒有能力直接接收對方腦能量的好處。不然，誰沒有在心叫對一個人的稱呼和口中說出來不同的情形呢？全讓對方知道了，豈不尷尬萬分？

——衛斯理傳奇之《少年衛斯理》

我是一個需要不斷地奔波，不斷有新鮮事在身邊發生的人。偶然一兩天，作為生活上的休止符，自然可以調劑一下，但若生活就是如此靜止，只怕生命也結束了。

——衛斯理傳奇之《禍根》

我曾一再說過，「外星人侵略地球」只是小説或電影中的情節，實際上，外星人的科學文明，遠在地球人之上，而高度的科學文明，又必須建立在高度的道德文明的基礎上，所以，我曾舉過一個例子，説明外星入不會對地球人不利。

　　我的例子是：一個億萬豪富，絕不會覬覦乞兒瓦缽中的幾枚硬幣！

——衛斯理傳奇之《許願》

　　很多人説，衛斯理有時，很是可惡。那是不得已，為了探索一些事情的真相，有時不能不用些手段。

——衛斯理傳奇之《運氣》

　　我也有「成仙」的機會，可是我放棄了，我寧願做地球人，認為自己與生俱來的生命方式比較適合我的性格——生命方式適合自己的性格，才會有快樂，不快樂的生命，不是其他任何條件所能補償的。

——衛斯理傳奇之《開心》

　　紅綾最喜歡聽故事，一聽就高興，從我的手中搶過酒去，大聲道：「一個好的故事，從一瓶好酒開始！」

　　這是我曾經説過的一句話，不過我説的是「一杯好酒」，她卻改成了「一瓶」。

——衛斯理傳奇之《轉世暗號》

　　當然，也有人譏嘲：「衛斯理的任何假設，都離不開外星人。」

確然如此，我的許多假設，都離不開外星人，因為我堅信，許多許多不可思議的事，除了用外星人去解釋之外，永不會有結果。

如果不相信有外星人，那麼，就一直只好在謎團之中打滾。

——衛斯理傳奇之《解脫》

我不禁心軟，沒好氣道：「是甚麼事，且說來聽聽。」

小郭吸了一口氣，先向白素望去，得到了白素的鼓勵眼色之後，他才道：「有一個人，想請你去見他。」

小郭這句話一出口，白素就嘆了一口氣，我也忍不住呆了起來了。

小郭的這句話，聽來沒有甚麼特別，可是卻偏偏必然在我面前碰壁——白素深知如此，所以才嘆氣。

這種話，會在我面前碰壁的道理很簡單：我認為，任何事，都要講道理。甚麼人要是想見我，首先，見不見他的決定權在我，而不在他，其次，就算我決定了可以見他，也應該是他來見我，而絕不應該是我去見他。

這並不是「架子大」而是一個原則，看來像是小事，但我實行得十分認真。

——衛斯理傳奇之《遺傳》

我一直認為所有的生物專家，都很有趣，因為他們都固執地、堅持不懈地去研究其實人類絕無可能了解的事物，單是這種「科學的執着」，已經夠悲壯的了——而在旁觀者來說，也成了有趣。

——衛斯理傳奇之《病毒》

我常說，一個人偶然地發生了一件事，可以決定一個人一生的運程，像是早上出門，靠左走或靠右走，就有可能出現兩種不同的結果。

　　我也常說，一個人一生的歷程（命運），是早已設定了的。

　　這是不是矛盾？

　　不是，只要把這「偶然」也看作是一種預先的設定，就一點都不矛盾了。

——衛斯理傳奇之《原形》

　　人的一切感覺，皆由腦部活動決定，若是腦部活動受了誤導，就會產生各種不同的感覺——我之所以不用「不真實的感覺」這個詞，是因為我認為，感覺沒有甚麼「真實」或「不真實」之分，一切全是腦部活動的結果。腦部有這樣的活動，就有這樣的感覺，有那樣的活動，就有那樣的感覺。感覺就是感覺，無分真幻，真即是幻，幻即是真。

——衛斯理傳奇之《原形》

　　我感到很疲倦，搖了搖頭：「太少了，我是地球人，知識、能力，甚至想像力，都無法脫出地球人的規範。人人說我的想像力豐富，如天馬行空，但是這匹天馬，行來行去，還是在地球範疇的小圈子之中，連宇宙的邊都沒有沾上。」

——衛斯理傳奇之《活路》

　　戈壁沙漠曾幾次要把我這個電話，接在一個如同手錶大小的隨身聽電話上，可是我卻一直沒有答應，我甚至連普通的隨身電話也拒絕使用。因為我覺得那東西像是一個怪物，可以使他人隨

時騷擾你的安寧，我不想做人做到這一地步，所以才不肯用。

——衛斯理傳奇之《雙程》

我越來越相信人和人之間的交往，幾乎百分之百要講緣分。像我和廉不負，大家都在同一個城市裏，又有很多大家都認識的朋友，可是偏偏沒有見過面。

好不容易見了面，連個道理也沒有，就翻了臉。說起來，最主要的原因或許是為了我不能接受他對錯誤的態度——一個人要是有了錯，卻不肯認，這種人，我相信也很難交往。

——衛斯理傳奇之《洪荒》

因為確然有很多人，一直在笑我總是把不可解釋的事情推在外星人頭上。事實是：有很多事，確實是外星人所為，但當然也不是所有的事都如此，不可一概而論。

像現在發生的這些事，當然有可能是外星人所為。但是在有可能是地球人所為的前提下，就要先研究是地球人所為的可能性——而在排除了所有的地球人可能性之後，那麼當然就是外星人幹的好事了。

這是很簡單的邏輯，理所當然，有些人覺得有點不能接受，只不過是因為在觀念上還不肯承認有外星人的存在而已——而我認為這樣的觀念非常落後，也正是抱這種落後觀念的人，不在少數，所以地球人在整個宇宙之中，地位低微。

連在觀念上都不肯接受有外星高級生物的存在，那當然不是高級生物應有的行為。

——衛斯理傳奇之《買命》

一個聲稱並且堅持是「無產者」建立的強權統治，卻和豪富們打得火熱，關係如水乳交融，這是人間最怪的怪事——比起來，我經歷的那些事情，簡直不值一提。

——衛斯理傳奇之《買命》

　　原來在我觀念之中，根深蒂固地認為地球人的生命形式，十分低級，不值一提，不會引起外星人的覦覬，外星人也不會對地球人的生命配額有興趣，所以我才不覺得那是外星人所為。

　　身為地球人，而居然腦海深處，有這樣的想法，究竟是對還是不對，或者，是幸還是不幸，我竟然十分迷惘，不能肯定。

——衛斯理傳奇之《買命》

　　「聽其自然」一向是我做人的宗旨，尤其在年事漸長之後，更感到「自然」是一種強大無比的力量，不可違扭——硬要和它反其道而行之，需要有比它更強大的力量。

　　理論上或者可以假設有這種比自然更強大的力量存在。

　　可是實際上我卻找不到任何例子，證明自然力量會被違扭。

——衛斯理傳奇之《賣命》

　　我先想到，這個「人」在還是青年人的時候，確然曾在京城。而且他在京城大學堂附近的樹林出現，也很自然，因為當時他和京城大學堂有一定的關係。

　　（我在這個「人」的人字上加上引號，是為了把他和普通人作一個區別。他和所有人不同，可是又不能稱他為「皇帝」，因為他並沒有這個稱號。在有些人心目之中，他甚至於是「神」，可是他當然不是神，所以只好在稱他為人的時候，加上引號，以

倪匡妙語連珠

表示天地之間，唯他獨尊，唯他獨一無二之意。我只是敘述事實，並無對這個「人」的任何尊敬或者貶低之意。）

（其實，這是自欺欺人的一個典型例子——就是沿用「皇帝」這個名稱，有何不可？可是偏偏又覺得皇帝這個名稱不是好名稱，所以棄而不用。然而又知道皇帝的內容可愛之至，絲毫不捨得放棄，加以全盤接收。於是連累像我這樣，在記述中要提到他的時候，不知道該如何稱呼他才好，只好稱之為「人」，真麻煩。）

——衛斯理傳奇之《豪賭》

我一向自詡我行我素，不受任何規範的約束。可是這時候我真正感到，人是群體生活的生物，連像我這樣獨來獨往的人，也不免要受到群體生活中種種關係的束縛。

——衛斯理傳奇之《未來身份》

我的假設是：靈魂是猶如一種無線電波狀態的存在，和人溝通，必須如同收音機或是電視機收到聲音和影像一樣，必須兩者之間波段的絕對配合，不然就甚麼也不會發生。

我認為人和靈魂不能隨意溝通，而只能偶然溝通的原因，不在靈魂，而在人的腦部。假設靈魂的波段是固定的，而人的腦部負責接收，當人無法隨意調節自己腦部的接收波段時，接收到靈魂的資訊就只好是偶然，而無法定必然。

這就像空氣中充滿了各種各樣的無線電波，如果你的收音機或是電視機不能調校到可以接收的波段，就甚麼也感覺不到。

在這種情形下，甚麼也感覺不到，絕不證明各種各樣的無線

電波不存在！

——衛斯理傳奇之《未來身份》

廉正風傲然回答：「我查的是人間一切不平之事，尤其針對作奸犯科、狡詐欺騙、巧取豪奪、謀財害命、仗勢欺人、凌辱弱小等等卑污行為！」

他一口氣說下來，說得順口之極，顯然這是他常說的話。

我還沒有反應，紅綾已經率先鼓起掌來，大聲喝彩。

我當然也感到他的這番話，聽來正義凜然，可是如果一切全憑他一個人的想法「獨立」判斷，卻也危險之至，他要是判斷有誤，被他調查的對象可就倒了霉！

——衛斯理傳奇之《移魂怪物》

我認為能夠來到地球的外星人，比起地球人來，各方面都高出了不知多少倍，根本不會存在想在地球上得到甚麼的念頭。不是說所有外星人都不會有貪念、不會有侵略的意圖，而是地球上實在沒有值得令外星人感到興趣的事物。就像一個億萬富豪，就算再貪婪，也不會去搶奪一個乞丐破碗中發臭的隔夜飯一樣。

——衛斯理傳奇之《移魂怪物》

或許是由於性格關係，我對於「保守秘密」這種行為，很是反感。人一到了有這種行為的時候，就無可避免地會言語支吾、神情閃爍、鬼頭鬼腦起來，無法光明正大。

——衛斯理傳奇之《移魂怪物》

熟悉我說故事的朋友都很明白，我說故事，只照我自己的方

式來說，任何閒雜人等訂下的所謂「原則」，不管被其他人如何
奉為圭臬，我一貫相應不理，只照我自己的辦法，喜歡如何說便
如何說——這才形成是我所說的故事。

——衛斯理傳奇之《天打雷劈》

根據我的經驗，凡是把一件簡單的事情複雜化者，又或者在
一件簡單的事情上裝神弄鬼者，大多數都不懷好意，心存欺騙，
可以不理，以免上當。

——衛斯理傳奇之《解開密碼》

我所敘述的每一個故事，都需要接觸這個故事者，在看了故
事之後，至少稍為想一想，就會有很多新的發現，知道故事的後
面，還有很多很多故事，可以隨人設想，這其實才是看故事者的
最大樂趣——最大樂趣來自你自己的想像，而我的敘述只不過是
帶領你進入樂園的一個引子而已。

——衛斯理傳奇之《閉關開關》

所謂「人造腦」，其實還是電腦，可是卻具有吸收了資料之
後加以分析消化和因此產生新資料的能力。也就是說，它具有人
腦的能力。

這種情形其實非常可怕。

長久以來，我就一直認為電腦的發展，會向這個方向進行，
而一旦這種情形變成事實，人類和電腦之間，就會發生鬥爭，而
人類是必然失敗的一方。

這也就是我常常說的「電腦造反」的大危機。

——衛斯理傳奇之《一半一半》

我最討厭辯論，辯論的目的無非是想對方接受自己的意見，達成意見的統一，這和我一貫觀點不符。

——衛斯理傳奇之《一半一半》

我一向認為人類應該對自己的身體多多研究——連自己的身體結構尚且沒有一定程度的了解，卻努力去研究其他方面的事情，甚至於想要了解宇宙的奧秘，我覺得這種情形很是滑稽。

——衛斯理傳奇之《身外化身》

我思想的形成過程，就是我的整個生命過程。複製人無法重複經歷我的生命過程，就無法形成同樣的思想。

——衛斯理傳奇之《身外化身》

我堅決相信擁有知識多少的程度，決定生物是否高級。

——衛斯理傳奇之《身外化身》

做夢已經是屬於實用科學範疇之外的事情，虛無縹緲之極，誰能夠將夢見的人找出來？那根本是不存在於現實中的東西，只存在於虛幻的夢中！更何況做夢的人早已死亡，變成了虛上加虛，我衛斯理如果有這樣的本領，還留在地球上幹甚麼，早就去翱翔宇宙了！

——衛斯理傳奇之《非常遭遇》

王蓮這個人物，從《非常遭遇》一別，在這個故事重逢。

上次以「終於知道她是誰了」為結束，沒有寫出來的是：熟悉衛斯理故事的一定也知道她是誰了。

有人責難：「你不能期望所有人都熟悉衛斯理故事，要是不熟，怎麼辦？」

《三國演義》中許褚赤膊上陣，中箭受傷，金聖嘆評曰：「誰教汝赤膊？」

我回答：「誰教汝不熟？」

哈哈！

——衛斯理傳奇之《死去活來》

第十篇

黑白講

巴圖搖頭：
「不像話，説話
比衛斯理還要誇張，
真不知是甚麼風氣。」

「我們想你在明白失去了一天之後，一定會知道你絕不能和我們相對抗，會就此遠離的，因為怕事、膽小，不敢和強者對抗，善於屈服，這正是你們人的特點，不是麼？」那人一口氣的説着。

我呆呆地聽着，我的心中，忽然起了一個十分奇怪的念頭：那人這樣地在數説着人類的弱點，像是他根本不是人一樣。

我緩緩地道：「你只説對了一半，的確有如你所説的那種人，但是也有無畏的、勇敢的人。人類歷史是由勇者寫出來的，勇敢的人在使人類進步，那種卑劣的、屈服的人性，如果能代表人類的話，那麼你的觀察，便大錯而特錯了！」

——衛斯理傳奇之《紅月亮》

巴圖道：「我們為甚麼要替地球人出力呢！人類的醜惡，已使地球失色，而且，人類既然那麼熱中於自我毀滅，有甚麼理由對人家要來毀滅我們，如此激動！」

我足足呆了好半晌，才道：「巴圖，這是怎麼一回事，你也是地球人啊！」

巴圖的雙手掩住了臉，足有半分鐘之久，才道：「是的，我也是地球人，但是我實在恥為地球人，在如今的時代中，人竟可以下流到這種程度，那實在使我感到地球人之可恥。」

——衛斯理傳奇之《紅月亮》

「正因為腦電波比光快！」白素侃侃而談，「所以人的思想，才能超越時間，所以人才能有預知！不然，就無法解釋何以幾乎每一個人，一生之中都有過預感，預感是超越時間的，而只有超越光速，才能超越時間！」

——衛斯理傳奇之《叢林之神》

我嘆了一聲：「可是，這究竟是我們的世界，對不對？地球是屬於我們這樣的人，而不是屬於他們那樣的人，對不對？」

我連問了蒙博士兩聲「對不對」，蒙博士卻大搖其頭，道：「為甚麼？是我們的人數多麼？如果以數量來說，地球上最多的是細菌，地球應該是細菌的世界了？」

——衛斯理傳奇之《再來一次》

我又問道：「那麼，你認為有一種生命，可能只是一個平面？」

那位科學家笑了起來，道：「衛先生，不但可能是一個平面，還有可能生命是甚麼也沒有。」

「甚麼也沒有？」我不明白。

「是的，生命可能是甚麼也沒有，只是一束無線電波，或類似的東西，也不是不可能的事，宇宙實在太神秘了，太不可測了！」

我沒有再說甚麼，的確，宇宙的秘奧實在是深不可測，地球上的人類，可能直到永遠也無法完全了解宇宙的秘奧，在我們這一代而言，更是可以肯定我們無法了解宇宙！

——衛斯理傳奇之《影子》

我狠狠地罵了兩聲：「他媽的神在哪裏？」晉美的回答卻十分富於哲理，他向我的胸口拍了拍：「在你的心裏，朋友！」

——衛斯理傳奇之《仙境》

我只好道：「有一個現象很奇怪，所有宗教，目的幾乎全是一樣。」

國王道：「是，目的全是離開了肉體之後，人的某一部份，可以到某一個地方去，這個地方，或稱西方極樂世界，或稱天堂。所有的宗教，都告訴信仰的人有神存在，而人生活的歷程，身體並不要緊，精神或是靈魂，才是首要。」

　　我點頭表示同意，國王的忽然又問道：「為甚麼呢？」

　　為甚麼？我自然答不上來，國王笑着，那是一種無可奈何，又有點自嘲的笑容，道：「會不會那些宗教的始創人，本來全是由一個地方來的？」

　　我感到了震驚，一時之間，更不知說甚麼才好，國王卻繼續道：「耶穌、穆罕默德、佛祖、老子，他們四個人本來是不是認識的？」

　　這是一個怪誕到不能再怪誕的問題。儘管我對一切怪誕的事，都抱着可以接受的態度，在聽到了這個問題之後，我也不由自主搖着頭：「那不可能吧，這四個人生存的時間，相差很遠，好幾百年。」

　　國王卻望向窗外，出了一會神：「好幾百年，那只是我們的時間，在別的地方來說，可能只是前後幾分鐘、幾小時的差別。」

　　我感到越來越離奇，國王在這方面的問題，有無窮無盡的想像力。將耶穌、穆罕默德、佛祖釋迦牟尼和老子李耳聯在一起的人，不是沒有，但說他們四人根本是相識，這真有點匪夷所思。

　　　　　　　　　　　　　　——衛斯理傳奇之《頭髮》

　　白素忽然有點不羈地笑了起來：「教育？你以為為甚麼要有教育。譬如說，人類自從有了文字以來，就不斷在文字中提倡道德，那是為了甚麼？」

　　我吸了一口氣，還沒有出聲，白素已經回答了她自己的問題：

「就是因為人類根本沒有道德，所以才要不斷提倡！」

——衛斯理傳奇之《頭髮》

我看了之後，不禁又好氣又好笑：「彩虹今年多大了？二十五？二十六？」

白素道：「差不多二十五六歲吧？」

我嘆了一聲：「女孩子到這年紀，應該嫁人了，不然，耽擱下去，會有問題。你看看，二十五六歲的人，還像兒童。人家古堡有禁例不准捉迷藏，她想玩，大可以上別的地方去，難道這也值得研究？」

白素聽着我說話，一副不屑的樣子。我才一說完，她就道：「你老了！」

——衛斯理傳奇之《迷藏》

我只是道：「你自己聽聽，『他們現在在過去』這種話，像話麼？」

白素道：「那不能怪我，只能怪人類的語彙無法表達人類所不了解的事。」

——衛斯理傳奇之《迷藏》

白素道：「我不知道，我從來也未曾見過這種文字，彎彎曲曲，寫得跟天書一樣！」

我不禁有點啼笑皆非：「你見過天書麼？」

白素笑道：「別挑剔，遇到自己看不懂的字，習慣上總是那樣說法的！」

——衛斯理傳奇之《天書》

楊立群先向四面看了一下，才壓低了聲音道：「衛先生，我
對你説的話，你能保證不洩露出去？」

　　我最怕人家這樣問我，因為事情若涉及秘密，總有洩露的一
天，就算你遵守諾言，他也一定不止對你一個人講起，何苦負日
後洩露秘密的責任？

　　所以，我一聽之下，就雙手連搖：「不能保證，還是別對我
説的好。」

——衛斯理傳奇之《尋夢》

　　我的聲音，十分低沉：「每一個人心目中，自己的生命最重
要，乞丐和億萬富翁，不會有甚麼分別。」

　　白素又嘆了一聲：「那也未必，世界上有很多人，很勇於結
束自己的生命。」

　　我道：「在四十二億人中，這種人，畢竟是極少數。」

——衛斯理傳奇之《後備》

　　陶啟泉又怒又驚：「我當然知道，可是我還不到死的時候，
我至少還要活二十年，唔，三十年，或者更多。」

　　他在講着連他自己也不相信的話，這種情形，實在令人感到
悲哀，本來，我可以完全不講下去，就讓他自己騙自己，繼續騙
到死亡來臨好了。

　　我多少有點死心眼，而且我覺得，一個人在臨死之前還這樣
自己騙自己，是一件又悲哀又滑稽的事情，這樣的事情，不應該
發生在像陶啟泉這樣傑出的成功人物身上。

　　所以，我幾乎連停都沒有停，就道：「不，你不會再活那麼

久，你很快就會死，死亡可能比你想像之中，來得更快。」

　　　　　　　　　　　　——衛斯理傳奇之《後備》

　　科學家：物質的存在，大家都知道。有物質，一定有反物質。
　　質難者：科學重實踐，你提出有反物質的存在，那只是一種假設，要等找到了反物質，才可肯定。
　　科學家：既然是反物質，「存在」這種字眼就不適用，反物質，根本不是一種存在，當然更不能用「找到」這個詞，要是能找得出來，供我們研究，那就是物質了。
　　質難者：哈哈，那算是甚麼？看不見，摸不着，找不到，甚至不存在，那算是甚麼？
　　科學家：一點也不好笑，那就是反物質。

　　　　　　　　　　　　——衛斯理傳奇之《搜靈》

　　我深深地吸了一口氣：「你的意思是：人有靈魂，所以才有人性善良美好的一面，而人如果沒有靈魂，人性善良美好的一面就不存在？」
　　但丁望着外面，紐約的街道上，全是熙來攘往的途人，他的神情很憫然：「正是這個意思。」
　　但丁在講了這句話之後，頓了一頓：「如果是這樣的說法，那麼，我實在看不出人有靈魂。」

　　　　　　　　　　　　——衛斯理傳奇之《搜靈》

　　那顆粉紅色的大鑽石還在，我帶回家，送給了白素。白素轉動着，看看它發出的光芒：「鑽石是不是有價值，決定在它處於交易行為之中，這情形，倒很有點像人和靈魂的關係。」

我瞪着眼：「你這樣説，未免太玄妙了吧。」

白素道：「一點也不玄妙，鑽石一直放在保險箱中，和普通石頭完全一樣。人不是到了有真正考驗的關頭，誰也不知道自己的靈魂究竟怎樣。」

——衛斯理傳奇之《搜靈》

我牙尖嘴利，立時道：「事實上，讓沒有想像力的科學家到了金星上，也沒有用。就算金星的表面上，佈滿了生物，他們也認不出來，因為認定了所有生命形態和地球生命形態一樣，怎樣去辨認一些形態不同的外星生物？」

博士的反應也來得極快，他「哈哈」笑着：「當你見了一樣東西，不論它的形態多麼怪異，這樣的東西會動，你就可以知道它是生物了。」

我也立時哈哈大笑：「第一，外星的生物未必會動，你提出了會動的東西，把這個原則作為鑑定生物的標準，那是因襲了地球生物的觀念，沒有想像力，外星生物，或許恰恰是不動的，第二，即使在地球上，動的也未必是生物——」

我説到這裏，向外指了一指。那次聚會，在荷蘭一處村莊上舉行。我順手一指，指着外面聳立着的風車：「風車不斷在動，它就不是生物……」

——衛斯理傳奇之《茫點》

陳島笑了足有一分鐘，才停了下來，我瞪着他，他在大笑之後，還有點忍不住，依然滿面笑容。他吸了一口氣：「你以為人很高級，毛蟲很低級？」

我悶哼了一聲：「有甚麼不對？」

陳島向後躺了躺，樣子十分優閒：「當然不對，毛蟲會變成蛾，而蛾互通消息的本事，就比人高。」

關於有幾種飛蛾可以在遠距離互通信息，我當然也知道，陳島想用這一點來證明蛾比人高級，那還難不倒我。

我冷冷地道：「那只不過是昆蟲的一項本能，不能證明昆蟲是高級生物。」

陳島忽然嘆了一口氣：「你這個人倒很有趣。」

我有點啼笑皆非：「任何人，在把自己和蛾作比較的時候，都不會認為自己比蛾低級。」

陳島現出了一個看來很神秘的笑容：「所以，這才是人的悲哀，要是人肯承認自己不如蛾，那倒好了。你可知道，蛾在遠距離傳遞信息時，由牠生物體所發出來的微波，何等精妙？」

——衛斯理傳奇之《茫點》

黃堂忙問：「他近日來，生活可有甚麼不正常的地方？你可知道有甚麼人想綁架他？」

白素嘆了一聲，作了一個很忠實的，但是在旁人聽來，可能會以為她是胡說的回答。白素說道：「不正常？他的生活從來也沒有正常過！據我看，想綁架他的人，不單是地球人，還有外星人。」

——衛斯理傳奇之《神仙》

白素道：「脫去凡骨，是修仙過程中的一個名詞，聽來很玄，但如果解釋為通過某種藥物的作用，把人體內對生命有害的質素排除，使人體的內分泌結構、細胞組織，甚至思想程序，都得到徹底的改變，可以接受？」

我說不出話來，白素道：「中國語言實在很精煉，你看，我詳細解釋了一大串，還不如脫去凡骨，或脫胎換骨等四個字，來得傳神。」

——衛斯理傳奇之《神仙》

胡士揮着手：「我的意思是，你的主觀太強，這就使你比較不容易接受新的觀念。」

我還不容易接受新的觀念？我真想給他一拳，可是他立時又道：「你一再諷刺『仙丹』，『仙丹』這回事，你不容易接受，可是如果把名詞換一換，換成了『來歷不明的某種有特殊效能的藥物』，你就可以接受，這是你這種主觀上認定了自己有科學頭腦的人的致命傷。」

我給他這一番話，說得張大了口，答不上來。

——衛斯理傳奇之《神仙》

我不理會，繼續道：「而且，我還有一個新的認識。神仙的能力不論多強，始終是人，保持着人的性格。」

白素「嗯」地一聲：「那又怎樣，他們始終是神仙。」

我道：「大不相同，他們是人，仍然有着人性上的弱點，有的笨、有的頑皮，也有的只怕並不覺得神仙歲月真正快樂——如果他本來是一個十分貪婪的人。也有的神仙，耐不住寂寞，甚至捨不卻男女之間的戀情，記載中就有不少女神仙半夜進入男人房間，或是故意把男人弄到另一空間去與之相會。」

——衛斯理傳奇之《神仙》

老人點了點頭，孔振源又扶着他躺了下來，老人仍然把眼睜

得很大。

我一時好奇，道：「老先生，你睡覺的時候，從來不閉上眼睛？」

老人看來已快睡着了，用睡意朦朧的聲音答道：「是，九十年了。」

我「嗯」地一聲，老人又道：「睜着眼，才能看。」

我問：「你睡着了，怎麼看？」

老人先是咕嚕了一聲，看來他十分疲倦，但是他還是回答了我的問題：「睡着了，可以用心靈來看，比醒着看得更清楚。」

在這樣一個老人的口中，竟然有這樣「新文藝腔」的話講出來，倒真令人感到意外，我道：「謝謝你指點。」

——衛斯理傳奇之《追龍》

我發動了車子，緩緩向前駛去，白素直到這時才說了一句：「我看陳長青不見得肯上車。」

我嘆了一聲：「這個人其實十分有趣，只是太古怪了，而且，也沒有幽默感。」

白素不說話，只是發出了一下輕微的悶哼聲，我道：「不同意？」

白素道：「當然，你這種幽默，若是由旁人加在你的身上，你會怎樣？」

我揮了揮手：「我根本不會給人家這樣諷刺我的機會，所以不必去想會怎樣。」

——衛斯理傳奇之《追龍》

我聳了聳肩：「攀山家，也有目的？」

當時我的話才一說出口，就知道自己問得實在太蠢了，而他果然也立時照我一問出口就想到的答案回答：「當然有，攀山家的目的，就是攀上山去。」

——衛斯理傳奇之《洞天》

我還沒有坐下，白老大已鄭而重之，捧着一瓶酒，在我面前晃了一下：「來，試試我古法釀製的好酒。」

他說着，拔開了瓶塞，把金黃色的酒，斟進杯子，遞了過來。

我接杯在手，先聞了一聞——這是品嚐佳釀的例行動作，心中就打了一個突，我聞到的，是一股刺鼻的酒精味。這非但不能算是佳釀，甚至離普通酒吧中可以喝到的劣等酒，也還有一段距離。

我用杯子半遮住臉，向白素使了一個眼色，白素向我作了一個鬼臉。我再向白老大看去，看到他一臉等候着我讚揚的神情。我心中暗嘆了一聲，把杯子舉到唇邊，小小呷了一口。

白老大有點焦切地問：「怎麼樣？」

我好不容易，把那一小口酒，咽了下去，放下杯子：「這是我有生以來所喝過的——」

我講到這裏，頓了一頓，白老大的神情看來更緊張，白素已經轉過頭去，大有不忍聽下去之勢，我接下去大聲道：「最難喝的酒。」

白老大的反應，出於我的意料之外，他非但沒有生氣，反倒立時哈哈大笑，一面指着一扇門：「老卓，你看，我沒有騙你吧，衛斯理就是有這個好處，一是一，二是二，哼，老丈人給他喝的酒，他也敢說最難喝！」

——衛斯理傳奇之《活俑》

馬金花這時，又突然問了一句：「你爹快死了，你怎麼一點不傷心？」

卓長根連想都沒有想就回答：「人到了非死不可的時候，傷心來幹嗎？」

——衛斯理傳奇之《活俑》

卓長根的聲音有點發急：「爹，你是古代人，你不知道現代人的狡猾。」

卓齒道：「我懂的，其實，古代人和現代人，沒有甚麼大的分別，反倒是現代人有了種種約束，比古代人要好得多。」

——衛斯理傳奇之《活俑》

衛斯理先生：我知道你不會輕易幫一個陌生人，除非這個陌生人來自外星。你真是不公平，地球上有那麼多你的同類需要幫助，你置之不理，老是去幫助不知來自何處的外星人，難怪有人懷疑你根本也是外星人。

——衛斯理傳奇之《十七年》

來訪者發出了兩下不知所措的「啊啊」聲，可能為自己找回一點面子，所以道：「那我改天再來。」

老蔡卻絕不給人留情面，冷冷地道：「不必來了，再來多十次，也不會見着衛先生。」

來訪者有點生氣了：「衛先生……我看也不是甚麼要人，你這是……」

老蔡昂起頭來，一副愛理不理的神情：「衛先生本來就不是甚麼要人，可是偏偏就有那麼多人要見他。」

來客悶哼了一聲，沒有再說甚麼，老蔡用力將門關上，這樣的關門法，來客若是離門太近，準會嚇老大一跳。

白素在樓梯上走下來，皺着眉，老蔡轉過身來，神情十分得意：「又打發了一個。」

白素嘆了一聲：「其實……可以說得委婉一點。」

老蔡翻着眼，大不以為然：「委婉一點，打發得走嗎？哼。」

他那一下「哼」，當真有豪氣干雲之慨。

——衛斯理傳奇之《極刑》

米端嘆了一聲：「既然這些事，有很多在歷史上，都有着明明白白的記載，為甚麼還要一直重複又重複，不斷地發生下去？」

這個問題，就難回答得多了，我搖頭：「或者，這是人類的劣根性所致。」

米端倒沒有深究下去，又問：「人類的劣根性，若是有那麼多文字記載都不能使之有絲毫改善，將之轉換一個方式來表達，會達到改善的目的嗎？譬如說，把當時的慘情活現在人類眼前，會有改善嗎？」

我又怔了一怔，白素已經道：「人類有劣根性，但也有人性美好的一面，人性十分複雜，真正只有劣性的，畢竟是少數，而這些少數，往往佔極大的優勢，而能為所欲為，我想，不論用甚麼方法，都不能使這些人改變，而絕大多數人，不必改變甚麼。」

米端用心地聽着，等白素說完了，他吁了一口氣：「這正是我的意思。」

——衛斯理傳奇之《極刑》

白老大笑了一下：「人在說到自己的時候，總不會把全部事

實說出來的，一定是揀對自己有利的才說，這是絕對可以肯定的事。」

我一揮手：「所以，千萬別相信任何自傳，沒有一本自傳所記的全是實話，更有可能，全是謊話。」

——衛斯理傳奇之《黃金故事》

白素搖着頭：「怎麼一回事，天下大亂一樣，酒杯還沒有收，可是來了客人？」

巴圖的聲音也在門口響起：「正是，不速之客。」

他當然是被吵醒的。白素轉過身去，白素沒有見過巴圖，所以一刹那間，她神情十分疑惑，巴圖想要介紹自己，我童心大起，叫道：「讓她猜，你是誰。提示是：老朋友了。」

白素側着頭：「提示很有用，如果不是老朋友，那我會猜是羅開，『亞洲之鷹』羅開。」

巴圖「呵呵」笑：「我聽說過那位先生，十分精彩，謝謝你，我至少比羅開大三十歲。」

白素笑了起來，不再直視巴圖，語音輕鬆：「西班牙的月亮，不知道會不會再有紅色？」

我和巴圖都哈哈大笑，巴圖大踏步走過來，和白素握手：「佩服，名不虛傳。」

白素笑着：「老朋友能有多少？我沒見過的更少，自然容易猜得出來，巴圖先生，別來無恙否？」

——衛斯理傳奇之《謎蹤》

良辰美景又跳跳蹦蹦離去，溫寶裕望着她們的背影，神情不勝欣羨，忽然大為感嘆：「人真不能老，一老，壯志就會消磨！」

我大喝一聲：「你在胡說甚麼？」

溫寶裕眨着眼：「可不是嗎？想當年，偷到南極去，說走就走，哪有甚麼顧慮。」

我正想斥責他，白素道：「小寶，這證明你長大了，成熟了，再也不會像小孩子那樣胡來。」

白素十分懂得少年心理，果然，她這樣一說，溫寶裕大大高興：「對，這雙胞胎小丫頭長不大，才會去湊這種熱鬧。」

——衛斯理傳奇之《謎蹤》

巴圖搖頭：「不像話，說話比衛斯理還要誇張，真不知是甚麼風氣。」

——衛斯理傳奇之《謎蹤》

我一看這種情形，不禁皺眉：「溫太太，小寶和他的朋友，或者有點話說，你別心急，只有十分鐘！」

溫太太尖聲道：「朋友？他在這裏有甚麼朋友？」

我耐着性子：「朋友隨時都可以結交的！」

溫太太的橫蠻又發作：「我不要他在這個鬼地方結識任何人！」

我指着陳耳：「要不是我們在這個鬼地方有這個朋友，你們目前的處境，可能是被吊起來在鞭打！」

——衛斯理傳奇之《鬼混》

溫寶裕用力點頭：「哭可以發洩心中的悲痛！」

我作了一個手勢：「可是哭絕對解決不了任何問題！」

——衛斯理傳奇之《鬼混》

　　可是，也就在那一刹那，一句話沖口而出——當我說這句話的時候，甚至有這句話不是我說的感覺，或是我根本沒有想到過，卻突然說了出來。我說的是：「善惡到頭總有報，到那時候，你一定會知道的！」

　　話一出口之後，三個人盡皆愕然（連我自己在內），金美麗倏然揚眉：「有甚麼根據？」

　　我再度苦笑仍然是那三個字：「不知道！」

　　金美麗學着我：「不知道！不知道！甚麼都是不知道，這是甚麼回答？」

　　我強抑着怒意：「就是這個回答，不知道就是不知道，回答不知道，就是最正確的回答！」

　　　　　　　　　　　　　　　　——衛斯理傳奇之《報應》

　　杜令知道我的心意，他道：「根據我的研究，地球人對本身生命的珍惜，異乎尋常——不論這個生命處在如何惡劣的情形之下，都要活下去，在地球上，對這種情形，有一個專門名詞！」

　　我聽到這裏，也不禁愕然，因為我是地球人，一時之間，竟想不起那個專門名詞是甚麼來？杜令立即道：「這個專門名詞，叫作『偷生』！」

　　　　　　　　　　　　　　　　——衛斯理傳奇之《拼命》

　　陳氏兄弟各自舔了舔唇：「就拿這兩棟大廈來說，我們對它們，可以說再熟悉也沒有了，在建造之前，就詳細看過每一層的圖紙，對它們了解極深，可是等它們造好了之後，就變得……變得……」

　　他們說到這裏，頓了一頓，才繼續道：「變得陌生之極了。」

我和良辰美景都不是一下子能明白他們的意思，所以反應一致：「怎麼會？」

　　陳氏兄弟又各自托了頭，沉默了片刻，這才道：「就像父母對兒女一樣，在兒女小的時候，對兒女的了解反而多，等到兒女長大了，可能變得全然陌生，根本不知道兒女在想甚麼。」我皺着眉，在深思陳氏兄弟的比喻，而且，很奇怪何以陳氏兄弟會有這樣的比擬。

　　而良辰美景則已叫了起來：「這是甚麼話？擬於不倫，至於極點。」

　　陳氏兄弟的態度，異常認真：「還有甚麼更好的比擬？」

　　良辰美景道：「兒女是有生命的，大廈是死物。」

　　陳氏兄弟嘆了一聲：「剛才我們已經說過，現代化的大廈，是活的，它的活動，有許多甚至是表面化的，可以看到的，例如電梯的升降。」

　　　　　　　　　　　　　　　　——衛斯理傳奇之《怪物》

　　在沉默了一會之後，他忽然緩緩地道：「人生的道路，我快走到盡頭，你們也走了許久。可曾覺得人的一生，一如在不可測的環境之中探險？」

　　白素握住了白老大的手，白老大嘆了一聲：「每前進一步，就是說每過一分一秒，都不知前面有甚麼，會發生甚麼事，會有甚麼樣的陷阱和危險在等着你，全然不可測，再意外的變故，都可以在一剎那發生，而在事先，一無所覺！可以忽然失足跌入深淵，也可以突然飛上天空。」

　　我也十分感慨：「可是既然踏上了生命路，總得一直走下去！」

　　白老大睜開眼來：「是啊，每一個人的生命歷程都一樣，每一個人都是探險家，面對種種不可測的危機，探險，繼續探險，不斷遭遇變故，也不斷遭遇驚喜，沒有人會是例外！」

——衛斯理傳奇之《繼續探險》

　　白素似笑非笑的望着我：「在腹誹甚麼？」

　　我忙道：「不敢。不敢。」

　　白素忽然長嘆，我明白她的意思是：「不會」才好，「不敢」，還是腹誹了。

　　我自然也只好苦笑。

——衛斯理傳奇之《圈套》

　　後來白素笑衛斯理：「鼎鼎大名的傳奇人物，常常自誇反應敏捷，怎麼要鑽進桌子底來了呢？」

　　衛斯理的回答是：「哼！別看我避得狼狽，敢誇能在這種情形之下，可以避開祖天開那一撞的，排名不分先後，全世界也不會超過──」

　　他本來想說：「不超過三十人」，可是一轉念間，覺得應該不止此數，是五十人？一百人？想了一會，他沒有說完這句話，反倒是嘆了一聲：「世界上能人實在太多了！」

——衛斯理傳奇之《從陰間來》

　　鐵蛋道：「是真的，我們兩人，性格不同，所以各有所長，發展也不同。當時在那樣的情形下，我不能明白領袖的指示，我想你一定能明白。」

　　我一聽之下，不禁「哈哈」大笑起來：「你說得對，我和你

性格不同，所以發展有異。如果是我，我根本不會站在那裏，去聽另一個人的指示去行事，管他這個人是神仙是祖宗是皇帝。」

聽得我這樣回答，鐵蛋呆了半晌，才感慨地道：「你的一生……比我有意思。」

我搖頭：「不能這樣說，各人的生活，是根據各人的性格選擇的，給你從頭再來一次，我看你還是一樣會選擇必須遵守鐵一樣紀律的軍人生涯。而我不同，我崇尚的是自由散漫，肯定自我，不可能想像接受任何紀律的約束——這是天生性格所決定的。」

鐵蛋又嘆了一聲，他的神態，表示他同意我的話。

——衛斯理傳奇之《大秘密》

一時之間，要向她解釋這個問題，倒也不是易事，我握住了她的手：「這個人的行為失常，像是毒蛇，見人就不問情由地去咬。」

紅綾的神情更是疑惑：「不對啊，毒蛇可不會不問情由咬人。」

我不禁苦笑——常用「蛇蠍之心」來形容某種人類行為，實在是很冤枉了蛇或蠍的。

——衛斯理傳奇之《禍根》

齊白哈哈一笑，高舉右手，擺出呼叫口號的姿勢，叫：「為爭取靈魂自由而努力！靈魂自由萬歲！」

叫了之後，他並不放下手來，盯着衛斯理：「人類為了爭取人身自由，鬥爭了幾千年，尚且未竟全功，在地球上還有大片土地上，一小撮人把大批人當奴隸！你竟然要為靈魂爭取自由，不是太奢求了嗎？」

衛斯理回答得很鎮定：「總要有人開始的！」
——衛斯理傳奇之《陰差陽錯》

白素的聲音很平靜——她可能是藉此要鐵天音也變得鎮定，她道：「每個人的命運都不一樣，有極悲慘的，有極幸運的，無法預測，無法解釋。自古以來，人類就為這種情形迷惑，結果歸納出一句無可奈何的話來——」

她說到這裏，向我望了過來，顯然是想我接下去，説那句話。

我有點不情不願，但是還是把那句話一字一頓地説了出來：「各有前因莫羨人！」
——衛斯理傳奇之《陰魂不散》

紅綾先開口，她一面説，一面還用力搖着白老大的身子，白老大也由得她搖。紅綾嚷着：「我知道你是誰，你是媽媽的爸爸！」

白老大笑得聲震屋瓦，也嚷道：「我也知道你是誰，你是女兒的女兒！」

「媽媽的爸爸」和「女兒的女兒」，這是何等親密的血緣關係，兩人各自發出驚人之極，包含了原始的歡樂的叫聲，擁在一起，互相拍打着對方的背部。這種情景，令人心中發熱，我忽然想起，剛才我若是叫了一句：「這是外公。不得無禮」，那是多麼煞風景的事。
——衛斯理傳奇之《陰魂不散》

酒過三巡，白老大再也不提陳大小姐的事，像是沒事人一樣。

後來白素批評她父親：「這種表面上裝着若無其事，把自己扮成是拿得起拋得下的大丈夫，其實內心痛苦，真不知所為何事。」

我感嘆：「這是他們這一代人物的行為準則，令尊雖然非凡，可是卻也難以突破時代的局限。」

白素苦笑：「爸是那樣，媽也是那樣！」

我笑道：「一個時代的人，有一個時代的情懷，或許他們認為，維持悲慘，更是纏綿，比大團圓更值得緬懷，叫人一想起來，就迴腸盪氣，可以借酒澆愁，可以賦詩高歌，可以感懷涕泣！」

白素默然半晌，忽然笑了起來：「這不是自虐狂嗎？」

我輕擁着她：「差不多！」

—— 衛斯理傳奇之《陰魂不散》

他又道：「中國人一直強調生命的三大要素是精、神、氣。可見氣本來就是生命形式之一。而且，物質三態是固體、液體、氣體。地球人的生命形式，是三態俱全，為甚麼不可以有異星的生命形式，而只有兩態或一態的。氣體和液體人，完全是可以想像的生命形式！」

紅綾忽然接口：「就算是完全超越物質三態的生命形式，也一樣可以設想。」

我和白素，立刻向她望去，她侃然道：「靈魂就是，不屬於任何形態，卻又是一種生命形式！」

—— 衛斯理傳奇之《運氣》

白素先開口，聲調緩慢：「若是沒有人主持公義，強權就一定長存，恃勢橫行霸道的事也不絕，正義就得不到伸張，黑白被

顛倒，人權被踐踏——那絕不是人類社會應有的現象。」

我苦笑：「我完全同意你的話，但是你所說的一切，正是如今人類社會的寫照；而且，好像自古以來，就是這樣子。」

白素搖頭：「不，雖然很緩慢，但是公義正逐漸抬頭，強權正逐漸沒落——這正是一直有人不畏強權，與它抗爭的結果。」

——衛斯理傳奇之《轉世暗號》

他說到這裏，忽然長嘆了一聲，我不禁大感訝異，他立刻解釋：「若是地球人都像你，那就好了，明知我是異類，一點也不大驚小怪。」

我笑：「見得多了，自然習慣，第一次有這種經歷時，也不是不吃驚的！」

他再嘆息：「地球人不但對外星人驚恐，連地球人相互之間，也因為外形或生活方式的些微差異，而勢同水火，不能互容！」

我也跟着嘆息：「這是地球高級生命的悲劇，也是文明停滯不前的原因。」

——衛斯理傳奇之《將來》

狄可道：「我們在研究星體的產生和發展的過程之中，有一派理論，認為每一個星體，都是一種生命形式，有每一個不同生命的不同生存方式。」

我呆了一呆：「你所指的『生命』，是說——」

狄可道：「就是你理解的生命，生命的形式，千變萬化，大到了天體中的星球，小到了一隻蟻，都是生命，形式儘管大不相同，但是生命的規律，完全一致，只要是生命，就脫不了這個規律！」

他説到這裏，望定了我，像是在考一考我，是不是知道「生命的規律」。

我深吸了一口氣：「產生——發展——死亡。」

狄可點頭：「對，只要是生命，就離不開這規律。」

——衛斯理傳奇之《將來》

齊白道：「等我找回了失去了記憶，就是完滿了！」

李宣宣笑：「千萬不可，你失去的記憶，極其痛苦，找不到最好——現在快樂就好，為甚麼非得把來龍去脈，都弄得清清楚楚不可？」

齊白呆了一呆，才鼓掌道：「説得真好，你是悟了道的人，想法果然脱俗超塵。」

——衛斯理傳奇之《改變》

齊白忽然笑了起來，指着盒子：「我的一生，也可以算是多災多難了，可是把全部加起來，也只不過是軟體中的一點資料而已。」

我揮了揮手：「那沒有甚麼可以感嘆的，世上絕大多數人的一生是乏善足陳，沒有甚麼可以記載的，四個字可以終其一生，還有一個是虛字。」

齊白揚眉問：「哪四個字？」

我道：「活過，死了。」

——衛斯理傳奇之《改變》

我對齊白的佩服，到了空前的程度。他更值得人敬佩的是，他的大筆財富，並非來自古物，只是來自古墓之中發掘到了珠

寶——他沒有糟蹋過一件文物，他的工作，替人類歷史保存這些文物。

在嘆為觀止後如何處理這些古物，卻令人傷神。

齊白的收藏方法，如此完善，敢說比任何國家的博物館還好，至於一些落後國家，政權腐敗、官賊勾結，公然可以把博物館中的文物盜賣出去的，那更是望塵莫及了。

所以，我和白素討論的結果是：任由那些古物，留在古墓之中。

白素唉了一聲：「那部漆簡《道德經》似乎應該公開，有些字句，千年以來，爭論不休，沒有定論，此經一出，便可以結束爭論。」

我反對：「等他們知道甚麼是『道德』時再說。」

白素沒有再說甚麼，等一會，她才道：「看來，那些東西，要長留地下了。」

——衛斯理傳奇之《改變》

白素一揚手：「你可知道衛斯理的名言？」

黃蟬點頭：「知道——當只有這一個可能的時候，再不可能，也就是唯一的可能！」

——衛斯理傳奇之《暗號之二》

我被七叔的喟嘆所感染：「是啊，這一個世紀來，人類的苦難，真是說不盡。」

七叔笑得慘然：「最冤枉的是，究竟為了甚麼，才形成了這樣的大苦難，不但當事人說不明白，就是後世人，冷靜下來分析，只怕也弄不明白。」

白素也喝了一口酒，她發表意見：「也不是太不明白，為來為去，只是為了三個字。」

她說到這裏，頓了一頓，才把那「三個字」說了出來：「爭天下！」

——衛斯理傳奇之《在數難逃》

我拍着他的肩頭：「大偵探還要去拍大亨的馬屁，令人費解！」

小郭嘆了一聲：「他那氣勢，自然令人懾服，不敢使他發怒。」

我沒有再笑，心中反倒有一絲悲哀，這種所謂「威勢」，其實是根本不存在的，只是有些人自己的心先怯了，就覺得某人有威勢，如果自己根本不心怯，對方的威勢，自何而來？

這和權力的產生，是由於有人服從，是一樣的道理。

——衛斯理傳奇之《遺傳》

白素緩緩地道：「沒有人可以知道，有多少不同種類，不同形式的『怪物』早已產生了，這些『怪物』混在地球人之中，可能已有好幾百年，好幾千年了！」

小郭現出一片迷惘的神情，我忙道：「是啊，看看人類的歷史，記載着的一些『人物』，幾乎全是各種各樣的『怪物』，而普通人，根本沒有人留意！」

——衛斯理傳奇之《遺傳》

良辰美景仍然處於極度的疑惑之中，喃喃自語：「這回程生命，究竟是怎樣一種情形呢？」

　　我對她們的「執迷不悟」有點冒火，冷冷地道：「看來除了親歷其境之外，不會理解的了！」

　　良辰美景並不理會我的譏諷，反向我挑戰：「只要有可能，當然要親歷，難道你不想嗎？」

　　我的回答十分實在：「是，我不想——別看我這人好像是千奇百怪，但我有一樣好處，就是對於自己的生命形式，很是知足，不想改變。我不想做外星人，也不想自己有古怪的回程生命。」

　　良辰美景很是認真：「那你……不準備深入探索這件事了？」

　　我道：「深入探索是一件事，投身進去改變生命的形式，又是一件事，不能混為一談。」

　　　　　　　　　　　　　　　——衛斯理傳奇之《雙程》

　　溫寶裕望着正在酣睡中的巨人，道：「真是可惜，『回程生命』何等珍貴，他卻還要浪費時間在睡眠上！」

　　溫寶裕這種似是而非的理論甚多，我不禁笑道：「這像話嗎？人的生命，本來就珍貴無比，可是還不是人人都要睡覺！」

　　溫寶裕嘆：「是啊，都可惜。要是使人可以不會疲倦，不必睡覺，那麼，等於是每個人的生命，增加了一倍，至少是三分之一！」

　　我道：「人各有志，不少人視睡為人生一大樂趣，你怎可剝奪他人的樂趣？」

　　溫寶裕笑道：「愛睡者睡，愛醒者醒，各適其適，豈非大妙。」

　　我也感嘆：「本來各適其適，是最好的了。可惜有一些人，天生有毛病，硬要將自己所喜，強加在他人的頭上，甚至不惜動用武力，來達到如此目標，這才是人間糾亂不絕的主要原因。」

　　　　　　　　　　　　　　　——衛斯理傳奇之《雙程》

我走到他的身前，神情嚴肅：「閣下既然化身成為一個看起來像是君子的地球人，那麼，行為也請比照君子來進行。」

　　我的用詞，十分囉唆，正合某些所謂「文藝作品」的用法，對於這種用詞方法，最準確的評語是：那不像是人説的話。

　　而我在當時是故意這樣説的——道理很簡單，因為亮聲根本不是人，用不像是人説的話，與之交談，不亦相宜乎？

　　而且不但是他對我不滿，我也對他不滿——上得門來，甚麼話也沒有説，就擺出一連串動作來，真是莫名其妙。

　　亮聲聽得我那樣説，整個人跳起來，大聲道：「我怎麼不君子了？」

　　我也大聲道：「有話不直説——非君子也！」

　　亮聲抗議：「不是説話不可以太直接嗎？那是禮貌。」

　　我教他：「陌生人之間可以如此，朋友之間如此，就變成虛偽，絕非禮貌！」

　　亮聲喃喃自語：「地球人的行為，真是複雜！」

——衛斯理傳奇之《買命》

　　對於這次爭論，後來白素對我説：「世界上有很多事情，都是不能爭論的，各人的認識，根據各人自身的立場而產生，立場又根據各人的切身利益而來，人人不同，再爭也不會有結果。」

　　我不以為然：「照你這樣説，世上就沒有真理了？」

　　白素淡然道：「我以為你已經到了知道所謂真理，也是各有各的説法的年齡了，誰知不然！」

　　我不禁無詞以對——白素説得有理，豈止虛無飄渺的真理，難以有統一的標準，連具體之至的人權，也有一干強權統治者提出了「吃飽就是人權」的口號，如何和他們去爭論？

　　人與人之間，最大的問題並不是在語言上不能溝通，而是在思想上南轅北轍，不但完全沒有相同之處，而且完全相反，所以根本無法溝通。

　　嘗試和思想方法完全不同的人溝通，還不如找一隻蜘蛛去互相了解的好。

——衛斯理傳奇之《賣命》

　　他們看到我和白素想扭過頭去，在頸部還沒有任何動作之前，兩人的眼珠已經完全斜向一方——也正因為有這個動作，所以才使得康維和柳絮知道我們是想望向對方。

　　（後來說起這些經歷，溫寶裕有了發現，他道：「從這裏可以證明，人的眼珠，和人的意志力有最直接的聯繫。」）

　　（說了之後，他又現出洋洋自得的神情，問我們：「大家可知道最早發現這一點的是甚麼人？」）

　　（溫寶裕一心想等人回答，好證明他的聯想力豐富，可是當時在場的人，卻沒有一個理睬他，令他覺得十分無趣，因此發狠道：「我不把答案告訴你們，讓你們一直去想！」）

　　（結果還是沒有人理睬他！）

——衛斯理傳奇之《賣命》

　　他這種態度，令我反感。我冷冷地道：「閣下怎麼知道人民一定希望你來當土王，而不是海高？」

　　這個問題，其實普通之極，因為天嘉也好，海高也好，在他們那個地方，不論誰當土王，都是由王族那一小撮人來決定，所以，不論如何回答，這個問題都可以成立，那是毫無疑問的事。

　　可是這樣普通的問題，在天嘉土王聽來，卻像是天方夜譚一

樣，他可能從來也沒有被人這樣問過。

一時之間他瞪大了眼睛，像是想把我吞下去。他回答得倒也很快：「當然是我，怎麼可能是任何其他人？」

看到他這樣充滿自信的樣子，我覺得他可厭又可憐。這時候我們許多人還都擠在梯子上，實在不是討論問題的好所在，可是我還是忍不住立刻就接着問：「你用甚麼方法來證明這一點？」

土王可能覺得這個問題更加怪異，所以回答得極不耐煩：「這還用問嗎？我的百姓，每次見到我都歡呼不已，這就是最好的證明！」

我冷笑：「那絕不是甚麼證明——江洋大盜在綁赴刑場時，也有人向他歡呼！」

土王終於忍不住大怒：「你竟敢侮辱我！」

我保持鎮定：「人必自侮，然後人侮之——這是歷史名言。」

——衛斯理傳奇之《考驗》

我點了點頭，溫寶裕笑起來：「根據衛斯理處事的方法，如果碰到了死結，辦法是——」

我悶哼一聲：「辦法是甚麼？」

溫寶裕高興起來，甚至於拍手：「你自己怎麼忘記了？你處理所謂死結的方法，是根本不承認有死結的存在，認為死結只不過是一種暫時的現象，出現這種現象的原因是由於想法鑽了牛角尖，有思考上的死角所造成的，只要突破這個死角，所謂死結就可以立刻解決，而且往往在事後，發現事情簡單之至，只不過當時沒有想到而已。」

——衛斯理傳奇之《成精變人》

我吸了一口氣，再問第二個問題：「你們的生命之中，難道沒有快樂？」

他們互相望着，神情很難形容。

我緊接着道：「沒有快樂的生命，算是甚麼生命！」

亮聲很誠懇地道：「我們當然有快樂，只是不知道如何向你解釋我們的快樂感覺才好——其實也不是很困難，地球人也不是不知道、不是不能感覺到這種快樂，而是由於地球人身體所感到的快樂太強烈、太直接，任何人只要有身體就有感受，所以掩蓋了那種快樂。」

我苦笑：「説了半天，所謂『那種快樂』是怎麼一回事？」

亮聲吸了一口氣：「其實，快樂的感覺是一樣的，並沒有分別。只不過一種由肉體產生，另一種，我們的快樂從思想中產生。」

我不明白：「就算地球人快樂由肉體產生，最後也是由思想來感覺的！」

亮聲想了一想：「由身體產生快感，這身體就一定有動作，而這動作不能由一個人單獨完成，必須和外界的其他人、物相配合，於是必然產生佔有的慾望，而只要『佔有』這個慾望一生，其他的七情六慾就必然隨之而生，種種的惡劣行為也就發生，造成了一切紛爭，結果就是一些人的快樂建立在另一些人的痛苦上。這種摩擦鬥爭永無休止，構成了地球人的歷史。」

我沒有出聲，在消化亮聲的話。

亮聲繼續道：「而從思想中產生的快樂，完全由個人思想組完成，不必和外界的任何人、物發生關係，所以和其他人、物之間就不存在任何衝突，完全沒有任何必要採取地球人習慣使用的種種惡劣行為。地球人其實也有這種能力，只不過難以勝得過來

自身體的快感——連我們之間，也有同樣的情形，實在不能要求地球人擺脫來自身體的快樂。」

——衛斯理傳奇之《移魂怪物》

我聲音聽起來有點怪：「那麼是不是人要沒有身體，才能算是高級形式的生命？」

亮聲和那七個人，齊聲道：「這個問題不能成立——人要是沒有了身體，也就沒有了生命，還有甚麼高級低級之分？」

——衛斯理傳奇之《移魂怪物》

亮聲望着我，反而告訴我：「武力極權統治，逐步在人類歷史中減少，終於會全部敗亡。」

我道：「即使是在被統治者甘心被統治的情形之下，也會走向敗亡？」

亮聲搖了搖頭：「我不認為會有『真正甘心被極權統治』的情形存在，由於地球人之間，不是思想直接交流，所以無法真正明白他人心中在想些甚麼。而當極權統治者認為被統治者很甘心被統治的時候，就是他們的統治權走向敗亡的時候！」

——衛斯理傳奇之《一半一半》

陶啟泉又道：「請問在甚麼情形之下，才能有和閣下共酌的榮幸？」

我想了一想，道：「人對，酒對，菜對，地方對，你自己感到對我來說，有這四樣，可以考慮要我參加，不過我也不保證一定會來。」

陶啟泉向我一鞠躬，道：「領教了。」

——衛斯理傳奇之《一個地方》

我忽然覺得很是疲倦，自然而然大大地打了一個哈欠，感嘆道：「人間的事情還理不完，誰去理陰間的事情！」

白素微笑：「這話，有點悟了，可是不夠——應該說：自己的事情還理不完，誰去理他人的事情。」

我拍手，哈哈大笑：「也還不夠，應該說：自己、別人、人間、陰間，根本都沒有事情，沒有事情，何從理起！」

——衛斯理傳奇之《只限老友》

第十一篇

不知處

對人類目前的知識來說，

有很多事情，不知道為何發生，

也不知道如何結束。

人的想像力不論多麼豐富，但是都脫不了生命的範疇，人死了，也就甚麼都沒有了。

——衛斯理傳奇之《屍變》

預知能力不是人人都有的，但是預感的經驗，卻人人都有，所以我認為腦電波比光快，可以超越時間。但是人的腦電波，一定十分微弱。預感都是十分模糊，不能肯定的，就是因為人類的腦電波力量太弱的緣故。

——衛斯理傳奇之《叢林之神》

人類科學太淺薄了，淺薄到了對「鬼魂」可稱一無所知的地步，淺薄到了想幻想一下，「鬼魂」究竟是甚麼東西的最起碼根據也沒有！

——衛斯理傳奇之《湖水》

那是一種直覺，其感覺像是有人將手指伸近你的額前，你不必等到他的手指碰到你的額前，就可以感到有這件事一樣。

——衛斯理傳奇之《規律》

有人形容大海變幻莫測，甚麼事都可以發生，但深達幾百公尺的煤礦，比大海還要更不可測，更加甚麼事都可以發生，千奇百怪，無奇不有。

——衛斯理傳奇之《眼睛》

由於「靈」是一種極其玄妙的存在，這種存在之玄，有很多情形，人類的語言文字，無法表達，也是在人類語言所能領悟的

能力之外。

——衛斯理傳奇之《木炭》

　　靈魂的研究，是一門極其高深、秘奧的科學。人類的科學歷程中，再也沒有一種科學比靈學更玄妙，更講究心靈的感應，更講究一剎那之間的感覺！

——衛斯理傳奇之《木炭》

　　魂魄若能依附一株大樹而存在，可見可聞，那麼，靈魂是一種「活」的狀態存在着。是不是一定要有生命的物體，才可以使靈魂有這種形式的存在呢？

　　如果只有有生命的物體才有這個力量，是不是只限於植物？如果靈魂進入一株大樹，情形就如同玉聲公記載的那樣。如果進入一株弱草呢？又如果，動物也有這種力量，靈魂進入了一條狗、一隻蚱蜢之後，情形又如何？

　　再如果，沒有生命的物體，也可供靈魂進入的話，那麼情形又如何？設想靈魂如果進入了一粒塵埃之中，隨風飄蕩，那豈不是無所不在？

　　越想越使人覺得迷惘，這是人類知識範圍之外的事。

——衛斯理傳奇之《木炭》

　　前生的事，會不會影響到今世？我們誰都曾愛過人，被愛過，世界上那麼多人，為甚麼會偏偏遇上了，相識了，戀愛了，難捨難分了？總有點原因吧。

　　至於是甚麼原因，誰知道？至少我不知道。

——衛斯理傳奇之《尋夢》

人對於「靈魂」的認識，一般來說，達到「生命」和「反生命」這種新概念的少，相信人死了之後，變成一種靈魂的多，這是很傳統而且固執的想法，甚至在邏輯上不是很講得通：靈魂若是存在，不管人活着或死了，都該存在。為甚麼活的時候不存在，死了就存在呢？但是一般人都這樣相信。

——衛斯理傳奇之《搜靈》

　　「靈魂」不可捉摸，它究竟是甚麼，世界上沒有人可以說得上來。有的人認為那是一組電波。但電波不是反物質，也不是反生命，靈魂和人類的知識、思想、言語，是全然不相干的一種現象，如果有存在，一定是存在於另一個空間之中。

——衛斯理傳奇之《搜靈》

　　世界上任何人，不論他如何努力，只怕也絕對沒有法子可以把自己的靈魂找出來讓人家看看的。

——衛斯理傳奇之《搜靈》

　　人與人之間，性格不同，才能有異，本來就神秘不可思議，現代科學無從解釋，天才從何而來？性格由甚麼來決定？

——衛斯理傳奇之《追龍》

　　要知道，最可怕的不是死亡，而是肉體死亡之後，靈魂還無休止的痛苦。想想看，那些靈魂原來的生命，早已消失了幾百年，上千年，可是，他們的靈魂，停留在生命最悲慘痛苦的時刻……

——衛斯理傳奇之《極刑》

陰陽幽明的阻隔，還是不要硬去突破的好！

——衛斯理傳奇之《極刑》

不管如何，人的靈魂和身體的分離，總是人生命歷程中的頭等大事，是生或是死的關鍵。

——衛斯理傳奇之《生死鎖》

靈魂當然是存在的，只是人類還沒有本領把它具體地展示出來而已。

——衛斯理傳奇之《招魂》

鬼魂無所不在，一旦和人的腦部發生作用，就見到了鬼。

——衛斯理傳奇之《烈火女》

有許多事，根本在人類知識範疇之外，人類自然無法使用本身的語言文字去表達：人類對靈魂一無所知，又怎會有語言去解釋靈魂？

這情形，就像唐朝人的語言和文字，儘管已夠豐富的了，但是也決計無法找出可以解釋彩色圖文傳真機原理的語文——那不在唐朝人的知識範疇之內。

——衛斯理傳奇之《許願》

靈魂可以離開身體，這是一種人類一直在追求的神通，是人類一直在渴望能得到的超特能力！

因為這種神通，非同小可，是生命的一大突破，而且，可以進展到甚麼程度的前景，誰也不知道！說不定就此勘破了生命奧

秘，揭穿了死亡的面目！

——衛斯理傳奇之《許願》

人類對於神祇的態度，大致可以分為兩種，一種是毫無疑問地相信，相信有至高無上的神的存在。另一種，則少不免持懷疑的態度，或根本不信，或信而希望通過研究、探索，甚至假設，以明白那究竟是一種甚麼現象。

——衛斯理傳奇之《轉世暗號》

再生，涉及人類生命的奧秘，照例，不會有結果，只是種種的設想而已。

設想極重要，許多事實，就在設想中求證出來。

——衛斯理傳奇之《轉世暗號》

如果說宗教觀念，靈魂和身體分開了，沒有了身體所帶來的種種苦痛，是謂之「超脫」。那麼，靈魂的單獨存在，難道就沒有苦痛了嗎？

當然不是。單獨存在的靈魂，其苦痛不比和身體共存時為少，在我的經歷之中，從《木炭》或《極刑》，從黃老四到附在劍上的精靈，只怕仍然在苦海之中浮沉，並未有甚麼解脫。

那麼，就只有連靈魂的徹底消滅，才能算是真正的大解脫了。

然則，靈魂又用甚麼方法來進行大解脫呢？人可以很容易地把身體和靈魂分開，但是要使自己的靈魂消滅，不知該如何進行？

——衛斯理傳奇之《解脫》

　　人認為放棄了身體，就可以得到解脫——對人來說，那是一種根深蒂固的觀念。這種觀念，很多時候，來自宗教概念的灌輸，有一些宗教，特別強調這一點，強調人在不要肉體之後的種種情形，視為樂；而把人有身體的階段，視為苦。

　　所謂生、老、病、死之苦，都是身體帶來的，七情六慾，也全是為了滿足身體的需要，所以造成了一種想法：不要身體，一切苦痛煩惱，也就隨之煙消雲散，自此得到了解脫。

　　確然，作為「人」這種生命形式，苦痛煩惱，都來自身體，由此便形成了不要身體便得解脫的觀念。而實際上，若是沒有了身體，也確然可以把生命從身體所造成的痛苦之中，釋放出來。

　　當年釋迦牟尼，看到了眾生之苦，想拯救眾生於苦海，就很清楚地看到了這一點。但是，在沒有了身體所帶來的苦痛之後，是不是就此沒有苦痛了？

　　靈魂這種生命形式，難道就一無痛苦嗎？

　　　　　　　　　　　　　　　——衛斯理傳奇之《解脫》

　　這一種生命形式變化的理論，是和它的基礎理論相吻合的——基礎理論是：人的一生，充滿了各種痛苦，所以才要藉死亡來解脫。

　　可是，若是解脫之後轉世，豈不是又進入了另一個痛苦的歷程？

　　從一個痛苦的歷程，進入另一個痛苦歷程，而且一樣繼續下去，那麼所謂永恆的生命，就是永恆的痛苦歷程，這有甚麼意義，又何謂之「解脫」？

　　所以，「成正果」是生命形式的徹底改變，不要再有轉世，再有人生。

到這樣境界之後，新生命歷程中，是否沒有了苦痛，不得而知，但至少在理論上，做到了真正的解脫。

——衛斯理傳奇之《解脫》

我苦笑：「所謂『大解脫』，是怎麼樣的一種情形？」

陳長青一字一頓：「是生命的徹底了結，靈體消失，生命不再存在，只有到了這一地步，一切由生命帶來，與生命共存的苦痛煩惱，才會隨之消失。這道理，也很有些人懂得，但都誤認為『死亡』就是終結，不錯，死亡是終結，但那必須是靈魂的死亡。」

——衛斯理傳奇之《解脫》

身為人，以為做鬼便解脫，做神做佛便解脫，可是看來，神鬼佛和人，也沒有多大差別，佛理一面要「四大皆空」，一面又要成佛，既有欲求，何空之有？連釋迦也難以自圓其說。我們現在追求的確然是空，但此「空」，和佛理的「空」又有不同，我們要的是「真空」——真的一無所有，徹底絕滅，不同那「假空」——既有西方，何得云空？

——衛斯理傳奇之《解脫》

靈魂的意願，和人的意願，其實一致。在人口的比例中來說，自殺以求解脫的人是極少數，進入空門的人也屬極少數，絕大多數的人，都好好活着，儘管活着會帶來很多苦痛，但也總能找到一些快樂去抵銷，不是人人都想死，而靈魂的情形也一樣，絕非大多數靈魂都想徹底消滅。

——衛斯理傳奇之《解脫》

　　前世、今生、來世，自古以來，一直是人類在思索，而又未曾有確實證據可以詳細說明的疑惑。牽涉的範圍極廣——靈魂、輪迴、記憶在在都和生命的奧秘有關，堪稱是人類的最大神秘。

——衛斯理傳奇之《前世》

　　我支吾着，要想推辭。普索利已道：「我已在世不久了，你就當是來見我最後一面吧，難道你忍心拒絕？」

　　聽得他這樣說，我當然只有答應了。因為我和他雖然都相信有靈魂的存在，到大家都變成靈魂時，一定還有機會相聚，但那畢竟是另一種存在形式了，幾乎一切全是不可知之數，自然趁如今大家還有身體，還是人的時候，相聚一次的好。

——衛斯理傳奇之《前世》

　　一般人確實如此認為生命的形式，由人轉成靈魂之後，生前不知道的，就一下子甚麼都知道了。

　　這種想法，自然想當然之至，靈魂是人的記憶組，無形無跡。當生命以「活着」的方式存在之時，記憶組通過身體的活動，不斷增加。一旦離開了身體，靈魂並沒有再增加記憶的能力。

　　說一個淺白一點的例子，一個人若生前是一個糊塗的人，那麼死後，也必然是隻糊塗鬼。

　　若是再世為人，保留了前世的記憶，又有了身體，自然記憶增強。但由於不可知的情形，絕大多數人在再度有了身體之後，會把前世的記憶，抹得一乾二淨。

——衛斯理傳奇之《前世》

　　就算前世的記憶不在，也能影響一個人今生的生活。很多「天

才」，我看全是潛意識之中，前世的記憶在起作用，尤其在藝術方面的才能，有許多不可思議的天才，都可以循這方面去找才能的由來。

——衛斯理傳奇之《前世》

許多宗教都說有巨大的力量來自天神，最終會把狂人、惡賊、兇手、歹徒送到地獄去，只可惜天神的時間觀念和人類有所不同，所以只見狂人、惡賊、兇手、歹徒在地球上為所欲為。

——衛斯理傳奇之《新武器》

地球上所有的生命，都複雜無比，人不單至今未曾了解自己人類的生命，對其他生命，也可以說處於一無所知的階段，連一隻螞蟻的生命，究竟是怎樣的，人就說不上來。

——衛斯理傳奇之《算帳》

人的生命密碼，並不是在一個人出生的那一剎間完成，而是在人的生命，最初形成的那一剎間完成的。當精子與卵子結合在那一剎間，一個新的生命形成，一個獨一無二的生命密碼，也就產生。

所以，可以利用這個生命密碼，去推算這個人一生的生命歷程，但這個生命密碼的基數，不是出生的那一剎那，而是生命形成的那一剎那。

——衛斯理傳奇之《算帳》

生命密碼中對人一生的設定，古代人懂得多，現代人反倒懂得少。有一個時期，人類致力於這方面的研究，可是到了近兩三百

年，反而完全終止了，在計算生命密碼的設定方面，毫無成就。

——衛斯理傳奇之《算帳》

宇宙之間，充滿了地球人無法了解的力量，其中的一種，忽然在地球上發生了作用，就形成了奇事——這種情形很多時會發生，並不因地球人不明白因由而不發生。

——衛斯理傳奇之《活路》

別看這是一幢現代化大廈，不是甚麼神秘古堡。但是據我所知，發生在現代化大廈中的怪事，一點也不比古老大屋中的少，這是人類知識未能涉及的部份。

——衛斯理傳奇之《活路》

時間這個來無影去無跡抓不住摸不到看不見的東西，是一個極度怪異的存在，對於一切生命形式來說，重要無比，甚至是在主宰的地位——一切生命，都受它的控制；一切生命，都在時間的過去中，逐漸消失，歸於死亡。

可是，「時間」究竟是甚麼東西？是一種甚麼樣的存在？何以產生？如何產生？卻沒有人說得上來！

——衛斯理傳奇之《雙程》

人都戀生怕死，雙程生命，可以說是活兩次，打破了人只能活一次的規律。可是，其中的一程，卻是回程。回程的生命，過了今天是昨天，身處其間，是一種甚麼樣的情景，真是難以想像。

——衛斯理傳奇之《雙程》

生命本身，奇妙之極，有許多事是根本不明白不了解的，可是生命的程式本身，卻仍然不變地、有規律地在進行，不會錯亂。人的生命更是如此，兒童和少年人青年人壯年人，根本無法想像死亡，因而對死亡產生極度的恐懼，但是一到了接近死亡的年齡，自然而然，就會明白死亡並不可怕，了解生命的終結，必然會來到。一句話：事到臨頭，就會明白。

——衛斯理傳奇之《雙程》

人有能力在一定程度上預先知道將會發生的事。只不過這種能力不知道從甚麼時候開始退化，以致人無法控制，只能夠在偶然的情形之下發生。

凡是有這種感覺得到，可是卻又無法在實際上捕捉到一些甚麼的警兆，大多數——絕大多數都是對於將要發生的不幸事件而來的。

——衛斯理傳奇之《傳說》

可是世界上萬事都有看不到的種種因緣在，不知道發生在何年何月何處何人身上的事情，會和自己發生關係，這是宇宙奧妙，其中的巧妙安排，人類不知道何時才能夠知道萬分之一！

——衛斯理傳奇之《豪賭》

當人的生命形式變成了靈魂狀態時，所有人間的一切都毫無用處了——靈魂不會享受金錢帶來的樂趣，也根本不能享受金錢帶來的樂趣，也根本不必享受金錢帶來的樂趣。

——衛斯理傳奇之《未來身份》

　　所謂「偶然」，就是指事先完全不能預料，而且只是在特定的時間、特定的地點才會發生的事情，如果在時間上相差了幾秒鐘，或者在地點上相差了幾公尺，就不會發生。也就是說，一定要恰好在這個時空的交叉點，才會有這件事發生。

　　至於為甚麼在這個特定的交叉點上會發生這件事，沒有人說得上來，所以才稱為偶然。

——衛斯理傳奇之《人面組合》

　　至今為止，即使是最好的靈媒，也不能和指定的靈魂接觸——我常開玩笑似地說，在靈魂存在的空間中，實在太多靈魂了，在那麼多的靈魂中，隨便碰到幾個很容易，要找出特定的一個來，就極困難。這情形就像在人間我們每天都碰上很多人，可是要找一個特定的人，就很難了。

——衛斯理傳奇之《人面組合》

　　對人類目前的知識來說，並不是所有事情都有清楚的來龍去脈，有很多事情，不知道為何發生，也不知道如何結束，糊裏糊塗、莫名其妙、不知所云。

——衛斯理傳奇之《天打雷劈》

　　「好有好報、惡有惡報」是絕大多數人（惡人除外）有史以來的願望，可是這個願望絕對是「主觀願望不能改變客觀事實」的典型，好像從來都沒有得到實現。雖然果報之神這樣的神，世界各地各民族都在自己的傳說中存在，但是如果要選最不負責任，疏忽職守的冠軍，這位果報之神也就當之無愧，因為他從來

沒有做到好有好報惡有惡報！

　　而如果他是一個負責任的神，是惡行必有惡報，那麼世界會變得加一萬倍的可愛，生活在地球上也就成為極度的美麗和幸福了！

　　可惜事實上事情卻完全不是這樣。

——衛斯理傳奇之《天打雷劈》

　　有許多不明物體，由於根本不是地球上的東西，沒人知道那是甚麼，這才成為不明物體的，這一類不明物體，追查下去，每一件都可以有一個故事。在許多神仙故事中的法寶，和許多傳說中的寶物，也都可以屬於不明物體。

——衛斯理傳奇之《解開密碼》

那一位編者的話

　　與手套兄相識卅二載，自初中伊始，以衛斯理結緣，一路走來，從讀者升級至倪匡先生的忘年交，時至今日，想想還是有些小激動（詳情可見藍手套作品《來找人間衛斯理——倪匡與我》——此處有軟廣）。

　　自 2013 年衛斯理五十週年活動施仁毅大哥主編《倪學》一書起，這些年來，仁哥、手套、紫戒諸兄已為倪匡研究貢獻了許多作品，在下空有倪學七怪之一的稱號，竟不能獻綿薄之力，也是唏噓嗟嘆。不料某日聽聞手套正在編撰倪匡妙語集，立即搶上前去，截胡一塊任務。手套兄從衛斯理小說着筆，我則從眼光、皮靴、沙翁、信系列等雜文集下手，分工合作。

　　不想平日看書是一回事，真的要摘取佳句竟如此之難，原因是倪老文字實在太過精妙，一篇文章翻來覆去連看數遍，還是恨不得整篇複製黏貼上去，看看交稿時間已至，依舊不滿萬字，手套倒也不催我，云倪老作品乃無窮盡之寶藏，不妨慢慢發掘。如此這般摘取的倪老妙語，長長短短幾十個字，卻包含了無窮大的智慧與無以倫比的人生態度，值得讀者細細品味，願這樣的好文字，我有、你有、大家有。

倪學七怪之上海二老其一

董鳳衛（大鱷魚精）

2020 年 9 月 5 日